Marlene Stenten
Hallo Mäuschen!

Marlene Stenten
Hallo Mäuschen!

Sechs Entwöhnungen

Herausgegeben von
Verena Stettler
im eco-verlag

Jede Ähnlichkeit mit lebenden Personen ist zufällig.

Umschlag: Eugen Bisig
Foto Umschlagrückseite: Franzis von Stechow
Satz: Utesch Satztechnik GmbH, Hamburg
Druck: Fuldaer Verlagsanstalt, Fulda
Printed in Germany
ISBN 3-85647-104-9

Inhalt

Drecksack

Am 29. Juli 1980 waren wir bei dem Maler Leonhard Plotter eingeladen. Einmal hatten wir ihn schon kurz gesehen. Wir saßen grade beim Nachtmahl im Garten. Er holte Minni-Viola zu einem Drink im Sonnenuntergang ab. Zu Takashi sagte er: »Na, wenigstens ein Mann dabei!« Da hatte er uns Frauen sofort gegen sich.

Als Minni-Viola, ausgezeichnet geschminkt und in café-au-lait-farbenem Kleid, aus dem Hause trat, grinsten wir nur, sie sagte diskret: »Leonhard, ich hab einige Bilder von dir zum Neurahmen weggebracht. Hoffentlich krieg ich sie noch vor meiner Abreise zurück.«

Wir wußten, alle fünfzehn Bilder im Hause waren von ihm. Der kürzlich verstorbene Vater Minni-Violas war Plotter-Sammler gewesen. Plotter ist der bekannte, hochbezahlte Landschaftsmaler von Altea! Wir hatten aber vorher nichts von ihm gewußt.

Eine Weile später kam seine Frau auch noch hinzu. Nicht übertrieben: eine herzzerreißende Schönheit im Stil Gabriele Wohmann. Doch sie gefiel uns. »Na, Mausi!« sagte er zu ihr. Und zu Takashi: »Na, wie fühlen Sie sich denn als Hahn im Korb?« Takashi war mit seinen gebackenen Auberginen zugange und verstand nicht.

Minni-Viola deichselte also die Einladung zu Plotter. Das Haus von außen ganz unscheinbar inmitten (allerdings auf einer Anhöhe) der armen Seelen von Altea. Aber dann innen: die allerdezenteste Wohlhabenheit vor maurischen Kulissen, in die uns der Maler bat, doch einzutreten. »Das habe ich bewußt alles so gelassen, diese Intarsienarbeiten an der Zimmerdecke und auf dem Fußboden. Das ist noch echt-maurischer Stil«, kommentierte er, als Zora anerkennend hinauf- und hinunterblickte. »Hier haben vor noch gar nicht so langer Zeit die Mauren gewohnt.« Ein maurisches Palais. Der Schnitt der Räume wirkt ungewöhnlich. Einige Gemächter liegen tiefer als die anderen. »Was für Teppiche?« stößt Zora hervor. »Ganz einfach aus der hiesigen Gegend. Aus Moraira vielleicht.« »Und die Krüge, das Steingutzeug, sagenhaft!« sagt Gertrud da. Wenn meine Freundin Gertrud »sagenhaft« sagt, handelt es sich um erstrangige Arbeit. »Ja«, sagte Leonhard, »spanisches Kunsthandwerk. Wahrscheinlich Arbeiten aus dem Hinterland um Polop rum und weiter weg.«

An den Wänden hängen die Bilder des Malers. Ich interessiere mich nur für seine Bilder, weil alle Maler naturgemäß darauf warten, daß sich sämtliche Besucher nur für ihre Bilder interessieren.

Aber jetzt stellt sich Plotter auf die Terrasse, und wir folgen ihm. Noch im Wohnraum ahnten wir bereits durch die unbedeckten, durchgehenden Fensterscheiben hindurch die Möglichkeiten dieser Terrasse, sahen blau das Meer und weiß leuchtend die Hafenanlage von Altea. Aber nun erst! »Das ist wirklich, wirklich sehr gut!« sagte Takashi, der in Yokohama aufgewachsen, der ein Kind des Meeres ist. »Ja wirklich!« rufen wir alle aus, bis auf Paula, die, wie mir scheint, weiter schweigen will. Aber natürlich: ein Schweigen aus einem vollständigen Hingerissensein heraus.

Ich frage mich, wen Plotter denn später malen will: die Zora oder die Paula? Die Zora hat sich so zurechtgemacht, daß sie echt spanisch ausschaut: das schwarze Haar hinten in einen Knoten gestrafft, silberne, lange Ohrgehänge beidseitig vom ausgeprägten Kinn, ein schönes, leichtes, nicht zu weit am Halse ausgeschnittenes Kleid, etwa auberginenfarben, fast unmerklich rot und weiß getupft, wippende Zehen mit rotlackierten Nägeln in den leichten Sandalen.

Und die Paula: viel kleiner als Zora und Plotter, das schwarze Haar gleichfalls glatt nach hinten gezogen, in einer Schnalle gehalten, schaut echt madonnisch/ikonisch/indianisch aus. Hart abschließendes Gesichtsrund, scharf gezogene, dunkle Brauen, schmaler, dunkler Mund. Hier auf Plotters Terrasse Paula mit schwarzen Pumphosen und rotgoldnem Batiküberwurf.

»Schauen Sie sich das an«, bittet Plotter, »bald wird die einzigartige Aussicht auf den Hafen verbaut sein!« Wir sehen mit halbem Schrecken, daß da irgendeine Baufirma direkt vor Plotters Aussicht auf Meer und Hafen von Altea einen Riesenbau hochzieht. Offensichtlich wieder ein Hotel. »Wie entsetzlich!« pflichten wir alle bei. Meine bisherigen Eingaben haben nichts genutzt. Auch nicht meine vielen Unterlagen, schriftliche Beweisstücke, da ich, Böses ahnend, schon vor längerer Zeit (rechtzeitig wäre das noch gewesen!) versucht habe, dieses Gelände vor meinem Fenster aufzukaufen. Damals wurde mir geantwortet: gar gar nichts sei dort geplant, falls sich aber dennoch dort irgendwann mal was tun solle/werde, dann lediglich Grüngestaltung. Ich bin hinters Licht geführt worden!« Natürlich wird ihm der Bau noch immer Aussicht aufs Meer lassen, außerdem, da ist ja auch noch der Blick vom ersten Stock aus.

Wir gehen nun das von Plotter neugestaltete, neubarockene Treppenhaus hinauf. Überall beim Aufstieg wesen Plotters sanfte Landschafts-Aquarelle. Die Aussicht von der oberen Terrasse hält mit der unteren zwar einen Vergleich aus, jedoch das Wahre ist es doch nicht. Das eben wird von den Baulöwen zerstört!

Zora freundet sich hier in Zimmerflucht II mit einer Lampe in einer Art von Glastabernakel an. Wir alle haben sowas zuvor noch nie gesehen. »Das ist maurischspanisches Kunsthandwerk. Nein, nein, kaufen kann man das nicht so ohne weiteres. Vielleicht auf Antiquariatsmessen oder Auktionen.« Hier hat Plotter die Lampe gleich mit dem Haus übernommen.

Ich wende mich wieder ganz den Bildern zu. Ach, da ist ja Plotter selbst, auf einem großen Bild sein Kopf und der seiner Frau. Dann zwei Handbreit daneben ein Kinderkopf. Dann noch einiges Zubehör, Bestecke, Nachtgeschirr. Eine Collage à la Peter Weiss und Kurt Schwitters, denke ich. »Ein interessantes Bild!« sage ich. »Was stellt es dar? Ertrunkene?« »Nein! Den Untergang von Pforzheim. Pforzheim kam einmal in einer Art Sintflut beinahe um. Oder Pforzheim nach einem Bombenangriff. Ich bin dort geboren. Die Stadt Pforzheim hat dieses Bild gekauft.«

Der Plotter trägt ein ziemliches Bäuchlein unter seinem hellblauen Hemd und halb unter seiner graublauen Hose. Vielleicht unterstützt dieses Fleisch-Postament den Schwall seiner Stimme. »Sie müssen sich sozusagen vorstellen, wie alles begraben liegt unter einer Decke, die dann aber zu blättern beginnt. Und unter dieser abbröckelnden Schicht liegen die Erinnerungen, die Träume. Die Stadt Pforzheim macht zu meinem sechzigsten Geburtstag im Herbst eine Ausstellung meines Gesamtwerkes. Sie hat auch ein Viertel meiner Produktion gekauft. Aber warum, warum, frage ich mich, dann nicht gleich eigene Räume für mein Werk dort, in meiner Geburtsstadt? Am besten wäre ein Museum.« »Ein Plotter-Museum?« »Ja, auch am billigsten, denn sie brauchen ja ohnehin Lagerräume für meine Kunst. Vielleicht setze ich ihnen einen Bau hin. Sozusagen eine Stiftung.« »Wie die Pop-Stiftung Ludwig in Köln?«

»Mausi«, sagt er, als seine Frau uns im Treppenhaus mit Blumen und einer Vase entgegenkommt, »wo bleibt denn Minni-Viola? Sie wollte doch nachkommen?«

»Eben hat sie angerufen. Sie warte noch eine halbe Stunde. Sei der Makler bis dahin nicht im Haus, komme sie sofort.«

Wir gehen nun hinunter in den Garten. Wir kommen an Gewächshäusern, einem Swimmingpool, einem Aquarium, einer Papageien- oder Kakaduvolière vorbei in die eigentlichen Ausstellungsräume. Hier müssen die beiden großen Hunde, die auf dem Gang durch den Garten Leonhard Plotter freudig umsprangen, wieder zurück. – Über dem Eingang des Werkhauses eine lateinische Inschrift. Wir bitten um Übersetzung: »Als ich, abgerissen und arm und unbekannt noch, hier diesen Ort der Stille für mich errichtete, da ließ ich diese Inschrift einmeißeln: ›Ich habe meinen Hafen gefunden! Bleibt ihr nun draußen, ihr anderen! Laßt mich in Frieden, und sucht mal alleine weiter!‹«

Plotter setzt sich etwas erhöht, wir hocken uns drumrum auf flache Sitzgelegenheiten. Die Anbetung kann beginnen. Ein langer rechteckiger Raum und zwei kleinere Räume, die Decke in Glas, unten ein Teppichfußboden in Orangeweiß, in Plotters Kopfhaar- und Bartfarbe. »Wunderbares Licht hier!« sagt Gertrud. Plotter: »Ja, das ist überhaupt das Wichtigste in einem Atelier.«

Mausi kommt nun auch herein, setzt sich als Abschluß an die Reihe. Ich weiß von Minni-Viola, daß sie Gerhild heißt. Offensichtlich ist hier das alte Schlachthaus: Ein Schinken hängt neben dem anderen. Oder als was sonst soll frau diese Collagen und Stilübungen in Anlehnung an Schwitters, Dalì, Magritte, Ernst bezeichnen? Dunkle Köpfe auf gekreuzten Klingen, Hände, Waschschüsseln und Kredenzen, Rosen und Weinlaub neben Kartoffeln, Pantoffeln und Spinnrädern. Köpfe, in denen auch immer wieder abwechselnd der Künstler selbst und seine Frau zu erkennen sind. Auch einige gelungene Porträts an den Wänden.

Karl Krolow, Arno Schmidt. »Mit Arno Schmidt war

ich eng befreundet«, sagt Plotter und nimmt für einen Augenblick den Zigarrenstummel aus dem Mund. »Ein Universalgenie! Und die fundiertesten Kenntnisse auf allen Gebieten!« ›Ein Marathonschwätzer der allerdämlichsten Sorte!‹ brennt mir auf der Zunge. »Daß er so früh sterben mußte!« »Dieser *Zettels Traum*, ein außerordentliches Werk!« wirft Gertrud ein. Ich wette, sie hat da, wenn überhaupt, höchstens drei Minuten hineingesehen. Sie als vielumworbene Kapazität auf dem Sektor Wirtschaftskriminalität hat für diesen Literatenkram auch gar keine Zeit. Jedoch gutartig, wie sie ist, will sie dem Plotter eine Freundlichkeit sagen. »Ein Autodidakt von allerhöchster Konvenienz, ein Tag- und Nachtarbeiter! Da genau wie ich! Ein Riesenwerk hat er hinterlassen! Ich hoffe natürlich, daß ich noch viele Jahre im Schaffensprozeß bleibe. Als Autodidakt würde ich mich selbst natürlich keineswegs bezeichnen. Ich habe eine solide handwerkliche Ausbildung. Als Maler und Anstreicher habe ich da ganz von der Pike auf gelernt. In meinen Werkstätten werden Sie es ja sehen. Mit sämtlichen Drucktechniken, auch Farbdrucken, überhaupt Reproduktionstechniken, einschließlich Kupferstechen kenn ich mich aus. Ich habe mehrere Gesellen in Arbeit, auch Malschüler. Aber autoritär bin ich schon. Wenn ich eine Sache so und so seh und sie in einer ganz bestimmten Weise ausgeführt wissen will, da erlaub ich keine Widerrede. Auch bei meinen Studenten (ich hab da eine Professur für Bildende Kunst, Freihandzeichnen, in Düsseldorf) verlang ich, daß genau nach meinen Vorstellungen gearbeitet wird. Da kenn ich nix, keine Abweichung, keine Schlenker! Und die, die durchhalten, müssen hinterher zugeben, daß sie bei Plotter was gelernt haben. Alle diese Beuys-Studenten, Beuys-Anhänger, die haben nämlich am Ende nur Zeit verloren. Die können nicht mal einen Siebdruck, einen Tiefdruck nicht von einem Flachdruck unterscheiden! Ein Beuys, ein Rot, ein Rauschenberg, ein Lichtenstein, ein Warhol: Nichtsnutze, Nichtskönner, Tagediebe! Alle jungen Menschen sollten davor behütet werden!«

»Mein Zettels Traum, das ist, ja sehen Sie: der spanische Staat hat mich beauftragt, den Don Quichotte zu illustrieren. Niemals könnte sowas Beuys! Seine Biografie als Fallschirmspringer und dann enfant terrible und Kunsterneurer klingelt natürlich in den Ohren von labilen Jugendlichen. Seine Filzhut-Maskerade! Nein, nein! Ein Rattenfänger, ein gefährlicher Verführer!«

»Würden Sie nicht auch, wenn Sie noch mal zwanzig wären, ganz anders anfangen? Ist Ihre Art zu malen denn für junge Menschen überhaupt noch möglich? Es wird doch nun schon seit Jahrhunderten in dieser Weise Landschaft gemalt. Da ist alles abgegrast! Und außerdem malt da ja zusätzlich schon seit langem die Fotografie mit. Es ist wahr: Sie, Herr Plotter, malen schöne Landschaften schön! Aber Kunst?« Nun habe ich zugestochen! Nun schwillt die blaue Ader neben seiner Schläfe messingfarben an! Verfärbt sich nicht auch das Blau seiner Augen? Kann ich das denn nicht bleiben lassen? Zu kratzen, wenns mich juckt?! Zora und Paula, das weiß ich, geben mir recht. Gertrud wird mich hingegen als lieblos anklagen (schon wieder mal!), und Takashi wird neutral bleiben, er hat nicht durchgeschaltet, hat noch immer Verständnisschwierigkeiten mit der deutschen Sprache. »Genau so wieder anfangen würd ich, wie ich damals hab! Alles wieder so machen! Und der Erfolg, ja der Riesenerfolg gibt mir doch recht. Können zahlt sich immer aus. Eigentlich aber sollt ich jetzt gar nicht mehr mit Ihnen weiterreden, das Gespräch einfach abbrechen. Denn offensichtlich haben wir verschiedene Begriffe. Kunst kommt von Können!« »Ja, Ihre Landschaften sind gekonnt gemalt. Ich liebe Ihre Landschaften. Aber Kunst ist auch oder ganz besonders: neu sehen! Die Realität umsetzen! Ein Kind, ein Wurm setzt um.

Kunst wäre also scheißen. Das ist bekannt: Scheiße als Kunst.«

Gerhild flüstert etwas neben Paula, macht dann eine heftige Bewegung in meine Richtung, schüttelt den Kopf, blickt mich drohend an. »Ja, das genau ist Beuyssche Gaunersprache! Das wollen wir hier nicht! Wir schauen den Gäulen ins Maul! Wir haben ein Recht darauf, ins Maul, denn wir haben uns nie was schenken lassen! Wir haben hart arbeiten müssen! Der Erfolg ist mir nicht in den Schoß, nein! Mit fünfzig erst, erst als ich fünfzig Jahre alt war, konnte ich ernten! Meine Frau, meine Tochter haben Schweres durchgemacht! Daher auch die vielen Bilder, auf denen immer wieder meine Frau!« »Beruhige dich doch, Leonhard, bitte!« bittet Gerhild und blickt durch mich hindurch. »Aber, Herr Plotter, ich liebe Ihre Landschaften!«

»Sie wollten uns doch einige Ihrer Reproduktionen zu dem Don-Quichotte-Band zeigen«, erinnert Gertrud. »Ja«, sagte Plotter und schwuchtelt nun in das linke hintere Zimmer, kehrt mit einigen bedruckten Blättern zurück. »Farb- und Schwarzweißdrucke, ziemlich schwierig herzustellen. Ich verfolge dabei die Intention, die Abenteuer des Quichotte sozusagen in drei Schichten aufzuzeigen: Schauen Sie zum Beispiel dieses Blatt hier an! Und das ist ein ganz neuer Gedanke: alle Gedanken und Einfälle Quichottes in Farbe und seine Taten und Handlungen in Schwarzweiß. Alles, was mit der Dulcinea zu tun hat, natürlich farbig, aber kleiner gedruckt. Durch dieses Drei-Schichten-System wird es dem Betrachter sozusagen auf Anhieb möglich, jeden tatsächlichen Handlungsablauf von einem, der sich nur in Quichottes Fantasie abspielt, zu unterscheiden. Schwarzweiß also, wenn Quichotte, wie hier, durch die Gegend um Barcelona reitet, und stellenweise eingefärbt, weil er dabei an Dulcinea denkt. Auch hier dann, wie er mit den Windmühlenflügeln kämpft, natürlich farbig.

Selbstverständlich habe ich mich in all diesen Gegenden, in denen Cervantes den Don wesen, siegen und verlieren läßt, selbst umgetan. In jeder einzelnen dieser Regionen bin ich allein oder mit meiner Frau (nicht wahr, Mausi?) tagelang herumgekraxelt. Nicht nur das handwerkliche Können, nein, auch der Hintergrund, die Imagination für meine Arbeit ist wichtig.«

Wir beugen uns wechselweise über fünf Blätter mit Plotter-Illustrationen. »Gute Gesichter«, sagte ich. »Ja, da brauch ich mich nur ein bißchen in Altea selbst umzutun. Allerdings für den Sancho Pansa hat mir ein Kellner aus der *Alten Mühle* um Polop Modell gestanden. Natürlich halte ich immer die Augen offen.« Ich finde diese Arbeiten Plotters nicht schlecht, aber auch nicht besonders recht. Ich habe schon manches in dieser Art gesehen.

»Der spanische Staat vergütet mir in fürstlicher Weise die Arbeit an einem seiner ersten Kulturgüter. Leider aber werden vorerst nur dreitausend Exemplare gedruckt. Davon gehen kostenlos hundert Exemplare an Bibliotheken! Das ist schmerzliche Auflage für jeden Verlag: unentgeltlich von jeder Auflage hundert Stück an Bibliotheken verteilen! Tausend werde ich dann handsignieren. Aber der Fischer Verlag ist schon auf mich zugekommen: will von diesem elitären Buch ein billiges Volksbuch herausbringen.« »Toll«, sagen wir alle, oder »sagenhaft, grandios«, und blicken ab und an von Plotter und Quichotte weg auf die zahlreichen Ausstellungsplakate zu Plotterschen Exhibitionen von 1965 bis 1975 in allen wichtigen Städten of West-Germany, doch auch das Ausland ist vertreten.

Plotter sagt: »Ich hätte Tag und Nacht zu tun! Aber ich brauch auch meinen Schlaf! Hier sehen Sie nur: Gleichzeitig arbeite ich nämlich an der Zusammenstellung meines Oeuvres von 1950–1975, das jetzt in einem Reproduktionsband bei Schroll erscheinen wird. Bei Dumont sind zwar früher auch schon Bände herausgekommen. Jetzt hier!« Er legt uns eine umfangreiche Mappe mit Reproduktionen vor. Ich nehme sie auf die Knie, weil ich den bequemsten Platz habe, und reiche nun Blatt für Blatt weiter. Das ist zwar alles gute, exakte Arbeit, aber mein Freund, der Elektromonteur Hermann Peter Pumphut, und die mir bekannte Ärztin Hede Willmann handwerken ihre Grafiken und Collagen keineswegs schlechter, bringen, wählen aber nicht solche Klischees, widerwärtige Sujets wie Leonhard Plotter, o Jott o Jotter!

»In Amerika würde man mich einen Selfmademan nennen. Vom Maler- und Anstreichergesellen bis zum außerordentlichen und ordentlichen Professor und zum mehrfachen Kunstpreisträger! Handwerk hat eben einen goldenen Boden. Ich bin stolz darauf, aber alles laß ich auf diesem Boden nicht mit mir machen. Als ich zum Beispiel seinerzeit den Konrad-Nadler-Kunstpreis erhielt, zweitausend Mark waren das, und noch mal fünfhundert sollten extra gehen. Die fünfhundert Mark aber hab ich nicht gewollt! Da war nämlich so eine Gremientype, die hielt mir einen Schrieb zum Unterschreiben hin: DM 500.- für Mal- und Anstreicharbeiten erhalten zu haben bestätigt: ... Darunter vorgedruckt mein Name! Ne, habe ich gesagt, so nicht! Wenn ihr allerdings dieses Geld mit zum Kunstpreis tut, dann nehme ich es, allerdings ohne meine Unterschrift. Ihr wollt doch nur die fünfhundert unter Baukosten verbuchen und steuerlich absetzen. Da hab ich also drauf verzichtet.«

Minni-Viola war inzwischen auch da, saß neben Gerhild. Plotter schenkte uns dann noch jeder/m einen kleinen Band mit Plotter-Landschaften und eigenhändiger Widmung.

Den Doggen war es gelungen, mit Minni-Viola unbemerkt hereinzukommen. Gerhild schaffte sie wieder raus. Kaum war sie wieder drinnen, blickte Plotter, von seiner Widmungsschreiberei in die Bücher für uns, auf und zeigte auf eine Pfütze am Boden. Gerhild reagierte sofort, lief raus und kehrte mit einem Wischlappen zurück. »Diese Viecher!« sagte sie leise und ließ die Pfütze verschwinden.

»Haben Sie noch Interesse fürs Druckereihaus?« Wir hatten! Wieder ging es vorbei am leeren Hundezwinger, denn die Bewohner umsprangen wieder Plotter. Der wiegte sich in den Hüften und winkte beschwichtigend einem Zögling zu, der immerzu, Plotter grüßend, den Arm aus dem Swimmingpool hob.

Auch im Druckereihaus wurde Plotter von einem eindrucksvollen, lockigen Knaben, der noch, mittlerweile einundzwanzig Uhr, an irgendwelchen Bildtafeln arbeitete, ehrerbietig begrüßt.

»Das und das und dies und jenes.« Plotter demonstrierte uns alle Anlagen. Überall lagen Quichotte-Bildtafeln herum.

»Die Freude an meiner Arbeit laß ich mir von niemanden nehmen! Nicht wahr, Mausi?« Gerhild lächelte nervös/leidend oder schmerzlich verzogen, aber lieb. Draußen im Garten bewunderte Zora große weiße Blüten: »Wie heißen die?«

»Ja«, sagte Plotter, »leider nimmt mich meine Professur ziemlich in Anspruch. Ich muß oft verreisen und erlebe gar nicht mehr das Aufbrechen einiger Blumen.«

Nach der Führung fuhren wir alle zum Essen in die *Alte Mühle* bei Polop. Echt gut war das! Das Essen: Kaninchen in Knoblochsoße und Huhn und Salat und Tortillas, und guten Roten tranken wir dazu.

Plotter saß links neben mir am Kopf des Tisches. Dann folgten auf der Längsseite mir gegenüber Takashi und Zora. Und rechts neben mir: Minni-Viola, Gertrud und Gerhild. Wir waren alle gut aufgelegt. Plotter und seine Gäste wurden bevorzugt bedient. »Mausi, Mausi!« rief

Plotter einige Male. »Ja?« fragte sie und lächelte mild, fragte aber nicht weiter, sondern ich hörte sie von ihrer Tochter erzählen, die verheiratet sei. Ein Enkelkind sei auch schon da.

»Warum nennen Sie Ihre Frau ›Mausi‹?« fragte ich Plotter. »Ich finde das grauenhaft!« Er grinste. »Das hat sie gern! So wurde sie schon von ihrem Vater gerufen.« »Mausi, Mausi«, rief er, »hier meine Tischdame beschwert sich, daß ich dich ›Mausi‹ heiße! Du bist doch selbst davon begeistert, und das noch nach dreißigjähriger Ehe! Nicht wahr, Mausi?« »Ja«, sagte sie lächelnd, »sag ruhig weiter Mausi zu mir!«

Wir tranken alle zügig. An allen Tischen reihum (es gab keinen freien Platz mehr) wurde zügig getrunken, ausgiebig gegessen und gelacht.

»Ich hatte einen strengen, aber guten Vater«, sagte Plotter. »Er forderte von mir, riet mir: ›Erst eine Lehre, erst von der Pike auf lernen, und dann kannst du mit deiner Kunst anfangen!‹ Und wissen Sie, wer mein Vater war? Er war ein berühmter Mann!« »Wer denn?« frage ich. »Mein Vater ist Adolf Menzel! Jetzt staunen Sie, was?« »Ja, erstaunlich«, sage ich.

Ich hörte Gerhild erzählen: »Nein, dann bleib ich lieber hier. Das wird mir sonst zuviel. Natürlich jetzt zum Empfang, bei seinem Sechzigsten. Da flieg ich mit, da werd ich bei sein.« Plotter hebt sein Glas: »Mausi, auf dein Spezielles!« Sie prostet ihm lieb lächelnd zu.

Plotter blickt nun auf Zora, und Gertrud fragt Gerhild: »Und das ist Ihnen wirklich recht, wenn Ihr Mann Sie ›Mausi‹ nennt? Und haben Sie denn auch einen (Kose-) Leibnamen für ihn?« Jetzt blicken wir alle Gerhild an. »›Drecksack‹ nenne ich ihn«, sagt Gerhild sanft lächelnd. »Wie finden Sie denn das – ›Drecksack‹?«

Da lächeln wir erfreut und stimmen zu: »Doch, doch. (Obwohl wir so etwas nicht erwartet hatten!) Das ist kein schlechter Name!« Und trinken noch alle einen kräftigen Schluck. – Als eine Weile später der Plotter für uns alle bezahlt, »Ja, meine Herrschaften, ich hab Sie eingeladen«, sind wir noch einmal erfreut.

Wir versprechen, bei der großen Ausstellung der Stadt Pforzheim, zum sechzigsten Geburtstag des Künstlers, im Oktober 1980 mit seiner Frau gemeinsam anwesend zu sein.

1980

Elfriede

(Ein Bolero)

Wenn ich an der Nordsee bin, finde ich Steine. Einmal einen Seehund mit blauschwarz glänzendem, im Nakken zurückgelegtem Schädel. Ein andermal ein Meerkaninchen mit einem einzigen, weiß aufgesetzten, sanft blickenden Auge. Das andere Auge ausgewaschen, jedoch nicht unheimlich tagsüber am Strand, wenn es auf meiner Hand liegt, der Körper noch warm vom Sand, von dem ich ihn aufgenommen, kommt aber die Nacht, so zeigt mir jede seiner Seiten ein anderes Gesicht, das am Tageslicht unsichtbar, nun jedoch spiegelschriftartig heraustritt. Aus dem vertrauten runden Kaninskopf wird ein Mephisto, dessen Wangen eingefallen, dessen Mund zynisch lächelt.

Wende ich den Stein, habe ich vielleicht vor mir einen Kopf, der in einem grotesk spitzen Kinn endet und Lippen pfeifend vorgestülpt. In den fast stirnlosen Kopf sind Glimmeraugen eingelassen.

Setze ich ihn auf, wird er die Büste eines alten Kriegers und weist in dieser Pose auch eine andere Farbe, eine bräunlich beinerne Tönung auf. Wirkt leicht hornartig. Läßt an einen knöchernen Glatzkopf denken, disziplinierter und gleichzeitig leidenschaftlicher Gesichtsausdruck – ein von innen her zerstört, ausgebrannt scheinendes Gesicht. Jedoch auch den Anblick dieses Gesichtes ertrage ich nicht, obwohl er der erträglichste wäre.

Drehe ich noch weiter, komme ich zu der flachsten Stelle des Steines. Hier ist er im Gegensatz zu der Größe der übrigen Gesichter nur eine mickrige Fratze, jedoch von einer außerordentlichen Beweglichkeit, als verschiebe sich fortwährend der Hintergrund und brächte durch seine Unruhe die ihm eingewachsenen Farbtönungen und kleinen Unebenheiten zu flirrenden Kombinationen von Feixen und Greinen, von Übermut und Schalk. Und dennoch neben diesem anscheinend Lustigen, gut Aufgelegten nebenherlaufend etwas Idiotisches, Zwielichtiges oder Verrückt-Gefährliches. Ich will diesen Stein nicht! Ich werde ihn zurückwerfen ins Meer! Furcht, daß er mir, behielte ich ihn, Unglück brächte.

Überhaupt Furcht: daß, nähme ich diesen oder jenen Stein, mich etwas überrennte, mir ein fremdes Dasein aufzwänge.

Manchmal treffe ich Menschen, die mich an Steine erinnern. Nach kurzem Kennenlernen schon, beginne ich mich dann innerlich davonzuschleichen. – Ein häßlicher Vorgang, der aber nicht anders vorgehen kann, denn sobald ich eine Anhänglichkeit dieser Person spüre oder mir auch nur einbilde, werde ich unruhig.

Nie bin ich einem Stein ein zweites Mal begegnet. Wohl aber den Steinhaften aus der Gattung Mensch begegnete ich zuweilen in kürzeren oder längeren Zeitabschnitten erneut. Sie hatten sich nie wesentlich verändert.

Als ich den steinernen Hasen fand, erschreckten mich seine Verwandlungsmöglichkeiten.

Als ich den steinernen Fischkopf fand, fiel mir Elfriede Kux ein. Nicht, daß sie Ähnlichkeit mit dieser sehr gelungenen Form eines Fischkopfes, der etwa von der Länge und Breite eines ausgewachsenen Karpfenkopfes, am Maul grauschmutziggelbweiß und sonst blaugelbweiß gefärbt war, daß Elfriede Ähnlichkeit damit gezeigt hätte. Nein, nicht *so*. – Ich mußte nur plötzlich an sie denken.

Damals war ich in der Einhardus-Buchhandlung in A. beschäftigt. Als ich eines Morgens zur Arbeit kam, sprach Elfriede mit der Raumpflegerin, die den Tritt vor der Ladentür schrubbte.

Ich gewahrte sie von hinten: ihren gräulichen, ins Violette changierenden Mantel mit dem übergroßen, unmodernen Kragen.

Später, als ich das Geschäft vom Personaleingang her betrat, war sie auch drinnen und erkundigte sich bei einer meiner Kolleginnen nach den Bedingungen für eine Phonoring-Mitgliedschaft.

An einem anderen Tag, als ich sie selbst bediente, überraschte mich ihre Länge und außerordentliche Magerkeit. Unter dem bräunlichen, wollenen Kopftuch, auf dem schlappen, weit über die Schulter hängenden Mantelkragen saß ihr grauweißes Möwengesicht mit grünlich stumpfen Augen.

Wie ich von Zerres, meinem Chef, erfuhr, war Elfriede Kux neu eingestellt bei der Hochschulbibliothek.

Meistens kaufte sie nichts, holte nur einen Bescheid ein, informierte sich über Schriftsteller/innen, Neuerscheinungen: »Es muß doch herrlich sein in einer Buchhandlung zu arbeiten! Aber auch anstrengend, nicht?« »Allerdings.« »Ja, wenn ich nicht so leicht ermüdete!« – Das konnte ich mir vorstellen, wie schnell ihre Kräfte bei intensiver Beanspruchung nachlassen würden.

Die anderen erzählten dann und feixten dabei: daß E., jeden Morgen fast, kurz hereinschaue, und sei ich nicht sichtbar im Laden, gehe sie vorbei, anderenfalls komme sie herein.

»Stellen Sie sich vor«, begann E., hatte sie mich ausgemacht, und in der Regel folgte dann sogleich irgendeine Bemerkung über ihre möblierte Wohnung, die draußen am Stadtrand, im Finkenweidenweg lag; möbliert ja, mit Teeküchen, Duschräumen, alles recht akzeptabel im gesamten, jedoch sie wohne erste Etage, und direkt darüber befänden sich die Teeküchen, in denen die Studenten bis in die Nacht hinein hantierten. »Der Lärm, nicht zum Aushalten!«

Eines Tages zog ich um, in die Nähe von E. – Eine herrliche Villengegend der Stadt. Ich hatte dafür einen Tag frei genommen, und tags darauf gratulierte mir E. seufzend: »Ach, hätte ich das doch auch schon hinter mir! Die Studenten albern ewig herum, sind rücksichtslos laut, und der Hausmeister mag mich nicht leiden, das spür ich ganz genau.« »Entweder Sie denken nicht mehr an Lärm und Hausmeister und bleiben wohnen, oder aber Sie bemühen sich ernsthaft, dort so schnell wie möglich wegzukommen.« »Ja«, sagte E., »aber das ist doch alles schwierig mit eigenen Möbeln und so. Wie haben Sie das denn gemacht, man müßte so etwas mal sehen!«

Einige Wochen nach meinem Umzug lud ich E. ein. Sie zeigte darüber eine übermäßige Freude.

Sonntagnachmittag, punkt fünfzehn Uhr, wie vereinbart, öffnete ich auf ihr Klingeln die Tür.

Sie ächzte hinter mir die Treppen herauf. Ich nahm ihr sogleich den Mantel ab. Sie entfernte Nadeln von einem Papier und wickelte drei gelbe, langstielige Rosen aus, die sie mir mit einem spaßigen Knicks scherzend überreichte. Ich war überrascht; von E. hatte ich Gladiolen erwartet, rot- und glotzäugige, hartleibig steife Gladiolen.

Später stand E. hinter der Kautsch, am offenen Fenster und atmete mühsam, sich die schmale, blasse Gymnasiastenstirn mit der Hand haltend, in die schöne Landschaft hinaus. Es war Ende September. Ein Papierdrachen hatte sich mit der Schnur oben an der Fernsehantenne des Nachbarhauses verheddert. Sein torfbrauner Kopf mit ängstlich wirkenden Saphiraugen darin schlug und ruderte angebunden an seinem Pfahl in der Luft, blieb dann zuweilen erschlafft, fast regungslos hängen und starrte über die kleinen, anliegenden Gärten mit den verblassenden Tupfen der Herbstrosen und dem in kräftigem Rostbraun an Mauern aufglühenden wilden Wein.

»Schön haben Sie es hier,« sagte E., »man kann sich gar nicht satt sehen an all der Pracht!« Ich stimmte zu.

Ich deckte den Tisch, kochte Kaffee und malte mir aus, sie hätte mir Astern mitgebracht. Ich wollte keine Astern von ihr. Ich ging zwischen Küche und Wohnraum hin und her und erinnerte mich; an einen ersten Sonntag im Oktober, Jahre zurückliegend. An ein möbliertes Zimmer, das parterre sehr dunkel liegt und von dem aus man auf einen großen Garten hinausblicken kann. Im Frühling, im Sommer färbt der Garten mit seinen dicken Bäumen und den Büschen dicht vor dem Fenster in Art einer riesigen, dunkelgrünen Glasscherbe das ganze Zimmer grün, daß ich an manchen Tagen verwunschen dahindämmerte, eingeschlossen in eine grüne Flasche. Und im Herbst ist das Zimmer auf ebensolche Weise rotgold. Und da an diesem Sonntag im Oktober brachte mir eine Schülerin, Kundin von Einhardus, die mich besuchte, einen schweren Strauß frischer Astern aus dem Garten ihres Vaters mit. Sie ist Polin, sechzehn Jahre jung. Sie hat tintenblaue Augen, dicke, schwarze Wimpern und riecht nach Erde.

E. spricht vom Zauber des Junggesellendaseins. Inzwischen sitzt sie auf der Kautsch, und jetzt sehe ich, wie sehr sie dem Gymnasiasten Gaidetzka ähnelt, einem langaufgeschossenen Knaben (mit verhältnismäßig kleinem Kopf).

Ich sehe ihre dünnen, farblosen Lippen, die kindliche, unreife Form des Mundes, der aber dennoch dabei zu groß scheint, der Schnabel eines Vogeljungen, ständig bereit aufauseinanderzuklappen, Nahrung einzuheimsen. Das etwas, wie von verborgenem Gram, verzogen wirkende Stück zwischen Nase und Oberlippe. Nicht einmal so sehr durch die beiden von der Nase abwärts führenden, unterhalb der Wangen verlaufenden, tiefen Falten! Nein, in dem glatten, durch von nichts als einem nur angedeuteten geizigen Einschnitt in die Oberlippe unterbrochenen Stück zwischen Nase und Mund artikuliert sich etwas Hilfloses, Unzufriedenes, Hungriges. Das Kinn, über dem dünnen Hals leicht nach oben gebogen, gibt ihrem Gesicht etwas Gieriges, Geöffnetes, Zuschnappenwollendes.

»Nein«, sagt sie, »nicht diesen Kuchen! Er bekommt mir nicht! Auch nicht die Sahne! Nein, geben Sie mir von diesem dort ein ganz kleines Stück! Nein, nicht soviel! Die Hälfte reicht! Ich vertrage nur ganz wenig! Aber der Kaffee ist dafür um so besser!« Nach einer Weile: »Darf ich noch ein winzig kleines Stück von Ihrem Kuchen? Nein, nicht so einen Riesenhappen! So, ja! Ich muß ihn doch auch mal probieren, bevor er ganz in Ihrem Mund verschwindet!«

Nach dem Kaffee trank E. Saft, ich Portwein. Und während ich abwechselnd oder auch gleichzeitig rauchte und trank, den Portwein sich ausbluten fühlte in meinen Beinen, stieß E.s helle Möwenstimme an mein Ohr. Begleitete mißtönend hart ihr fast ununterbrochener halblauter Schrei die Händelsche Brandung, seine Wassermusik, die da zufällig aus dem Radio schwoll, und forderte Aufmerksamkeit für Geschehnisse aus ihrem Leben.

E. ist vierunddreißig Jahre alt. Abitur zeitlich normal an einem neusprachlichen Gymnasium in West-Berlin. Sie hätte es lieber an einem altsprachlichen gemacht. Entschied sich für das Studium der Philologie. Studierte einige Semester Englisch und Latein. Kurz vor dem Examen wurde sie von Angstzuständen erfaßt; dachte plötzlich, das könne sie ja gar nicht werden: Studienrätin. Die Schülerinnen würden sie während des Unterrichts immer anblicken, ihres überlangen Wuchses wegen ständig kichern, anzüglich werden. Heute noch habe sie Angst, wenn sie eine Ansammlung von Schulkindern sehe, zufällig da hineingerate. Darum interessierte sie sich für eine Ausbildung als wissenschaftliche Bibliothekarin. Wozu sie jedoch, wie man ihr mitteilen mußte, da schon zu alt war. Man riet ihr, an einem Kurs für Volksbibliothekarinnen in Bonn teilzunehmen. So wurde sie also Volksbibliothekarin und erhielt nach Abschluß ihrer Ausbildung eine Stelle an der hiesigen Hochschulbibliothek, zwar nicht in der Ausleihe (was vielleicht auch zu streßig gewesen), aber doch immerhin in der Zeitschriftenabteilung.

E. artikuliert sich klar und anschaulich. Sie ist scharfsinnig im Denken und anstrengend und anregend in der Diskussion. Das filosofische Ideengut aller Epochen und Völker ist ihr vertraut, jedoch kenne sie sich in der Literatur der Klassik und Moderne nicht so gut aus, entschuldigt sie sich, da sie das Lesen dickleibiger Folianten zu sehr erschöpfe.

Ich bewundere ihre pädagogische Begabung; wie sie mir zum Beispiel prägnant und sehr anschaulich den Kierkegaard nahebringt, mit dem sie, die evangelisch und sehr religiös ist, sich schon einige Jahre hindurch auseinandersetzte; die Sünde Adams, diese berühmte, für mich noch immer im Schatten liegende Sünde Adams! »Hören Sie...« Jedoch ich erinnere mich leider nicht, was sie darüber sagte. Kann sein, daß sie sich selbst unterbrach, auf irgendein Symptom ihrer Krankheit hinweisend.

Ja, ihre Krankheit. E. ist natürlich bedauernswert! Aber auch störend diese Krankheit, weil sie immer wieder ins Gespräch einbricht: Nichts Gesalzenes darf E. zu sich nehmen, sonst kriegt sie Ödeme! Sie hat es am Herzen, an der Lunge und ist kurzatmig. Verzichten muß sie wegen ihres schlechten Kreislaufes natürlich ohnehin auf Alkohol und Zigaretten. Verzichten aber auch wiederum, wegen ihres kranken Magens, auf schwer verdauliche Speisen. Natürlich keine Sahne, nicht einmal einen viertel Kaffeelöffel voll. Sie darf keine Wurst und keinen Käse essen, und wenn mal ausnahmsweise, dann auch nur aus dem Reformhaus. Eier hingegen, weichgekocht, vertrage sie bestens! – Es freute mich, daß sie wenigstens von dem Schokoladengebäck reichlich nahm.

Zwischendurch verschwand sie einige Male auf die Toilette. Später kramte sie aus ihrer großen Tasche ein Röhrchen mit Pillen. Sie klagte über ständige Müdigkeit, auch Hunger, und daß sie aber ihres schwachen Herzens wegen nicht in der Lage sei, ausreichend, geschweige denn überhaupt je sich satt zu essen. Lesen könne sie auch nur sehr wenig, zudem überaus langsam, wenigstens in letzter Zeit, ohnehin werde ihr Zustand immer übler, beklagenswert vor allen Dingen, da sie das, was sie lese, zwar erfasse, doch nicht mehr gut behalten könne – so groß sei die Erschöpfung und die allgemeine Angespanntheit, in der sie ständig gehe, sich bewegen und sogar arbeiten müsse.

Bevor E. wegging, fragte sie: »Haben Sie nicht zufällig grade ein Buch für mich zum Ausleihen? Sie haben so eine reichhaltige Bibliothek, und ich bin augenblicklich ohne interessante Lektüre.« Ich gab ihr einen Band Connaisseur-Geschichten. E. bedankte sich überschwenglich und sagte: »Neulich hab ich ein Verzeichnis der hiesigen städtischen Volkshochschule eingesehen. Da gibt es ja sehr interessante Einzelvorträge, Vortragsreihen und Kurse. Hätten Sie keine Lust, mit mir zusammen Veranstaltungen zu besuchen? Und vielleicht gehen wir auch einmal gemeinsam in ein Theaterstück oder ein Konzert?«

Ich: »Ich habe immer zu wenig Zeit, aber irgendwann werden wir bestimmt schon mal was gemeinsam unternehmen.«

Einige Wochen später schellte es Sonntag mittags bei mir. Ich überlegte eine Weile, ob ich öffnen solle. Da hörte ich ein hufartiges Getrappel im Vorgarten. Die Gartentüre quietschte, und das gleiche Hufgetrappel setzte sich über die Straße zur rechten Seite hin fort. Ich öffnete vorsichtig, lautlos ein Fenster und sah E. davonlaufen, die leicht abschüssige Straße hinunter. Ihre plumpen Keilabsatzschuhe verursachten das pferdehufähnliche Aufschlagen auf dem buckligen Straßenpflaster. Plötzlich aber, während ich ihr noch nachblickte, machte sie kehrt und kam jetzt wieder die Straße herauf, langsam gehend. Sie brauchte nur aufzublicken, um mich an meinem Fenster zu sehen. Schleunigst zog ich mich zurück. Ich dachte auch, sie würde noch einmal schellen. Jedoch sie ging vorbei.

Montags, am nächsten Tag, stand sie vor mir bei Einhardus, wickelte aus einem zerknüllten, gelben Seidenpapier ein rosa Plastikschäufelchen, überreichte es mir freundlich lächelnd, errötete dabei: »Das habe ich Ihnen gestern bringen wollen! Dann habe ich es mir aber überlegt und erwogen, vielleicht zu stören. Das ist also ein Kuchenschäufelchen. Ich habe nämlich neulich, als ich Sie besuchte, festgestellt, Sie besitzen keins. Und ich habe zwei davon. Das zweite ist also für Sie, habe ich jetzt beim Aufräumen gefunden. Ich ziehe nämlich um, ja!, habe sofort dabei an Sie gedacht!« Ich nahm es entgegen und dankte.

»Ein Jux, ein regelrechter Jux von dieser Kux«, lachte ich, als E. weg war. »Son Plastikding sollte eigentlich auf den Müll!«

»Aber das darfst du nicht!« rief Nina, eine Kollegin, fast zu Tränen gerührt. »Kux hat es ernst gemeint! Das weißt du auch!«

Dann sind die letzten Oktobertage vorbei. E. erzählte mir, sie gehe gern auf Friedhöfen spazieren. Ich stelle mir vor, wie sie zwischen den Gräbern, über die Grabflure schwankt, schwirrt als eine große Libelle, deren harte Drahtglieder in einem klobigen, braunen, viel zu weiten Menschenmantel stecken, und unterm braunen Wolltuch (im Sommer ist es ein grünes oder violettes Kunstseidentuch) glubschen starkvergrößert die Augäpfel hervor.

Elfriede erinnert an eine Tieffliegende. Überall, wo ich auch auf sie treffe, an eine halb über den Boden schleifende, nicht ganz in Höhe von erdgeschossigen Wohnungen gleitende Riesenlibelle. Und immer glaube ich dann auf ein Geräusch achtgeben zu müsen: einen dünnen, hohen Pfeifton, der ihrem flachen, breiten Brustkörper, fast unhörbar, ihr selbst beim Fluge Richtung weisend, entweiche. Nein, vielleicht ist es kein Pfeifton, sondern eher ein rasselndes, schnurrendes Geräusch, wie ein ins Zimmer verschlagenes Tier, mit den Flügeln überall anstoßend, es hervorbringt.

E. sagt: »Ich bin umgezogen. Wollen Sie nicht morgen mittag eine Tasse Kaffee mit mir trinken?« Ich bin schockiert; sie ist verzogen in die häßliche, sonnenlose, enge Pontstraße, in der auch das Geschäftslokal meiner Firma liegt. Nur befindet sich dieses im erweiterten, erträglicheren Teil der Straße, während E. sich direkt an der engsten Stelle dieses Steinschlauches eingenistet hat. In einem kürzlich aufgestockten Haus, das nach dem Krieg jahrelang nur aus zwei überdachten Parterreräumen bestand und jetzt drei Etagen aufweist mit je einem schmalen, hohen Fenster straßenwärts. Zur Rechten ein dunkler, schmuddeliger Metzgerladen, dessen Fleischauslagen selbst durch rötliche, Frische vortäuschende Neonbeleuchtung nicht das Flair des Klebrigen, Restehaften genommen werden kann. Dieses Fluidum, das schlechtgehende Läden mit zu lange in düsteren, dem Kunden unsichtbaren Ecken auf Thekenbrettern modernd lagernden, faulenden Waren anhaftet! Nachdem E. den Kaffee fertig hatte, gingen wir hinaus, wieder durch den Hausflur. Zwei Schritte weiter, öffnete sie eine Tür. »Schauen Sie hinein, mein Duschraum!« Dieser Raum war nett: ein Klo in schwarzglänzender Holzverkleidung, ein geräumiges Waschbecken, blitzende, verchromte Duscharme an der Zimmerdecke und am Fußboden grüne, blanke Fliesen. Lediglich der Vorhang, der halb zurückgezogen über das fußknöchelhohe Duschbecken herunterhing, gefiel mir nicht, ein verschossener, grünlicher Farbton mit kleinem, rötlichem Blumenmuster drauf. Und aus irgendeinem Grund störte mich auch das gewaltige Familienstück Palmolivseife auf der Seifenrille des Waschbekkens und die große Familienausgabe von Colgate Zahnpasta neben dem grünen Plastikbecher auf der Glasscheibe unterm Spiegel.

»Und?« fragte sie. »Oh hübsch!« »Ja, den Vorhang an der Duschecke habe ich fast geschenkt bekommen.« – Zwei Schritte weiter wieder eine Tür.

»Die Rumpelkammer«, erklärte E., öffnete diese jedoch nicht.

Links geht jetzt eine Treppe ab zu den oberen Etagen. Ihr eigentlicher Wohnraum liegt am Endes des Flures geradeaus. Wir gehen da hinein. Dieser Raum an sich scheint mir nicht so übel, vor allem ruhig zu sein. Zu einem kleinen Hinterhof hin gehen ein Fenster und eine Tür. »Ach, und hier halten Sie ihre Siestas!« »Sie irren sich,« sagte E., während sie den Kaffee einschenkte, »das ist ganz unruhig hier, jeden Augenblick geht jemand über den Gang. Jetzt, hören Sie nur!« In der Tat, die Haustür wurde geöffnet, und jemand knallte dumpf mit schwerem Schuhwerk an der Wohnungstür vorbei. »Ja, und Sie sollten erst mal miterleben, wenn diese Typen hier Besuch haben. Es wohnen ja vorwiegend Studenten hier.« »Also, Sie sind nicht zufrieden?« »Nein, gar nicht! Erstens der Lärm, zweitens zieht es unaufhörlich vom Hausflur her. Da fehlt nämlich unten ein Stück an der Tür, da sollte ursprünglich noch eine Stufe gebaut werden, aber dann hat man sie wohl vergessen. Ich bekomme gar keine warmen Füße mehr! Wie mag das erst im strengen Winter werden! Aber zum nächsten Winter will ich eine andere Wohnung haben. Ich habe mich auch schon bei meinem Wirt, dem Fleischermeister, beschwert, der hat zwar geantwortet, das würde geändert, aber inzwischen friere ich mich noch halbtot. Alles ist so klamm, ich schließe von daher auch auf Wandschwamm. Und dazu diese widerwärtige Gasheizung! Erstens der Gestank davon, und zweitens ist sie so teuer. DM 450.- kostet die Miete, und hinzu kommt dann noch die Heizung und Treppenhausreinigung.« »Ja, es hat aber auch den Vorteil, daß Arbeitsstelle und Wohnung dicht beieinander liegen und Sie mittags nach dem Essen ausruhen können. Und der Hof ist doch auch nett! Da können Sie schon mal bei Sonnenschein hinaus und sich aufwärmen.« »Unmöglich! Ich habe ja auch jetzt die Türe geschlossen, obwohl mal frische Luft herein müßte. Nein, auf den Hof, da werfen die Bewohner von den anderen Häusern und oberen Stockwerken Abfälle drauf. Auch Essensreste und Spülwasser fliegen aus den oberen Fenstern oft hier herunter in den Hof vor mein Fenster. Schauen Sie nur!« Sie öffnet die mit einer Gardine überzogene Glastür, und wir treten auf den etwa drei Schritt langen und fünf Schritt breiten Hof hinaus. In den Boden eingelassen: ein kleines Abflußviereck. Es liegt nicht allzuviel herum; auf jeden Fall nichts Auffallendes, außer einem bißchen harmlos wirkendem Unrat. Schlimmer ein penetranter Geruch, worüber sie jedoch nichts sagt. »Ja, ich habe auch das schon dem Hauswirt gemeldet, und der teilte mir darauf mit, daß es selbstverständlich verboten sei, Nahrungsreste herunterzuwerfen, da dieser Hof ja kein Misthaufen sei. Aber den Kehricht, der sich ständig ansammelt, beseitigen, das bleibt doch meine Sache.«

Erst oberhalb der Mauer liegt ein wenig Sonne, die unteren Hofwände glänzen bräunlich dunkel, naß im Schatten. Wir kehren ins Zimmer zurück.

E. kaut als Mittagsmahl zwei Knäckebrote aus dem Reformhaus, belegt mit Reformhausmargarine und Quark. Mir hat sie Gebäck gekauft, zwei Plunderkuchen mit Obst gefüllt aus einer Bäckerei, einem Lädchen gegenüber, das gleichfalls Überlebensschwierigkeiten hat. Ich sehe den Plundern an: ein, zwei Tage noch, dann hätten ihre Verzehrgarantie die Grenze überschritten, sie hätten ihr Äußeres abstoßend verändern müssen. Jetzt aber sollen sie noch fast rechtzeitig verzehrt werden, von mir!

Ich lehne ab, obwohl ich hungrig bin.

Einmal Samstag mittags nach Geschäftsschluß, treffe ich E. am Briefkasten. Sie begleitet mich ein Stück. Kommt dann mit bis vor die Haustür, hier will sie sich von mir verabschieden. Da es ein langer Weg war, lade ich sie zu einem Kaffee ein und serviere dazu: Brot, Radieschen, Tomaten und Käse. Sie trinkt viele Tassen Kaffee und ißt leicht hastig mit sichtlichem Vergnügen das frische Zeug. Auch von dem Käse nimmt sie. Ich freue mich an ihrem Appetit. »Ja«, sagte sie, »das ist doch auch gesunde, vitaminreiche Nahrung, da kann man nicht genug von bekommen!« Spricht anschließend von der Verantwortung, die sie dem Mitmenschen gegenüber habe, einfach aber, indem sie da sei, sei sie für den anderen mit da, könne Gemeinschaft für ihn mitbilden, ihm zum Beispiel zuhören, erzähle er ihr von seinem Kummer, seinen Freuden. »Das ist Ihre persönliche Anschauung, weil Sie eine Existenzberechtigung brauchen.« Jedoch bleibt sie bei ihrer Meinung. »Habe ich morgens mal keine Lust aufzustehen, weil ich mich elend fühle, dann richtet mich aber der Gedanke auf, daß ich bestimmt irgendeinem in der Bibliothek fehle, daß irgendeiner traurig ist, wenn ich nicht zum Dienst komme. Und so zu denken hilft mir, meine Pflicht weiter zu tun.«

Sie kann nicht lange bleiben; am Abend komme Besuch, deswegen sei sie gut gelaunt, müsse allerdings noch ein wenig aufräumen. »Kommen Sie mich einmal in der Bibliothek besuchen«, bittet sie zum Abschied, »ich arbeite jetzt im Besenbinderhäuschen, dort ist die Zeitschriftenabteilung zur Zeit behelfsweise untergebracht!« Das interessiert mich. Ich verspreche, irgendwann einmal reinzuschauen.

Besenbinderhäuschen nenen sie ein Holzhaus, das neben dem eigentlichen Bibliotheksgebäude steht und in dem sonst nur Bücher eingebunden werden oder Zeitschriftenwerke.

Jedoch ich habe zu wenig Zeit. Manchmal treffen wir uns, nicken im Vorbeigehen einander zu und fragen und gegenseitig flüchtig nach dem Ergehen.

Einige Wochen später, an einem warmen Sommerabend, passiert die Geschichte mit der Feuerwehr. Eine Kollegin von mir, Maria Meier, die gleich in der Nähe von E., jedoch in einer anderen Straße wohnt, berichtete feixend: »Gestern abend ging ich spät noch raus um Bier zu holen. Da steht die Kux auf der Straße und mehrere Passanten um sie rum, sagt, es rieche nach Brand bei ihr und sie habe die Feuerwehr benachrichtigt. Bald trarat diese auch vor. Die Männer von der Brandwache befragen Kux genaustens, wegen ihres Verdachts und ihrer Meinung, woher der Brandgeruch kommen könne. Sie verschwindet mit den Männern in ihrem Hausflur. Nach einer Weile erscheinen diese wieder, schütteln die Köpfe, schnuppern argwöhnisch in der Luft herum, können aber nichts finden, was Kux' Verdacht bestätigen würde, klettern in ihre Wagen zurück, hauen wieder ab. Kux wirkt ratlos, schüttelt gleichfalls den Kopf, jetzt allein. Aber, kann sie dafür, wenn sie riecht, was sich dann nicht zeigen will?«

Dann vergingen wieder Wochen. E. sah ich manchmal Tage nicht, dann wieder täglich. Wahrscheinlich fiel sie jedem auf, in ihren viel zu langen, zu weiten Röcken, die dazu entweder in verwaschenen oder in zu grellen und undefinierbaren Farben waren, in ihren viel zu lose hängenden, meist plissierten, langärmeligen Blusen. – In der Firma entstanden Diskussionen: Könnte man durch entsprechende Kleidung einen ganz anderen Typ aus E. machen? Marie-Thérèse (Tochter eines Oberbaurats) schlug für winters einen Pelzmantel und sonst gut gearbeitete Jackenkleider, elegante Wildlederschuhe und dunkle extravagante Hornbrille vor. Gewiß, durch passende Kleidung wäre E. umzuwandeln in den Typ einer sportlichen, selbstbewußten Intellektuellen. Einige widersprachen: »Nein, nie und nimmer!« Alle beteiligten sich an diesem Umkleidespiel für E., und jede ließ sie anders angezogen über den Laufsteg.

Am Nebengrundstück haben sie kurz nach E.s Einzug mit Bauarbeiten begonnen. Den ganzen Tag über rattern die Betonmischer. Wasser und Sand spritzen oft gegen E.s Küchenfenster.

Der Winter ist mild, und im Frühjahr stehen die Bauarbeiter schon auf den Gerüsten und ziehen an langen Seilen das Baumaterial hoch. Sägen kreischen einige Tage lang unentwegt, und just während dieser Zeit liegt E. erkrankt zu Hause. Ich erfahre davon erst später, als sie schon wieder herumkraucht. »»Grauenhaft war dieser Baubetrieb nebenan! Ich habe schrecklich darunter gelitten, bin aber trotzdem nicht an den Tokayer gegangen, um mich zu stärken.« »Und weswegen haben Sie ihn aufgespart?« »Ja nun, der ist für Sie bestimmt, und zwar, wenn ich Sie demnächst wieder einmal besuchen darf, dann sollte der Tokayer nämlich mein Mitbringsel sein. Oder aber, wollen Sie mich wieder mal aufsuchen?«

In den folgenden Wochen bei jeder Gelegenheit nun

erwähnt E. den Tokayer. Zum Beispiel: »Vor einigen Tagen oder gestern abend noch bin ich von einem großen Übelsein befallen worden, aus welchem der Tokayer mir bestimmt herausgeholfen hätte, aber ich habe verzichtet. Ihretwegen, den Genuß noch etwas hinausgeschoben!«

Ich lade E. also wieder ein, tue so, als könne ich mich nun keine Stunde länger mehr von einem Tokayerrausch zurückhalten.

An einem Sonntag Anfang Juli, 15.30 Uhr, klingelte sie, hatte den Tokayer dabei. Leider aber schmeckte er bitter!

Diesmal fühlte sie sich sofort wie zu Hause und legte die Beine hoch auf der Kautsch. »Ein Kissen! Haben Sie kein Kissen da für mich?« Ich hatte nur mein Kopfkissen aus dem Bett, was ich ihr schnell reichte. »Danke!«

Sie klopfte es sich für ihren Rücken zurecht. »Fast hätte ich nicht zu Ihnen kommen können, so miserabel war mir! Aber dann habe ich gedacht: Wenn du nur mal hingehst und Bescheid gibst, daß du nicht kommen kannst, damit Bela nicht noch weiter vergeblich auf dich wartet! Aber jetzt ist es mir doch ein wenig besser geworden durch den Weg in der frischen Luft. Außerdem, hier auf der Kautsch liegt es sich doch auch ganz gut!«

Von dem Kuchen wollte sie diesmal überhaupt nichts. Nur Kaffee, reichlich schwarzen Kaffee, und da meine Kanne zu klein, brühte ich mehrere Male auf.

E. lag da: ein langer, knochiger Windhund, der bedauert werden will, und als ich sie fragte: »Darf ich rauchen?«, wehrte sie müde ab. »Nein, bitte nicht. Es wird mir, weiß Gott, dann womöglich wieder richtig übel!«

Manchmal fuhr sie sich mit der Hand über die Stirn, als nähme sie dort Schweiß weg oder suche Kopfschmerzen zu lindern. Als ich die gleiche Sorte Keks wie bei ihrem ersten Besuch auf den Tisch brachte, diese gefüllten Schokoladenkekse, von denen sie da viele gegessen hatte, und ich sie aufforderte, zuzulangen, erklärte sie: »Nein, danke, ich esse nie etwas Süßes!« Ich war überrascht: »Aber Sie mögen doch diese Kekse! Sie essen doch auch Pralinen! Als ich neulich bei Ihnen war in der Mittagspause, da haben Sie doch einige genommen und gesagt, Sie könnten jederzeit Süßes essen, nur dürften Sie es eben nicht so hemmungslos, weil Sie dann an Gewicht zunähmen und ihr Herz das nicht schaffe.« »Nein! Auf keinen Fall! Ich mag überhaupt keine Süßigkeiten, ich mache mir nichts, gar nichts daraus! Sie irren sich, wenn Sie denken, ich hätte je Süßes gegessen.« Sie spreizte die langen, rötlichbraunen Finger neben ihren Teller, auf dem unberührt der Kuchen lag.

»Meine Schwester, die müßten Sie mal sehen! Kerngesund, verheiratet, drei Kinder! Wenn ich gesundheitlich nur nicht so elend dran wäre!« »War das denn immer so?« »Nein, beileibe nicht!« E. schiebt die Hände hinterm Kopf zusammen. »Nein, damals in Berlin bei Kriegsende, als die Trümmerbeseitigung losging, nach dieser ganzen Geschichte, ja da fing es mit mir an. Nie was Richtiges zu essen, immer Kohldampf geschoben und dann die Arbeit! Plötzlich oder richtiger folgerichtig dann die Sache mit meinem Magen; die Ödeme, die Kreislaufstörungen etcetera! Schwächlich war ich ja auch schon vorher, aber krank nicht, nicht so!« Sie langt nach ihrer Handtasche, kramt darin herum und reicht mir ein Foto. »Sehen Sie, das ist eine Aufnahme meiner erfolgreichen Schwester!«

Ich sehe eine junge Frau mit vollem, gutmütigem Gesicht, ein hübsches Kind an ihrer Seite. »Na, da ist ja wenig Ähnlichkeit mit Ihnen!« »Und das hier?« E. schiebt mir ein neues Foto zu. »Das ist meine Mutter und meine eigne Wenigkeit.« Schwester und Mutter ähneln sich, keine einprägsamen Gesichter, doch gesund aussehend. Dagegen E. selbst: spitznasig, unterernährt und überanstrengt wirkend, wie immer. »Was ist Ihre Mutter von Beruf?« »Büglerin. Ja, sie hatte nichts Ordentliches gelernt, und als mein Vater nach dem Krieg in seinem Beruf nicht mehr richtig vorwärts kam, da hat sie einfach für fremde Leute gebügelt. Aber gesund waren sie alle. Besonders meine Mutter. Sie hatte zu Hause eine Fleischerei. Der Bruder meiner Mutter ist Fleischermeister.« »Ein ekelhafter Beruf!« »Nein, wenn man kräftig ist und rechnen kann, bringt man es darin ordentlich zu Geld. In dieser Familie sind alle kräftig und wohlhabend. Vorwiegend Handwerker, auch Kaufleute. Und sehen Sie, ich habe gar nichts davon abgekriegt!« »Das weiß man nicht. Die Krankheit verdeckt ja alles.«

Als ich nach etwa zwei Stunden noch einmal anfrage, ob E. denn mein Rauchen jetzt vertragen könne, bejaht sie es. »Allerdings, am besten verkrafte ich noch Pfeifenrauch.« »Schön«, sage ich und stopfe mir eine Pfeife.

Zum Abendbrot hatte ich für E. Erdbeeren vorbereitet. Wie gut, daß ich nur einen knappen Teelöffel Zukker genommen, sonst hätte sie womöglich keine essen können, obwohl der Quark, mit dem ich die Beeren angerichtet, ungesüßt war. »Vorzüglich«, sagte E. und: »Stellen Sie sich vor, als ich vergangenes Jahr zur Erdbeerzeit in der DDR war, da gab es dort nicht mal Erdbeeren zu kaufen, dabei mag ich die so!« »Ja, das erzählten Sie mir bereits vergangenes Jahr, als Sie von Ihrer Reise zurückkehrten, und deswegen habe ich Ihnen jetzt Erdbeeren zugedacht.« Sie lachte: »Das haben Sie reizend erfunden!«

Es war noch nicht ganz dunkel, als wir aufbrachen. »Nein, wie ich durchgehalten habe«, sagte E., »aber es war auch wieder schön mit Ihnen!« Und als sie die blühenden, roten Rosen an der Podestmauer des Hauses sah, bat sie: »Pflücken Sie mir eine!« »Nein, oder ja, wenn es nicht ausgerechnet die Rosen meines Hauswirtes, des Herrn Oberstudienrates i. R. Dr. Joachim Pross, wären! Wären sie statt dessen an einem fremden Haus!« Später trennte ich irgendwo in einer Straße von einem Zierstrauch an einer Gartenmauer einen Zweig ab und reichte ihn ihr, Sie freute sich. Wir gingen sehr langsam. Sie war blaß und schwankte leicht im Gehen. Ich brachte sie bis vor ihre Haustür, weil ich nach dem versessenen Tag noch frische Luft und Bewegung brauchte.

Vor ihrer Wohnung, als ich umkehren wollte: »Kommen Sie doch noch mit hinein!« »Wollen Sie mir etwas zeigen?« »Nein, nur so!« – Ich ließ mich einige Male bitten, da ich annahm, E. lade mich nur aus Höflichkeit ein, weil ich den ganzen Weg mit ihr hier herunter gemacht hatte.

Wir traten ein. »Das sieht ja aus wie bei James Ensor!« Da ich keine Möglichkeit sah, einen anderen Platz zu wählen, drei, vier mit Kleidern bedeckte Stühle an der Tür verhinderten, daß ich bequem auch nur einen Schritt in irgendeine Richtung tun konnte, setzte ich mich gleich in einen geräumigen Korbsessel, auf die verschiedensten Kleidungsstücke der E.: Unterröcke, Umschlagtücher, Verbandszeug und Spezialstrümpfe konnte ich erkennen.

»Uff«, machte sie, »mir wird ganz mies, eine Luft ist hier drinnen!« Öffnete die Tür zum Hof. Dann verschwand sie eine Weile und kehrte zurück mit einer Schüssel voll Wasser, wo hinein sie ihre Unterarme bettete. »So, das tut gut! Wollen Sie auch?« »Oh, danke, mir genügt die frische Luft vom Hof!« »Ja, das täte mir auch gut, wenn ich die ganze Nacht bei dieser frischen Luft schlafen könnte, aber das wage ich ja nicht! Es sind nämlich von Leuten aus den oberen Stockwerken Ratten beobachtet worden auf dem Hof. Da fürchte ich mich natürlich.« »Ob das kein dummes Gerede ist?« »Nein, Nachbarn habens fotografiert, wie sie auf und ab turnten an den Hofwänden. Da können Sie verstehen, daß ich abends alles gut verschließe, um dann die Nacht in einem muffigen, schwülen Zimmer zu verbringen!«

»Was sagt denn das Gesundheitsamt der Stadt dazu?«

»Also Rattengift hatten wir selbst schon ausgelegt.« Sie stellte den geraubten Zierstrauchzweig in eine Vase auf die herausgezogene Schreibplatte des Sekretärs inmitten von Nahrungsmitteln, aufgerissenen Tüten, Schreibzeug und anderen nicht genau erkennbaren Utensilien. Auch der kleine Tisch am Fenster war vollgestellt mit Geschirr, einem Nähkasten und Büchern. Bücher und Kleider lagen überall herum, das eine schaute unter dem anderen hervor. Selbst auf dem wahrscheinlich noch vom Mittagsschlaf her aufgedeckten Bett mit der graubraunen, dünn wirkenden Wolldecke, lag Wäsche. Natürlich konnte sein, daß E. grade einmal alles hatte ordnen wollen, daß sie die Winter- von der Sommerkleidung sortierte.

Plötzlich erwähnte sie das ungemachte Bett. »Ja, da bin ich heute mittag hingesunken, fast hätte ich es nicht mehr verlassen können, wenn ich nicht gedacht hätte, Sie seien betrübt über mein Ausbleiben.« »Sie sehen müde aus.« »Ja, das stimmt wohl, aber ich gehe trotzdem noch nicht zu Bett, es kann sogar sein, ja stellen Sie sich vor, daß ich noch lese diese Nacht, so gut sind mir die Stunden mit Ihnen bekommen.«

Ich wünschte ihr eine gute Nacht. Im Hinausgehen strauchelte ich und warf dabei einen Fußschemel um. Und als ich ihn wieder aufgestellt und vom Bücken mich aufrichtend hochkam, gewahrte ich plötzlich die eine Ecke des Zimmers, die ich vorher übersehen hatte. Der große Schrank rundum behängt mit Kleidern. Oben auf dem Schrank ein offenstehender Koffer mit einem herausragenden Matratzen-Kopfkeil und einem dicken Pfropfen zerknitterter Wäsche. Die E., die meinem Blick gefolgt: »Ja, wo soll ich denn hin mit der schmutzigen

Wäsche? Im Duschraum wird sie feucht, außerdem ist es dort zu eng. In die Besenkammer? Nein, da kommen Spinnen rein, wie gräßlich!« Mittlerweile bin ich im Hausflur, und sie begleitet mich, fährt im Gehen heftig mit einer weißen Nylonbürste durch ihr dünnes Haar. »Das ist gegen Nervosität und gut für die Kopfhaut! Das sollten Sie auch machen!« »Ja, leben Sie wohl! Und Dank für Ihren Besuch!« »Ja, und ich habe Ihnen auch zu danken für die liebe Rückbegleitung.«

Ich laufe mehr als ich gehe zurück in meine kleine, freundliche Wohnung.

Einige Tage später kommt E. in die Buchhandlung. Sie hatte zwei Wohnungsinserate, die ihr zusagten, in der Zeitung gefunden und bittet mich, da ihre Mittagspause so kurz, doch, wenn ich ein wenig Zeit fände zwischendurch für sie, mich schriftlich zu bewerben und ihr alsdann das Schriftstück mit einem Boten zum Unterschreiben in die Bibliothek zu senden. E.s Bitte würde schnell erfüllt sein; ich hatte einen feststehenden Bewerbungsritus, zum Spaß erbot ich mich, auch noch für E. zu unterschreiben mit ihrem Namenszug, dann brauchte das Scriptum gar nicht erst zu ihr in die Bibliothek. Dies jedoch wollte sie nicht, das könne doch einmal herauskommen als geplante Fälschung. So vereinbarten wir: kein Bote solle in die Bibliothek, E. selbst hole das Schreiben bei mir ab. Doch plötzlich meinte sie: »Vielleicht finde ich auch Zeit, es selbst zu schreiben.« Und dann wie nebenbei: »Hätten *Sie* denn keine Lust, mit mir gemeinsam eine größere Wohnung zu mieten?« Ich, entschieden und mit etwas erhobener Stimme, weil mich ihre Frage erschreckt: »Nein, ich bin gewohnt, allein zu sein in meinen vier Wänden!«

Am Spätnachmittag desselben Tages kam sie wieder vorbei. Es war gerade nicht viel Kundschaft im Geschäft. »Wissen Sie niemanden, der während der warmen Jahreszeit meine Winterkleidung bei sich aufbewahren könnte? Ich leide wirklich unter großer Platznot.« Und grad kam Maria Meier lang, Maria, die immer so langschweifige, oft unsinnig wirkende Erklärungen von sich gibt, im Grunde aber eine kurzen mitleidigen Regungen schnell nachgebende, gütige Natur ist. Ich, wobei mich leicht das Zwerchfell juckte: »Maria Meier, haben Sie nicht irgendwo Platz für die Wintersachen von Frau Kux? Das müßte doch zu machen sein?« Meier überlegte nicht einen Augenblick: »Nein, unmöglich! Sie wissen doch genau, daß ich für mich selbst zu wenig Platz habe, ich wohn doch möbliert. Eventuell ging es aber bei meinen Eltern (Maria stammte von einem Bauernhof am Niederrhein), wir haben ja ein großes Haus. Nur, wie könnten wir Frau Kux' Sachen dorthin transportieren? Das ist doch ziemlich weit bis Wesel.« Das schien der E. nun auch nicht *so* angenehm, daß ihre Winterkleidung weit von ihr entfernt lagern sollte. Sie sagte nur leise: »Ja, das geht dann nicht.«

Darauf spürte ich Lust, mit dieser Angelegenheit Flenzmann aufzuschwänzen, grade, weil ich ihre Reaktion im voraus ahnte. Marietta Flenzmann bewohnte nur mit einer alten Tante ein geräumiges, ihr selbst gehörendes Haus. Äußerlich spielte sie immer die christliche Nächstenliebe, die von höchster Caritas Angestrahlte, in Wirklichkeit aber brachte sie es nicht, sich von irgend etwas ihr Gehörendem zu trennen. Und Flenzmann (tatsächlich war ich angesichts der außerordentlichen räumlichen Möglichkeiten Flenzmanns bemüht, mit meiner Anfrage etwas Positives für E. herauszuholen), Flenzmann wurde nur sehr ärgerlich und baffte: »Das geht aber nun wirklich zu weit, Bela! Ich glaub es Ihnen aber bald!«, sprang regelrecht wütend von ihrem Bürostuhl auf, sah mich aus ihren plötzlich sehr bösen, alten Hausbesitzerinnenaugen an und griff sich erregt ein Papier von ihrem Tisch, wendete es hin und her, wobei sie mit ihrem kleinen, behaarten Maul wie ein Fisch lautlos gegen unsichtbares Glas anschnappte. – Da war nichts zu machen.

»Ja, und Sie selbst denn?« larmoyierte E. beharrlich, »Sie haben doch eine schöne, große Diele?« »Eben, schön groß, weil ich überflüssigen Plunder, der sich bei mir selbst angesammelt hat, regelmäßig wegwerfe. Falls Sie schlecht im Wegwerfen sein sollten, das will ich gern für Sie übernehmen, nicht aber das Aufbewahren.« Sie: »Aber alles, was ich habe, benötige ich auch.« »Eine Chance gibt es noch; wir fragen Herrn Zerres, der doch ein eignes Haus in der Nähe besitzt, allerdings auch eine große Familie hat, ob er Platz für Sie aufbringen kann!« Von dieser Idee war E. sehr angetan.

Kaum hatte E. den Laden verlassen, da bekam Meier einen ihrer ansteckenden Lachanfälle, und als wir einige Tage später, einschließlich der Raumpflegerin, Frau Dreeßen, an dem langen Tisch in Zerres' zweistökkigem Haus beisammen saßen, gab Meier die Anfrage E.s, das Gespräch zwischen dieser und mir und Flenzmanns Reaktion auf E.s von mir an sie weitergeleitetes Ansinnen mimisch so treffend wieder, daß alle, die E. kannten, lange lachen mußten. Nur Frau Dreeßen und Frau Mooß aus der Zeitschriftenabteilung empörten sich: »Wie kann denn überhaupt ein Mensch auf die Idee kommen, vor allem die Unverfrorenheit haben, solche Fragen zu äußern wie dieses Fräulein Kux!«

Ihre wortgeilen Zungen wälzten und drehten, immer schneller werdend, wie in einer großen oralen Onanie, die Tratschbrocken über E.s Leben, derer sie hatten habhaft werden können, vermischt mit den quabbeligen, schwammigen Klößen ihrer eigenen Belauerungserfolge: dies und das hatten sie selbst beobachtet: wie E., wenn sie den Briefträger unterwegs abgefangen und einen Brief erhalten, diesen noch auf der Straße öffne, im Laufen lese, selbst bei Regen und bei Wind, die Post dann lesend gegen eine Wand halte und glätte. Trage E. selbst einen Brief zur Post, sozusagen derselbe Kaffee verkehrt: wie sie ihn unterwegs gehenderweise nochmals lese, vor dem Briefkasten manchmal noch etwas mit der Füllfeder dem Brief hinzufüge oder Geschriebenes durchstreiche, verbessere, ehe sie ihn endgültig im Umschlag verschließe und endlich einwerfe.

Alle gaben nun über E. etwas zum besten, bis auf Ursula, die noch Auszubildende war, die dasaß wie unbeteiligt, jedoch kritisch und wahrscheinlich mit Ekel die Tratschenden beobachtete.

Sebastian Zerres meinte abschließend: »Wenn die Kux nun partout Sachen bei uns abstellen will, so läßt sich vielleicht irgendwo noch im Keller ein Plätzchen finden.« Seine Frau pflichtete ihm bei: »Wenn es gar nicht anders geht und die E. von selbst wieder nachfragt, dann ja.« Die Zerres waren also bereit, wenn auch nicht allzusehr. E. kam jedoch nicht mehr auf dieses Thema zurück.

Einige Wochen später erzählte sie mir gut gelaunt, daß ihr Radioapparat wieder repariert sei. »War es sehr schlimm ohne?« »Ja, schon! Und schade, denn wenn ich geahnt, daß der Bibliotheksleiter, Dr. Brist, mir einen geliehen hätte! Er besitze nämlich zwei Apparate, und ich hätte nur den Mund aufzumachen brauchen, sagte er mir gestern.« »Das nehme ich nie so ernst, nachherige Angebote, denn meist, wenns wirklich drauf ankommt...« E.: vielleicht gebe es halbherzige Anbieter, trotzdem nehme sie derartige Offerten immer wahr, und besonders Herrn Dr. Brist halte sie für einen aufrichtigen Menschen. Jedoch nach einiger Zeit berichtete sie mir, daß ihr Radioapparat erneut kaputt sei. Leider aber habe Brist, den sie zweimal höflich an seine zwei Radioapparate erinnerte, nun Ausflüchte gebraucht.

Während des Sommers traf ich E. einige Male. Wochenlang scheint sie an einem Schnupfen zu kranken, da ihre Nasenlöcher häufig entzündet, rötlich blinken, sich ungewöhnlich von ihrem gewöhnlich bleichen Gesicht abheben. Frage ich sie nach ihrem Ergehen, klagt sie: die Arbeit, die brütende Hitze in den Bodenkammern der Bibliothek, wo die Zeitschriften aufbewahrt werden, mache ihr außerordentlich zu schaffen. – Sie schleppt sich mit ausgebeulten, dennoch immer fast leeren, großen Einkaufstaschen, stöhnt: »Und überhaupt diese Luft hier in der Innenstadt! Bei Ihnen draußen muß es jetzt herrlich sein! Wann darf ich mich denn wieder mal zu einem Besuch rüsten?« Ich spreche von baldigem Urlaub. Sie: »Mich ödet alles an: die Unruhe in meiner Straße, vor meiner Wohnung, die Arbeit in der Bibliothek.« »Vielleicht machen Sie diese Arbeit zu lange, sollten mal damit aussetzen.« Sie scherzend: »Sind Sie eventuell gar nicht mehr bei Einhardus? Weil ich Sie bei meinen Besuchen dort schon länger nicht mehr gesehen habe.« »Ich bin schon seit einigen Wochen nicht mehr dort, helfe jetzt zur Abwechselung mal bei einer mir befreundeten Ärztin als Sprechstundenhilfe aus.« »Einfach so?« »Ja! Es ist lustig dort. Die Ärztin ist überzeugte Naturheilpraktikerin, und ich schaue mir mal an, wie sie mit ihren Patientinnen verfährt.« »Da werde ich bestimmt mal in die Sprechstunde kommen. Schreiben Sie mir bitte mal Name und Praxisadresse auf, denn mein bisheriger Arzt hilft mir schon lange nicht mehr.« Nach Wochen, plötzlich eines Tages, steht sie im Anmeldezimmer, in ihrem dünnen, braunen Mantel mit dem violetten Libellenschal, und freut sich offensichtlich, mich zu sehen.

Die Ärztin sitzt im Nebenzimmer. Ich weiß, daß sie soeben auf der Kante des Untersuchungsbettes hockt, eine Zigarette raucht und durchs Fenster gafft oder auf irgend einen Gegenstand. Wir haben nicht allzuviel zu tun, aber dennoch macht meine Ärztin immer den Eindruck des Überlastetseins. Vielleicht ermüdet sie auch nur alles sehr schnell. Manchmal nimmt sie lediglich die fast leere Karte eines neuen Patienten, die ich angelegt habe, in die Hand, überfliegt schnell den Text darauf und achtet gar nicht auf das Patient selbst, weiß, nachdem es gegangen ist, oft nicht mal, wie es aussieht, welchen Geschlechts es ist.

Ich beschrifte für E. eine Karteikarte und gehe damit in den Nebenraum. Uli schüttelt zuerst unwirsch den Kopf, liest dann aber den Namen auf der Karte, die ich vor sie hingelegt, blickt auf die Uhr, steht langsam auf und geht zu E. in Sprechzimmer I. »Und was führt Sie zu mir?« E. klagt darauf über Kopfschmerzen, Schwindel, Ödeme, ständiges Kältegefühl, Brechreize, Ekel nach dem Genuß von diesem und jenem, überhaupt nach vielen Nahrungsmitteln. Uli hört scheinbar aufmerksam zu. Ich sehe sie durch die Türritze mit weichem, rundem Leib in weißem Kittel hinter dem hellen Schreibtisch sitzen. Sie führt das vergoldete Ende ihres dünnen, schwarzen Bleistiftes offensichtlich nachdenklich in der Rille unterhalb ihrer Nase auf und ab. Zuweilen läßt sie das bleiben und notiert statt dessen etwas auf dem Schreibblock. Dahinein läutet das Telefon. Uli streckt sich bequem auf ihrem Stuhl aus. »Ja, guten Tag, Herr Betz! Schon wieder? Beim Aufstehen, nein, Auftreten, rechts unten? Kommen Sie doch morgen um acht! Machen wir eine Senkung und ein Bild. Bleiben Sie nüchtern! Ja, schön! Wäre doch gelacht! Aufwiedersehen ja!« Danach macht sie eine halbe Drehung mit dem Stuhl zu E. hin. »Also wo waren wir denn, wo sind wir denn? Ja, also Schwindel, Ödeme ... Bela, Bela! Bitte, machst du mal das Fenster! Dieser Radau ...«

Mit diesem Fenster tut sich Uli immer schwer. Es geht nur mit einem Kniff schnell zu schließen. Ich tue diesen bestimmten Handgriff mit Leichtigkeit. »Danke«, sagt Uli und holt eine Spritze aus dem Schrank. E. muß den

Arm frei machen. »Au«, plärrt sie, »aua, ja, ich weiß, ich hab schlechte Venen!« Uli lächelt: »Jetzt wirds ja auch gleich besser mit Ihren Beschwerden!« »So, meinen Sie?« E. knöpft die Manschetten an ihrem linken Ärmel wieder zu. Uli hat sich wieder hinter ihren Schreibtisch geschoben, kritzelt noch etwas auf den Rezeptblock. Und eben als sie den Zettel abgerissen und ihn E. über den Tisch reicht, geht erneut das Telefon. »An irgendeinem Tag in der nächsten Woche«, sagt sie zu E., »kommen Sie wieder mal vorbei!« Und gibt ihr, während sie mit der rechten Hand den Hörer abnimmt, die Linke zur Verabschiedung. – Ich geleite E. hinaus. Sie erzählt mir, daß sie wieder umziehe, in wenigen Tagen schon. Endlich habe sie etwas einigermaßen Passendes, wenn allerdings auch zu Kleines gefunden, ich müsse sie besuchen kommen, wenn sie alles eingerichtet, und nennt mir ihre neue Anschrift.

In der darauffolgenden Woche erschien E. wieder. Uli: »Na, wie geht es uns?« »Unverändert!« Dann hörte ich im Nebenzimmer, wie Uli ihr riet, die ganze Ernährung aus dem Reformhaus einzustellen, und alles, aber auch alles zu essen, was E. sonst als für sie verbotene Kost ablehne, hin und wieder auch mal einen Schnaps hinunterzugießen, sich abends ein Gläschen Wein zu gönnen und überhaupt schon mal versuchen, über die Stränge zu schlagen. Genau das müsse sie üben: über die Stränge zu schlagen. »Üben, üben und nochmal üben!« rief Uli Kux, als sie hinausging, noch nach, mit lauter Stimme.

Eines Abends gerate ich in ein Gewitter und finde mich, vor dem Regen flüchtend, plötzlich in E.s neuer Wohngegend, ja fast direkt vor ihrem Haus. Die Hausnummer fällt mir ein, ein paar Schritte weiter, und ich lese ihren Namen auf dem Klingelschild. Ich klingele. E. ist zu Hause. Sie lächelt erfreut: »Welch eine schöne Überraschung! Kommen Sie herein!«

Es ist ein Haus von gediegenem Äußern. Das Treppenhaus: Betongeländer mit Holzleisten. Die Wohnungen wabenartig übereinander und nebeneinander gedrängt.

Diese Wohnung ist kleiner als E.s vorherige, und als ich eintrete, erinnere ich mich, daß sie irgendwann einmal vor dem Umzug gefragt hatte: »Was soll ich bloß mit meinen vielen Möbeln anfangen, die krieg ich ja gar nicht mit in die neue Wohnung hinein?« Und ich: »Werfen Sie doch einfach weg, was zu viel ist!« Jetzt nun wurde mir klar: sie hatte sie alle hier untergebracht.

»Wie gefällt es Ihnen denn hier?« »Oh, nett! Vielleicht ein wenig eng, aber warm und gemütlich!« »Ja, ein bißchen gedrängt schon, aber das macht nichts. Dafür hab ich auch alle meine Sachen mitbekommen. Und warm, ja. An kühlen Sommerabenden drehe ich nur das Gas ein wenig auf. Man könnte sich also hier wohlfühlen, wäre nur nicht wieder diese Hellhörigkeit der Wände!« »Auszusetzen gibt es überall etwas.« »Natürlich. Allerdings in diesem Maße hellhörig, so hätte ich es mir nicht vorgestellt. Ich habe eben wieder mal Pech gehabt. Dafür geht es mir aber jetzt gesundheitlich etwas besser. Ihre Ärztin ist mir zwar nicht sonderlich sympathisch, aber sie hat wenigstens verursacht, daß ich mir einiges durch den Kopf gehen ließ. Und nächste Woche werde ich wieder mal in die Sprechstunde kommen. Dann sehen wir uns ja.« »Nächste Woche hab ich Urlaub.« »Ach, und wohin gehts?« »Nach List auf Sylt.« »Ach, wie schön! Könnten wir nicht auch mal zusammen verreisen?« »Irgendwann bestimmt mal. Aber jetzt fahre ich schon mit einer Freundin«, log ich. »Dann bis auf später wieder einmal.«

Ja später, nach vier Wochen Ferien, als ich braungebrannt zurückgekehrt bin und wieder meinen Dienst versehe, beschließt E. bei meinem Anblick, ihren Urlaub nicht, wie sie ursprünglich geplant, bei ihrer Mutter in Westberlin zu verbringen, sondern gleichfalls nach Sylt zu fahren und sich zu sonnenbaden.

Ich gab damals den Job bei Uli auf und zog in eine andere Stadt. Von E., die nicht meine neue Adresse hatte, schickte mir die Post, irgendwann einmal, eine Karte nach. E. schrieb, daß sie auf Sylt einen Mann kennengelernt und heiraten wolle. Und dann ein paar Monate darauf erhielt ich eine Heiratsanzeige aus einem kleinen Ort im Kreise Süd-Tondern mit der Aufforderung, sie doch unbedingt einmal zu besuchen.

Ich hob die Adresse auf und dachte nicht mehr an E., bis ich auf einer Reise einmal in ihre Nähe geriet. Ich las den Namen des Ortes an einer Durchgangsstation und beschloß, E. aufzusuchen.

Sie hatte einen Landwirt geheiratet und wohnte etwas abgelegen.

Ich traf abends ein, das Hoftor war verschlossen. Ich schlug mit dem Türklopfer dagegen. Ein mittelgroßer Mann in einem vergammelten Filzanzug öffnete. »Tag, ich bin Bela, Frau Poppinga und ich kennen uns von früher her, sie hat mir geschrieben, ich solle sie mal besuchen, und jetzt bin ich auf der Durchreise ...« »Gustaf Poppinga«, stellte er sich vor, »Elfriede wird sich sicher freuen.« Er hatte weißblondes Haar und einen trübblauäugigen, freundlichen Blick.

Gustaf schien nicht eilig, E. und ihren Besuch zusammenzubringen, denn er bewegte sich äußerst langsam vor mir her, führte mich zuletzt durch einen kleinen, mit Blaustein ausgelegten Flur und danach in einen küchenähnlichen Raum. Da stand E. in der Mitte des Zimmers und stellte, als sie mich sah, sofort den Korb aus ihrer Hand auf den Boden. »Nein, Bela, daß Sie nun doch mal vorbeikommen, das ist ja eine freudige Überraschung! Gustaf, da gehst du uns aber ein frisches Bier holen! Du magst doch auch eins?« Er nickte gleichmütig, holte einen Krug aus dem Schrank und ging hinaus.

»So, jetzt sind wir eine Weile allein. Er wird erst in der Wirtschaft eins trinken und dann zurücktrudeln.« »Prima sehen Sie aus!« sagte ich und meinte E.s gebräuntes Gesicht. Sonst, auf den ersten Blick, schien sie immer noch so dürr zu sein, wenigstens im Gesicht, wie vor Jahren. Später aber gewahrte ich, daß sie am Bauch und an den Hüften ziemlich zugenommen, eigentlich unproportioniert angesetzt hatte. »Ach, es geht mir jetzt ja auch ... Die würzige Landluft hier, die tägliche Arbeit auf dem Feld, der Umgang mit den Tieren.« »Dufte! Aber wie ist das denn gekommen? Plötzlich haben Sie geheiratet, ich war ganz baff.« (Nun saßen wir uns gegenüber.) »Das alles ist eigentlich von Ihnen ausgegangen. Ganz plötzlich, als Sie von Sylt zurückkamen, damals – Sie erinnern sich doch noch? – da sahen Sie so herrlich gebräunt aus. Vor allem so gesund! Und da wollte ich das alles auch mal für mich haben. Und deswegen bin ich dann auch gleich nach Ihnen nach Sylt. Sie allerdings hatten das herrlichste Sonnenwetter gehabt, bei mir goß es erstmal die ersten Tage dort, ununterbrochen. Zuerst wollte ich wieder mal den Kopf hängen lassen und hätte alle Tage am liebsten in meinem Bett in der Pension verbracht. Statt dessen aber bin ich raus; vielleicht konnte ich jemanden aufmuntern, einem Gesellschaft leisten, der sonst auch verzweifelt wäre in diesem Elendswetter. Aber die Leute dort sagen ja, an der Nordsee gibts gar kein schlechtes Wetter. Was es gibt: unpassende Kleidung!

Schön, also bin ich Tag für Tag an den FKK-Strand von List. Und gebadet nackt, bei Regen und unfreundlichen Temperaturen, allerdings nicht bei Sturm, gestürmt hat es an keinem unserer Ferientage. Also ich sag schon ›unsere‹ und meine auch Gustaf mit, da wollte ich es mal aller Welt zeigen, auch Ihrer Ärztin – wie hieß sie denn noch?–, die hatte sich doch über mich lustig gemacht.«

»Wieso, die hat Sie doch offensichtlich in Schwung gebracht...?« »In Schwung vielleicht, aber nicht eigentlich gesund, denn für Migränen und schlechtdurchblutete Gliedmaßen bin ich noch immer anfällig, allerdings, nicht mehr in dem vorherigen Maße! Zu zweit trägt sich eben auch alles leichter. Und Gustaf, der hilft mir ja auch kräftig bei allen Arbeiten. Ich helfe ihm meinerseits. Doch lassen Sie mich erzählen! Also badete dort außer mir immer noch ein jüngerer Mann. Wir sahen uns täglich. Er redete mich dann auch mal an. Scherzte: ›Na, Sie Unentwegte, Unerschrockene‹ und in diesen Tönen.

Nach dem Baden gingen wir meistens in eine der Sylter Kneipen, am häufigsten in den *Knurrhahn*, kennen Sie den? Und tranken Tee mit Rum, oder Pharisäer und andere einheizende Sachen. Und eines Tages, ich weiß selbst nicht, wie das kommen konnte, fragte er mich, ob ich seine Frau werden wolle.« »Seine liebe Frau, ganz wie im Märchen?« »Ja, genau! Das hat ihm imponiert, daß ich ihn dann ganz für ihn aufgeben wollte, meinen schönen Beruf, vor dem er so großen Respekt, meine Wohnung, die ich kaum bezogen, hat er aber gar nicht mehr gesehen, so schnell ging alles, auch wohl weil seine Mutter da kaum gestorben. Also bei ein paar Glas Pharisäern haben wir alles abgesprochen und kurz darauf bin ich hierher.« »Gut!«

»Gut, ja mir gehts gut! Aber Gustaf, wo bleibt er denn? Trinken wir eben inzwischen einen Klaren!« E. langte neben sich und setzte zwei Schnapsgläser und eine halbgeleerte Flasche Korn auf den Tisch. Goß uns beiden einen Fingerhut voll ein. »Prost!« sagte sie, »und alles mit Maß! Der hat seine zweiunddreißig Prozent!« »Prost«, prostete ich ihr zu, »aber nach zweiunddreißigprozentigem Gesöff kriegt man Kopfschmerzen! War eine alte Weisheit meines Vaters; mindestens achtunddreißig Prozent muß Konzentriertes haben!« »So!« sagte E. und goß uns nochmal etwa einen achtel Tulpenmund voll ein, »ich finde Zweiunddreißigprozentiger reicht. Das ist doch wie mit zu fettem Käse, ich muß doch immer noch aufpassen. Dann also lieber guten Gewissens etwas mehr davon und wenigerprozentig.« »Schön«, pflichtete ich bei, »jede halt nach ihrem Gusto. Was aber macht Gustaf? Wollten Sie nicht vorhin was von Gustaf erzählen?«

»Ja, Gustaf macht mir Kummer. Das heißt, er hat Depressionen! Vorher sei er direkt lustig gewesen, erzählen mir Bekannte über ihn. Andere berichten: seine Mutter und auch seine Schwester waren melancholische Leute. Da wird es vielleicht Jahre mühsamer Arbeit brauchen, bis ich ihn da raus habe. Prost! Da kommt er!«

Gustaf kam herein, setzte das Bier auf den Tisch. Bildete ich mir das ein, oder war das wirklich? Als er uns das Bier einschenkte, lächelte er E. unterwürfig und gleichzeitig haßerfüllt an. Natürlich goß er sich auch Bier ein, rückte aber damit weg von uns in eine Ecke am Ofen. Da zog er dann auch irgendwo eine Zeitung hervor und verdeckte damit sein Gesicht. Las er überhaupt? E. und ich quatschten noch eine Weile über alte Bekannte. Dann sagte E. fast unvermittelt: »Jetzt muß ich mich einfach flachlegen! Ich habe so ein dumpfes Gefühl im Kopf und Magen. Vielleicht möchten Sie nun auch schlafen? Übernachten können Sie natürlich bei uns. Platz hats übergenug. Wollen Sie mal sehen?«

»Schön! Sonst hätte ich in diesem Fremdenheim, das gleich neben dem Bahnhof ...«

Ich folgte E. eine Treppe hinauf: »Hier, das ist sonst die Wäschekammer, aber wir haben hier immer ein Bett stehen für plötzlich auftauchende Gäste.« »Schön! Und Dankeschön! Und gute Nacht!«

Ich war allein in einer Kammer der E. und fühlte mich

um Jahre zurückversetzt; da war der mit Kleidern behängte, immer schon zu schmal gewesene Kleiderschrank, dessen beide Türen offensichtlich nie zu schließen gingen. Es war unschön, was ich tat, aber es drängte mich schlicht, die ohnehin gaffenden Schubladen einer Kommode weiter aufzureißen: Da gab es verschmierte Taschenspiegel, Wäscheklammern, Haarklammern, mit Haaren gefüllte Lockenwickler, Haarnetze, halbgefüllte Parfümflaschen, einige Meter Gummilitze, die verdreht zusammengeknöppelt sich verfangen hatte in abgespultem Nähgarn, dazwischen mit kurzen, dicken Adern wie mutwillig abgeschnitten, abgerissen herausragend farbige Wollfäden, ein großes Knäuel zusätzlich mit Nähnadeln und Fingerhüten gespickt, und nichts oder nur äußerst mühevoll etwas aus dem Ganzen herauszubekommen. Alles zum Wegwerfen. Welche Zeit hatte es wohl gebraucht, so zu werden?

Ich warf das Nest zurück und ließ die Lade krachend in ihren Scharnieren zurückrollen.

Darauf gelangte ich an eine Schublade voll mit Fotos, zum Teil sehr ramponiert, ein ganzer Stoß von Schwarzweiß. Dazu hatte ich keine Lust. Was wollte ich denn? Etwa der E. die Wohnung durchschnüffeln? Nein, nicht weiter! Ich hatte wahrscheinlich zu viel von dem Korn getrunken.

Aber neben meinem Bett stand eine hübsche Nachtlampe. Die knipste ich an und schaltete dafür die triste Lichtschale an der Zimmerdecke aus. Das Bettzeug wirkte frisch, nur die bereits von E. zurückgeschlagene Überdecke war nicht mehr so appetitlich. Als ich die Tür zum Gang öffnete, hörte ich sie unten sprechen: sie ruhig und langsam mit ihrer scharfen Möwenstimme, er dunkel tief, hastig, und zuweilen die Stimme, wie drohend, heben.

Ich entkleidete mich und legte mich ins Gästebett. Als ich eine Weile geschlafen, mußte ich auf, die Toilette suchen. Ich ging auf den Gang, die Bohlen knarrten unter jedem Schritt. Ich wußte nicht, wo das Klo war. Als ich die Klinke der ersten Tür herunterdrückte, fiel mir ein Besen entgegen. Danach ein großer Lappen, von dem ich dachte, er sei eine Fledermaus, so daß ich unwillkürlich einen leisen Schrei ausstieß, die Sachen mit der einen sofort zurückzuckenden Hand ins Innere zurückwarf und mit der anderen die Türe augenblicklich wieder zustieß. Nun riß ich alle Türen auf: eine Vorratskammer, aus der, als ich sie aufschloß, trotz der surrenden Kühlanlage, ein fauliger Blutgeruch ausbrach. Ich blickte auf einen massigen, roten, von gelben Rippen durchzogenen Leib, der von der Decke herunterhing. »Widerwärtig«, zischte ich und eilte zur letzten Tür. Da gab es zwei breite Betten nebeneinander. Eine Tagesdecke wie ein riesiges, dunkelgelbes, welkes Blatt darüber gebreitet. Ich sah hinter der Frisierkommode einen Spiegel, auf dessen Scheibe schwarze blinde Flecken und Körner saßen. In der Haarbürste steckte ein Büschel dunkler Haare. Ich wollte hinaus, da bemerkte ich in der Ecke neben der Tür einen hochrädrigen Kinderwagen mit hochgezogenem Verdeck. Da mir schien, als bewege sich etwas in diesem Wagen, spähte ich in das dunkle Loch hinter dem Deckbett, das durch das hochgeschnallte Verdeck entsteht. Da saß wie vor dem Eingang zu einer Höhle, die Ohren leicht zuckend, die Augen kreisrund gelbernd, eine Katze. Das mußte die Poppingasche sein. Ich wollte sie streicheln. Sie blieb unbeweglich, fauchte mich dann aber jäh an, so daß ich schnell meine Hand zurückzog. Die Katze betrachtete mich noch eine Weile gelassen und steckte darauf den Kopf in die Mulde des Deckbettes, das ständig bewegt zu sein schien von krabbelnden, kleinen Viechern, und begann dort, unsichtbar für mich, eine Tätigkeit. Ich machte dann nur noch ihr Hinterteil aus, das durch ihre Arbeit unter der Decke auf- und abzuckelte. Ich hob vorsichtig den unteren Teil des Plumeaus hoch und sah, wie die Katze mit ihrer niedlichen Zunge sorgfältig und ausdauernd über hell und dunkel getönte Pelzknäuel, ihre Jungen, strich. Dieser Anblick hielt mich nun ganz fest. Ich streckte wieder die Hand aus, diesmal um die winzigen Flaumflecken, die Katzenkinder zu betasten. Doch da ging unten im Parterre die Tür. Schnell kehrte ich in mein Zimmer zurück, zu dem die Tür noch offen stand.

Beim Hineinkommen gewahrte ich unter dem Bett den Umriß eines Nachtgeschirrs. Ich benutzte es. Endlich!

Ich habe das Fenster etwas geöffnet. Ich schlafe ein. Irgendein zu Boden fallender Gegenstand weckte mich. Ich lehnte mich aus dem Bett; aber auf dem Bettvorleger und auch sonst umher ist nichts zu sehen, was nicht dorthin gehört.

Ich schloß die Augen und wurde erneut, durch eine Bewegung am Vorhang, gestört. Ich blickte hin: da stand auf dem Fensterbrett, in dieser schmalen, schulterbreiten, hellen Öffnung, die durch den zurückgeschobenen Vorhang entstand, die Katze und phosphoreszierte in die Dunkelheit des Zimmers.

Ich schlief erneut ein und träumte:

Elfriede sitzt halb aufgerichtet auf hochgeschichteten Kissen am Bettkopfende. Sie hat einen Asthmaanfall. Sie hustet, spuckt in einen Napf, den sie vor sich stehen hat. Sie ruft: »Bela, Bela, ich bekomme keine Luft! Die Katze muß im Zimmer sein! Tu sie raus um Himmelswillen!« Ich: »Ja! Ja!« »Weißt du, wo ich mein Bronchividrien habe? Ach hilf mir doch!« Sie bekommt wieder einen Hustenanfall. Ich stehe auf und reiche ihr von der Frisierkommode ihre Medizin. »Ich fühle mich wiedermal von aller Welt verlassen. Du schläfst wie immer, und ich kämpfe mir hier das Herz ab!«, schreiend: »Ach wieder einer deiner gemeinen Scherze! Du hast mir das

Fläschchen mit meiner Urinprobe für den Arzt gegeben. Du willst mich umbringen!« Weint, knallt das Bronchividrien gegen die Wand. »Ach, quack doch nicht son Nonsens! Da gäbe es andere Sachen um dich ... Durch den Genuß von Harn ist noch niemand eingegangen!« Sie: »Du haßt mich! Ach hätte ich dich bloß nie geheiratet!« Weint stärker: »Nur weil ich krank bin, haßt du mich, statt dankbar zu sein, daß du gesund sein darfst! Du herzloser Mensch du! Morgen rufst du für mich die Bibliothek an und sagst ihnen, daß ich nicht kommen kann! Ich habe auch wieder so unerträgliche Seitenstiche. Ich habe mich bestimmt neu erkältet, das Rippenfell klebt wieder bei jedem Atemzug. Auweia! Und dann mußt du auch gleich, um acht am besten (E. unterbricht sich und drückt rhythmisch auf ein Gummibällchen, an dem sich ein Fläschchen mit einem Zerstäuber befindet, dessen eines Ende sie in ihren geöffneten Mund hält), zu Dr. Kirsch. Ich habe keine Salbe mehr zum Einreiben gegen die Schmerzen, und den Urin mußt du auch mitnehmen!« »O.K.!« »Keinen Fuß krieg ich seit Stunden warm! Mach mir doch eine Wärmflasche! Bitte!«

Wieso denn ich, Bela? Wo ist Gustaf? Was tut diese Elfriede Kux neben mir in meinem Bett? Wohnen wir etwa gemeinsam? Was um Göttinnenwillen ist geschehen? – Ich schnappe nach Luft; ich will nicht! Ich nicht! Ich schreie, wache davon auf. Mein Hemd und das Zudeck sind naß von Schweiß.

Draußen auf dem Flur hörte ich dann meine Hausgenossen hantieren. Ich sprang aus dem Bett. »Unten, neben der Küche gleich ist die Dusche und das W.C.«, begrüßte mich E. gutgelaunt.

Nach dem Frühstück verabschiedete ich mich. E. zeigte mir aber noch den Kuh-, den Hühner- und den Kaninchenstall. »Das macht gewiß viel Arbeit!« E.: »Und ob, aber wir haben eine Hilfe, das geht schon.«

»Aber«, fügte Gustaf, der dabei stand, hinzu, »die können wir bald nicht mehr bezahlen. Außerdem verkaufen wir dauernd Vieh und Land. Wir verschulden immer mehr, und wir werden noch mehr, am Ende wohl alles verkaufen müssen.« E. lachte belustigt: »Da kommt er nicht drüber. Meint, es gehe immer mehr zurück mit dem Hof. Dabei reicht es doch für uns allemal.« Da zeigte Gustaf auf zerbrochene und völlig verdreckte Fensterscheiben im Haus, auf beschädigte und fehlende Bretter an den Ställen und auf im Hof herumliegenden Unrat. »Alles verkommt, alles liegt so herum, manchmal liegen dazu plötzlich verreckte Hühner am Boden. Und nach allem zu schauen, dazu fehlt mir einfach die Zeit und die Kraft. Früher war das nicht so!« »Dann ziehen wir eben eines Tages, wenn es soweit ist, in eine Stadt, und du arbeitest etwas, als Gärtner oder Landarbeiter, und ich eventuell wieder als Bibliothekarin. Aber reichen wird es hier noch für eine ganze Weile!« Da seufzte Gustaf tief. »Es ist auch im gesamten zu viel Arbeit«, sagte E., »wir bräuchten noch eine weitere Hilfskraft, nicht nur die eine, die wir jetzt haben und die du obendrein auch noch entlassen willst.« »Weil wir sie nicht mehr bezahlen können«, sagte Gustaf, »früher haben wir es doch auch allein geschafft! Als du noch nicht...« E. rief: »Schaffe, schaffe«, nein, »Wulle, wulle, wulle!« und körnte aus einem Säckchen, das sie überm Bauch gebunden trug. Da kamen gleich die Hühner angetuckt. Gustaf gab mir die Hand: »Entschuldigen Sie! Ich habe zu tun. Auf Wiedersehen!«

Ich sah ihn weggehen; schwunglos, bedrückt wirkte er. E.: »Ich komme gleich wieder!« Dabei eilte sie ins Haus. Durch ein offenes Fenster sah ich, wie sie aus einer Tüte einen Zweig blauer Trauben nahm, einige davon ablöste und alle gleichzeitig in den Mund steckte. Die restlichen Trauben legte sie auf einen Teller und kam damit heraus. »Mögen Sie blaue?« »Lieber gelbe«, sagte ich, kostete aber doch ein paar. Das Foto von Gustaf, welches E. mir heute früh gezeigt, fiel mir wieder ein: jung, unternehmungslustig, straff und schlank sieht er darauf aus. »Wie alt ist Gustaf auf dem Foto, das ich heute morgen sah?« »Oh, das ist von kurz bevor wir uns kennenlernten.« »Und wie alt ist Gustaf jetzt?« »Er ist vier Jahre jünger als ich. Achtunddreißig wird er jetzt.«

»Jetzt will ich Sie nicht länger von der Arbeit abhalten«, lachte ich. E. lachte zurück. »Sie lachen, so scheint mir, viel häufiger als in meiner Erinnerung früher.« »Ja, seitdem ich, soviel ich will, an der frischen Luft sein, seitdem ich mir meinen Tag selbst einteilen kann, habe ich doch allen Grund dazu.«

Als ich mich im Weggehen noch einmal umblickte, stand E. in der Nähe des Komposthaufens, hielt die Hand mit den blauen Trauben etwas höher, ganz dicht über dem Mund, und biß genießerisch die letzten Kugeln ab. E. trug einen weiten, braunen Rock, an dem die Tasche eingerissen war, eine tiefgrüne, leicht zerknitterte Bluse und an den Füßen ausgetretene, schwarze Plüschpantoffeln mit roten Bommeln.

Ich winkte ihr Ade, da hob sie die eine freie Hand und grüßte zurück. »Lassen Sie sich bald wieder mal sehen, bitte!« rief sie. »Und andrenfalls ... Ich hab ja jetzt Ihre Anschrift!« Da hatte E. plötzlich ihr braunes Halstuch oder war es einer ihrer Pantoffeln in der Hand und wedelte damit.

Auf dem winzigen Postamt des Ortes wollte ich noch telefonieren und traf dort auf Gustaf. Er schrieb Geldanweisungen aus. Sagte: »Ich kenne niemanden aus der Vergangenheit meiner Frau als nun Sie. Haben Sie gesehen, wie verkommen alles ist?« »Nein!« »Aber Sie haben den Besitz nicht gekannt, bevor ich heiratete! Wenn sie aber mal reihum auf den anderen Höfen nachfragten, wie der Poppingasche Hof denn vorher ...« »Haben

Sie Fotos?« »Nicht bei mir! Vielleicht aber eins von Elfriede? Hier!« »Ach ja, kenne ich. Prima sieht sie darauf aus!« »Auf Sylt ja«, sagte Gustaf, »da war sie von einer Aktivität, einer Energie! Jeden Tag hat sie im Meer...! Heute, hat sie keine Lust oder fühlt sich nicht wohl, und das kommt oft vor, bleibt sie einfach liegen, vergißt die Tiere, bis sie deren Hungerschreie nicht mehr überhören kann. Liegt sie, einen Stoß Bücher um sich herum und jede Menge Medikamente. Aber die zahlt ja größtenteils die Krankenkasse, daher kann dieser ständige Geldmangel nicht rühren! Und ist sie auf den Beinen, dann schafft sie ja auch. Allerdings manchmal macht sie auch kleinere Reisen, kauft Bücher ein. Aber auch das kann nicht so unser Geld aufzehren. Mit mir ist es soweit, daß ich inzwischen überall im Haus nur noch Moder rieche, Verfall. Wir hatten hier mal eine Seuche, mein Vater erzählte davon, die habe monatelang, bevor sie überhaupt ausgebrochen, übel gerochen.

Mir ist nun auch in letzter Zeit so beklommen; wenn ich im Haus mit der Hand wodrüber streiche, irgendwie scheint dann was kleben zu bleiben, feucht, unangenehm. So hab ich jetzt oft den Drang, mich zu übergeben, ein fast chronisches Gefühl von Übelkeit und zu nichts mehr recht Lust. – Vielleicht war die Heirat nicht günstig für mich?« »Das ist möglich! Aber Sie könnten sich ja von Elfriede trennen.« »Gerade das ist unmöglich! Bei uns, den Poppingas, durch alle Generationen hindurch, geschieden wurde nicht. Da wurde durchgehalten auf Gedeih und Verderb!« »Eben! Besser zu zweit als allein verderben.« »Nein! Kommen Sie doch noch einmal mit zurück auf den Hof! Schauen Sie sich alles gründlich an! Dazu müßten Sie Einblick in die Wirtschaftsbücher nehmen. Ich mußte Hypotheken aufnehmen!« »Das mußten in den letzten Jahren die meisten Bauern, und der Staat löste diese Hypotheken dann wieder ab.« »Aber *ich* hab den Hof schuldenlos übernommen, dazu noch eine große Erbschaft eingebrockt...« »Je nun, da haben Sie einmal zugelangt, und wie Sie selbst sagen: ›auf Gedeih oder Verderb‹. Jetzt fährt gleich mein Zug«, lasse ich nun mein Abteilfenster hinunter zu Gustaf, der mir gefolgt ist auf den Bahnsteig. »Wie schön, jetzt einfach wegfahren!« »Ja! Machen Sie's gut, Gustaf, und grüßen Sie von mir noch einmal Elfriede!«

etwa 1971

Hallo Mäuschen!

»Nichts ist so komisch wie das Unglück.«

Vorgestern nacht, als Gen, vom Spätbummel durch Frankfurt, in die Leipzigerstraße zurückkehrte, hatte Kathi ihr auf den Schreibtisch eine Mitteilung gelegt: »Eine Hedwig Labus hat angerufen; sie sei in Deiner Wohnung und Du sollest doch mal kurz zurückrufen.«

Als Gen morgens gegen zehn Uhr anrief, sagte Hedwig: »Du, ich bin schon seit ein paar Tagen in deiner Wohnung. Ich hab dauernd von Eitensheim aus versucht, dich telefonisch zu erreichen. Als ich dann hier ankam, fand ich auf dem Tisch deine derzeitige Frankfurter Adresse. Sag mal, Gen, du weißt, warum ich bei dir bin?« »Ja«, antwortete Gen, »ist doch klar! Ich komme dann morgen abend zurück. Ich freue mich auf dich.« »Danke«, sagte Hedwig, »das habe ich mir so gewünscht, daß du positiv reagierest.«

»Und weswegen ist sie nun bei dir?« fragte Kathi am Frühstückstisch. »Irmtraud dreht in USA und hat wahrscheinlich mit Hedwig vereinbart, daß diese mal endlich Irmtrauds noch bei mir lagernde tausend Utensilien ordnet und zusammenpackt, auch schon einiges davon mitnimmt im Wagen.« »Nein«, sagte Kathi, »Hedwigs Stimme wirkte auf mich total verstört, wetten, da ist was ganz anderes im Schwange!«

Im Näherkommen sah Gen die schwachbeleuchteten Fenster im zweiten Stockwerk, wenig Licht hatte Hedwig aufgedreht. Gen sah eine Gestalt unter der Lampe stehn. Sofort nachdem sie in der Wohnung war, schenkte sich Gen zur Begrüßung Hedwigs ein Glas Wein ein. Hedwig wollte keins, rührte nichts Alkoholisches an.

Gen: »Ich dacht, du wärst dabei, Irmtrauds Sachen vorzuordnen, und ich fände die Wohnung auf den Kopf...« »Nein! Ich mache eine Analyse in Neustift am Walde und dacht, ich wohn diese Zeit über bei dir. Ich war so froh, daß du am Telefon so freundlich...« »Du weißt doch, von Anfang an, als ich das erste Mal deine Stimme hörte, warst du mir sympathisch.« »Drei Monate, wird dir das nicht zu lang?« »Wieso habt ihr denn schon Sommerferien in Bayern?« »Ich bin aus dem Unterricht rausgerannt. Das kann noch ein Disziplinarverfahren geben..., dann hab ich mich beurlauben lassen wegen Krankheit, läuft noch! Die Beförderung zur Oberstudienrätin ist natürlich futsch. Aber das ist nun auch egal. Wahrscheinlich geh ich auch gar nicht mehr an die Schule zurück.« Hedwig raucht hektisch, springt auf, tut ein paar Schritte. »Du kennst die Geschichte Irmtraud und Esther-Aline aus New York?! Aber eigentlich ist die auch schon wieder ad acta, glaub ich, da ist inzwischen noch eine andere: Carson aus Los Angeles, Mutter von zwei halberwachsenen Töchtern, verheiratet, noch! Das wär alles nicht so schlimm, Irmtrauds Falschmünzerei hat mich fertiggemacht. Plötzlich mußte ich aus dem Unterricht weglaufen, ihre Worte drehten sich in meinem Kopf: Daß sie mich liebe, wie vorteilhaft ich mich doch nach nur ein paar Stunden Gesprächstherapie verändert und sie wolle ihre weitere Zukunft mit mir gestalten, sagte sie im letzten Dezember, als wir zusammen am Ammersee urlaubten und wir uns verstanden, wie seit langem nicht mehr. Dazwischen aber meldete sie ganz besorgt Bedenken, ob meiner Gesundheit auch zu trauen, es nicht doch früher oder später einen Rückfall gebe in alte, sie kränkende Verhaltensweisen. Darüber wunderte ich mich. Gar kein Grund lag vor zu solch einer Annahme!« »Der Grund war wohl ihre Angst, du könnest dich zu wohlverhalten, daß sie dann ihr Versprechen, in diesem Falle an deiner Seite zu bleiben, halten müßte.

Also deine nicht auszuschließenden Rückfälle waren die Hintertüren, die sie offenhielt.«

»Als sie mir in München auf dem Bahnhof ihre Schlüssel zu deiner Wohnung überreichte, war sie dunkelrot im Gesicht. Dazu sah sie plötzlich auch so hilflos und verlassen aus, da tat sie mir leid. Manchmal konnte sie etwas rührend Hilfloses, Verlassenes an sich haben, darauf bin ich wieder mal reingefallen. Aber warum wollte sie, obwohl endlich monatelang wieder alles zwischen uns stimmte und ich nun bereit war, meine Tiere weg-, mein Haus aufzugeben, um mit ihr nach Amerika, warum wollte sie mich da nicht mithaben? Endlich fühle ich mich gut, habe Vertrauen in sie, da will sie ganz alleine weg. Nicht einmal Birte wollte sie zuerst dabeihaben, für die es in dem neuen Film eine Rolle gibt, die ihr auf den Leib geschnitten. Gut, dann ist sie ohne mich nach USA, wohnte bei Esther-Aline mit Birte gemeinsam, hatte versprochen, mich jeden Abend anzurufen, und ausgerechnet an einem Abend, als es mir nicht gut ging, rief sie nicht an. Und als ich dann anrief, ließ sie sich verleugnen. Am Abend drauf, als ich wieder ..., kam sie ans Telefon und sagte: ›Es ist alles aus zwischen uns, verzeih mir, ich liebe Ester-Aline! Ich kann einfach nicht anders. Ich schreib dir aber noch.‹ – Nach diesem Gespräch stürzte alles unter und über mir zusammen. Nachts habe ich Doda, einen mir bekannten Therapeuten am Ingolstädter Krankenhaus, angerufen, ich hatte Angst, mich umzubringen oder wahnsinnig zu werden. Das war das Grauenhafteste, was ich je in mir gespürt: die Möglichkeit, die Realität von Wahnsinnigwerden. Ich wollte ganz schnell ein Bett in der Psychiatrischen Abteilung. Doda opferte mir viel Zeit am Telefon, und am Tag drauf fuhr ich in seine Sprechstunde, mit dem Zug, Autofahren traute ich mich nicht, konnte ich nicht mehr.

Doda beschwor mich, diesen Schritt in eine geschlossene Anstalt nicht zu tun, riet mir, statt dessen sofort die Umgebung zu wechseln. Albert Ferry, Irmtrauds ehemaligen Therapeuten, bezeichnete er als Kapazität. Darauf telefonierte ich mit Ferry. Er sagte, ich solle kommen, er wolle mir helfen. Danach wurde ich etwas ruhiger, am nächsten Tag war ich sogar fähig zu reflektieren, ob ich nicht doch noch die fünf Wochen bis zum Ferienbeginn warten könne, schließlich war Zeugniskonferenz, das Abitur im Gange.

Während des Unterrichtens, einen Tag später, dachte ich wieder an das letzte Gespräch mit Irmtraud und wie sie ihr Versprechen, mich anzurufen, nicht gehalten, mich hatte hängen lassen.

Die Wände stürzten auf mich zu, Schweiß brach mir aus, meine Füße rannten los: JETZT LÄUFT LABUS AMOK! Hätte ich am Schultor nicht eine meiner sympathischsten Kolleginnen getroffen. ›Hedwig‹, sagte sie und hielt mich fest, ja, ich glaube, sie hat mich festgehalten. ›Tu mir den Gefallen und meld mich krank beim Rex und beim Kollegium. Es geht mir Scheiße, ich fahr noch diese Nacht, wenn ein Zug geht, nach St. Pölten, da gibt es einen Therapeuten, der muß mir helfen, falls es überhaupt noch möglich ist.‹ Ich gab ihr mein Heftchen mit den Abiturnoten. Danach setzte ich mich in den Wagen, stell dir vor, diese Kollegin wäre mir nicht begegnet..., fuhr auf das nächste Postamt und ließ mir eine Verbindung mit Irmtraud geben, erwischte sie noch soeben, ein Mann eilte ihr bis auf die Straße nach, holte sie ans Telefon. Sie fand gut, daß ich eine Analyse bei Ferry machen wollte, sie habe mir ja immer dazu geraten, und natürlich hatte sie auch nichts dagegen einzuwenden, daß ich bei dir wohnen wollte.«

Gen dachte: Worin du dich irrst, denn eigentlich hatte Irmtraud Esther-Aline für den Sommer ein paar Wochen bei mir einquartieren wollen, um in München für Carson halbwegs freizusein – denn auch diese jüngste und äußerlich viel apartere Braut als Esther-Aline wird noch diesen Sommer Irmtrauds wegen von Los Angeles nach München fliegen. Irmtraud sagte, sie beteilige sich immer an der Wiener Miete, nutze allerdings ihren Wohnanteil nie aus. Damit hat sie recht. Trotzdem mußte es mir nicht gefallen, daß sie mir Esther-Aline zuschieben wollte. Nun aber kommt aus einer ganz anderen Ecke Hedwig und macht Irmtraud einen Strich durch die Planung. Wenn Hedwig nun wüßte, wie sie auf diesem Irmtraud-Beet quergesprungen ist! Könnte sie wenigstens darüber lachen?

Ob Irmtraud befürchtet, Hedwig erfahre nun durch mich von ihren lieben Sommerplänen? Das allerdings bräuchte sie nicht, denn ahnte Hedwig auch nur etwas davon, suchte sie sich sofort eine andere Bleibe (so schätze ich sie ein), und *mir* ist, wenn schon Abwohnen von Irmtrauds Mietguthaben, Hedwig hundertmal lieber als die mir unbekannte Esther-Aline.

Nein, Irmtraud muß, darf nichts befürchten, was sie aber nicht weiß. Leider für mich und göttinseidank für sie selbst, weil dieses »Im-voraus-Wissen« ihrer Furcht die Süße nähme, eine Süße, die sie über alles liebt, obgleich oder grade weil sie sie ängstigt: die drohende Beklemmung, der mögliche Rufmord angesichts der von ihr für sie selbst eingebrockten, auf sie zuköchelnden Skandale über das Liebesleben der Irmtraud Maria Scheid, ein lustleidvolles a priori »Sich-Daraufzuschämen«, falls es dann ruchbar werde, was sie wiedermal zusammengeschwindelt, ihre Vielweiberei zu kaschieren. »Auf dem Münchner Hauptbahnhof ...«

»Ja, wir vereinbarten, daß Irmtraud mir dort, vier Stunden nachdem sie auf dem Münchner Flughafen gelandet, die Schlüssel zur Wiener Wohnung aushändigen sollte.

Meine Abreise dann Hals über Kopf! Aber Flora war sofort damit einverstanden, solange ich abwesend sein muß, in meinem Haus zu wohnen und die Tiere zu versorgen, obwohl sie sich dort allein graust, weil es so abgelegen... Da aber war ihr Sohn bereit, mit ihr... Und das alles meinetwegen.

Als Irmtraud mir so ungut und rot im Gesicht die Schlüssel aushändigte, dacht ich: Jetzt macht sie eine Bewegung zum Herzen, dann sackt sie leblos neben mir zusammen! Da hetzt sie von einem Ort zum anderen, bastelt an drei Filmen zugleich und hats dabei auch noch mit drei Bräuten gleichzeitig!« »Im letzten Herbst erwähnte sie mir gegenüber, daß sie liegenderweise von stolpernden Herzschlägen aufwache. Natürlich wird sie auch aufgeregt haben, gleich nach dem sonnigen Kalifornien vor sich die verdüsterte, schwarzlodernde Hedwig Labus«, lacht, »außerdem, es wird die Scham gewesen sein! Irmtraud Maria Scheid kann vor Scham krapprot werden, das ist etwas, was ich an ihr kenne.« »Ich nicht! Als ich mit ihr telefonierte, ich könne nicht mehr weiter, ich brächte mich um, antwortete sie, sie lasse sich nicht mehr bedrohen, einschüchtern durch Frauen, die Selbstmordabsichten kundtäten, sobald sie sich mal ein bißchen frei bewege!« »Bei diesen klärenden Worten an dich wird sie ganz blaß geworden sein. Weil sie das bis ins Tiefste verletzt: eine, die die Pistole auf sich selbst richtet: ›Du, beim nächsten großen Schritt von mir weg drück ich ab!‹ Denn genau durch diese Drohung einer Freundin war Irmtraud jahrelang gefesselt, am Ausleben eigener elementarster Bedürfnisse gehindert.« »Irmtraud hätte mir gegenüber mit offenen Karten spielen sollen.« »Und was sagt jetzt Ferry dazu?« »Ferry hat zu viele Patienten, sagt, er sei bis zum Zerreißen eingespannt, und hatte nach dem Vorgespräch mit mir gleich angefangen nachzudenken, welche seiner Kolleginnen in meinem Falle helfen könne.«

Gen hätte eins zu hundert gewettet, daß Ferry Hedwig nicht nimmt, nicht nehmen kann, weil Irmtraud Maria Scheid ist sein großes, sein brillantestes Machwerk, Kunstwerk, seine Schöpfung, seine Olimpia, und um Hedwig neu aufzubauen, zu retten, müßte er äußerlich sein noch nicht zehn Jahre zurückliegendes Lebenswerk IMS angreifen, verdammen, eventuell zerstören. Hedwig: »Ferry gab mir die Adresse von Maryan Vasilyadis, einer Griechin, wohnt in Neustift am Walde. Ich bin ihm dankbar, glaub, er hat richtig für mich gewählt. Schon nach der ersten Doppelstunde spürte ich: Frau Vasilyadis hilft mir. Bis jetzt hab ich drei Doppelstunden. Täglich fahr ich hin, immer zu verschiedenen Zeiten, weil auch sie alles besetzt, mich aber noch dazwischenschieben will.«

Gen trägt am nächsten Tag Irmtrauds alte Kleidung in den Keller, und Hedwig räumt dafür ihre Sachen in Wäschefach und Kleiderschrank ein.

Gen hantiert nun morgens, bevor sie aus dem Haus (während der schönen Jahrzeit arbeitet sie vier Stunden vormittags in einer nahegelegenen Gärtnerei), etwas geräuschloser als üblich, manchmal muß Hedwig auch noch vor ihr raus in die allerfrühste Vasilyadis-Sprechstunde.

Sie stimmen die Badbenutzung zeitlich aufeinander ab und reden kurz miteinander in der Küche beim Tee- und Kaffeekochen. Nachmittags zeichnet Gen Karikaturen für Zeitschriften, und spürt sie Lust dazu, schmeißt sie die Arbeit und geht statt dessen spazieren, schwimmen oder drömelt sonst herum.

Nun bewohnt Hedwig Irmtrauds ehemaliges Zimmer. Meist am Spätnachmittag und abends, manchmal auch mittags, wenn Gen heimkommt und Hedwig Frühschicht bei Vasilyadis hatte, sitzt Hedwig vor dem TV. Unter dieser Berieselung schaltet sie erst mal ab von der Hin- und Rückfahrt nach und von Neustift. Am liebsten schaut Hedwig Filme über Tiere, auch Serien – *Denver-Clan* – und Auto- und Velorennen wie Tour de France.

I. klagte oft bei Gen über Hedwigs Passion für Tiere. Nicht nur tagsüber Hedwigs Hunde um sich rum (die beiden Katzen gingen ja an, I. liebt Katzen), nein, auch noch abends statt interessanter Theateraufführungen oder wichtiger Filme TIERSHOWS; und las Hedwig, wenn überhaupt, dann aussschließlich Tierbücher. Dabei hatte I. genug wichtige Projekte, bei denen Hedwig hätte mithalten können. Von Anfang an, als I. zu Hedwig zog, hatten die drei, zuweilen auch vier Hunde, die mit in Hedwigs Haus lebten, I. viel Überwindung gekostet, von Natur aus ekelte sie sich zutiefst vor dem Schlecken und Schlotzen der Hundsmäuler, von denen meist auch noch der Sabber tropfte. So wurde die eigentliche Entfremdung zwischen ihnen nach etwa eineinhalb Jahr Miteinanderseins durch die Dogge Remo ausgelöst.

Remo, der wie seine Gefährten etwa ein halbes Jahr nach I.s Einzug bei H. in eine Hundehütte in den Hof ausquartiert wurde (ein Zugeständnis an ihren Hundeekel) wurde schwer rheumakrank, obwohl das eigentlich niemals an seinem neuen Nachtquartier gelegen haben kann. Denn was nicht alles an Wärmendem hatte H. in diese Hütte aus gutem, schwerem Holz gepackt: an Decken, Kissen, Stroh, dennoch aber mußte Remo dann wegen seiner schweren Arthritis, vor Schmerz heulte er oft stundenlang, lahmte zunehmend mehr, getötet werden.

H. ging allein mit Remo zum Einschläfern, I. hatte mitkommen wollen. H. hatte abgelehnt. Und dann, so berichtete I., die damals blaß und abgemagert und tieftraurig bei Gen ankam, sei H. wochenlang umgewandelt gewesen. Habe zu I. gesagt, daß sie sie nicht mehr liebe, sie wahrscheinlich auch nie geliebt, daß dieser Hund, den sie nun zu Grabe trug, ihr Liebstes sei.

Sie habe sich damals auch gar nicht mehr um I. gekümmert, sie nicht mehr berührt. I. begriff nicht, daß frau ein Tier, einen Hund über eine menschliche Lebensgefährtin stellen könne, daß sie, I., für H. einfach nicht mehr existierte. Dabei gab es doch noch weitere Hunde im Haus: den Bastard Simpel, einen Boxer mit ständig verklebten Augen, und Emmi, eine Collie, die gerade damals und auch trotz allem göttinseidank trächtig wurde, sonst wären H. und I. vielleicht nie mehr zusammengekommen.

I. mußte diese Kränkungen positiv abstoßen und zog deshalb für eine Weile weg von H. zu einer Tante. Als Emmi dann jungte, kam auch H. wieder zu sich und zeigte am Telefon aufwachende Zuneigung für I., bat sie inständig, zur ihr zurückzukehren. I. kehrte, wußte aber auch noch nicht, wies mit ihnen weitergehen sollte. »Hedwig ist psychisch krank«, sagte sie zu Gen. »Ganz abgesehen von ihren dauernden Magenkrämpfen und Übelkeiten, ihre Art, mit mir rumzubrüllen, als wäre ich eins ihrer Tiere oder eine ihrer Schülerinnen, ist für mich und für viele, denen ich meinen Fall darlegte, nicht nachzuvollziehen. Und läßt während wochenlanger Trauer um ein Tier das menschliche Lebewesen an ihrer Seite durch Liebesentzug kaltblütig fast krepieren! Wie siehst du das denn, Gen?« Gen: selbst wenn H. anscheinend zugestimmt, ja, die großen Hunde sollten nachts in ihren eigenen Hütten schlafen, so sei sie innerlich doch nicht dafür gewesen, und nun sei Remo unverkennbar an den Folgen der Aussetzung verdorben. I.: aber es habe ihr doch leid getan. Gen: mit dem Mitleid der MÖRDERIN hernach habe H. erstmal nichts anzufangen gewußt. Das müsse I., könne sie es auch nicht verstehen, einfach hinnehmen.

Eines Tages also fuhr I. wieder nach Eitensheim. H. wollte sie in Ingolstadt am Bahnhof abholen. I. fürchtete sich vor den fünf lockigen Welpen und vor Emmis fadenwerfender, nasser Begrüßung. H. aber hatte überraschender-, klugerweise an diesem Wiedersehenstag Mutter und Kinder zu Flora in Verwahr gegeben. I. und H. richteten sich wieder miteinander ein.

»Eine Mörderin!« sagte H. zu Gen, als sie sich abends beim Mahl gegenüberten. H. kochte sich Abend für Abend Spaghetti mit Sauce Bolognese, und Gen war auf Salattrip. »Eine Mörderin nannte Frau Vasilyadis Irmtraud, als ich ihr von deren Verhalten und von Remos Tod erzählte. Daß sie mir dann nicht mal die Trauer um meinen jahrelangen Gefährten gelassen, alles habe sie besetzt gehabt. Auch meine alten dörflichen Bekannten waren ihr nicht gut genug, hat sie mir vergrault. Komme ich jetzt allein nach Eitensheim zurück, dann bin ich wirklich allein, bis auf Flora, die aber einige Kilometer von mir entfernt wohnt und zudem an einer anderen Schule unterrichtet, habe ich alle verloren.

Meine ganze Zeit hat Irmtraud aufgefressen. Kam ich mittags müde aus der Schule zurück und wollte nach dem Essen, das die Putzfrau, die dreimal in der Woche für uns kochte, vorgekocht, ruhig mit den Hunden über die Felder spazieren, weißt du, einfach nur so gehn, ohne zu reden, dann quasselte sie mich voll, und antwortete ich nicht aus Müdigkeit, war sie sauer.« »Sie hielt aber strikt darauf, daß zwischen dreizehn und fünfzehn Uhr nach dem Essen niemand bei euch anrief, damit du nicht aus dem Mittagsschlaf gerissen ...«

»Gerissen ist gut! So fühlte ich mich die ganze Zeit über ... Na ja, das meint auch Frau Vasilyadis, Irmtraud habe eine Weile getan, was sie gekonnt in bezug auf Rücksichtnehmen, sie konnte eben nicht mehr.« »Wer gibt, was sie hat, ist wert, daß sie lebt.« »Ja, stimmt auch. Nur sie hatte eben nicht viel, die Scheid, wenigstens nicht für mich. Vasilyadis meint auch, Irmtraud müsse noch mal eine zweite Analyse bei Ferry mitmachen oder bei sonstwem, da sie sonst nämlich im Inneren unreif und unglücklich bleibe, sie könne doch nicht ein Leben lang von Frau zu Frau jetten. Irmtraud wollte das gewiß auch selbst nicht für sich: keine Entwicklung mehr! Nur wahrscheinlich müßte sie, um innerlich weiterzukommen, ihr ausschließlich auf Karrieremachen Ausgerichtetsein ändern.« »Irmtraud ist inzwischen auf dem Gipfel, ihre Filme bringen Vermögen ein, wozu soll sie da in den Keller runtersteigen, im Morast wühlen und mit alten Knochen klappern? Was das Phänomen Ferry in vielen Jahren fertigbrachte: eine so aufbauen, daß sie unaufhaltsam aufsteigt, sollte nun nicht durch Hacken im Wurzelwerk am weiteren Wachstum gehindert werden.« »So ohne Kursberichtigung wird sie sich ganz zur Vampirin auswachsen, was auch in ihr angelegt ist, und kann eine wirkliche Lebensgefährtin niemals finden.« »Vielleicht will sie auch gar keine wirklich andauernde Partnerin, weil der stete Wechsel von Geliebten sie günstig stimuliert.« »Vasilyadis aber meint, daß Irmtraud, diese trübe getrübte Seele, doch wohl auf ständiger Suche nach einer einzigen Lebensgefährtin sei. – Als sie zu mir zog, da hatte ich noch Hobbies, geistige Interessen. Wie aber lachte sie, als ich ihr einmal ein paar meiner Zeichnungen zeigte: ›Das sieht ja aus wie Göttin Vater und die sieben Geißlein aus meiner Schulbibel anno 1951!‹ Talent hätte ich ja, auch Perspektive, und eigentlich sei das die Hauptsache. Das Weltliche/Bissige käme dann durch sie, Irmtraud, hinzu. Ich müsse, solle auf jeden Fall an ihrem nächsten Zeichentrick-, einem Science-fiction-Film über die Wiederkehr des Matriarchats in Europa, mitzeichnen.

Anfänglich hatte ich schon Lust dazu, jedoch es gab dann immer viel Besuch, Irmtrauds Assistenntinnen reisten an, füllten mein großes Eßzimmer, zeichneten und malten, experimentierten, überall lagen vollgekritzelte Papiere rum. Ich selbst wich beim Zeichnen erst mal wieder auf Pflanzen und Bäume aus, auch um ihr einen Widerstand zu bieten, ihr einmal einen Strich durch ihr permanentes Menschenmanagement zu ziehen. Als sie aber gar nicht aufhörte, mich weiter lieb freundlich zum Zeichnen in ihrem Sinne anzufeuern, verging mir auch dieser letzte Drive. Ihre Ideen zu einigen späteren Science-fiction-Filmen hat sie übrigens von mir. Sie selbst war nie zum Lesen von feministischen SF-Stories gekommen, ohne mich hätte sie da nie so einfach aufspringen können, dieser Zug war schon lange abgefahren. Bei mir aber schwand zusehends die Motivierung, etwas für mich zu zeichnen, zu lesen, las ich aber doch, dann aus Protest gegen Irmtraud strikte nur Tierbücher. Vor der Zeit mit ihr hatte ich gern Lyrik gelesen, Muße dazu hatte ich immer gefunden; morgens unterrichten, nachmittags meine Vorlieben. Nun wurde ich Tag für Tag mißmutiger, dann verzweifelter, weil ich ohnmächtig zusah, wie meine ganze Lebenslust von Irmtrauds bloßer Gegenwart und dem häufigen Anwesen ihrer zunehmenden Jüngerinnenschaft aufgesogen ward. Ich dachte oft an den schwarzen, unglücklichen Freund des Rainer Werner Faßbinder, der sich umbrachte. Aber dort herrschte ja starkes Bildungsgefälle, während zwischen Irmtraud und mir die gleiche akademische Ausbildung vorliegt. Beide vom Staat als geistige Eliten gefördert, die gleichen Stipendien: ich zusätzliches Theologiestudium und vorher höherer Handelsabschluß, sie Filmhochschule und Drehbuchautorin. – Sie verstand schon meinen Protest, schob ihn aber teilweise auf ›Zu-voll-Sein-von-Nebensächlichkeiten‹ zurück: die Wartung der Tiere, die Arbeit im Garten und am Haus, während ich bei letzterem an eine gemeinsame Zukunft dachte, an einen größeren Anbau für sie, wo sie dann auch ihre Filmcrew hätte empfangen und so hemmungslos hätte delegieren und telefonieren können, wie sie gewollt...«

»Ja, ich sah sie einmal auf Fotos: mit Latzhose und mörtelgefüllter Schubkarre, und ich sah sie auch im Liegestuhl in deinem Garten, da sah sie glücklich aus!«

»Ja, wir waren doch auch glücklich, zeitweise und besonders zu Anfang.«

»War Irmtraud zu Besuch bei mir, kam täglich ein Brief von dir. Abends riefst du immer an oder sie dich. War sie dann aber wieder bei dir, wurdest zu zunehmend aggressiver, und sie mußte annehmen, du wolltest sie wieder aus dem Haus haben... Du seist so widersprüchlich, klagte sie oft mir gegenüber. Im Anfang natürlich nicht, da warst du überhaupt ›die Gefährtin‹, schütteltest alles aus dem Handgelenk, kanntest dich mit sämtlichen Verwaltungsangelegenheiten aus. Tatsächlich nahm von deinem Hause aus ihre Karriere diesen raketenhaften Auftrieb.«

»Ja, ich gab ihr manchen Tip, wo sie sich vorteilhaft einbringen und hereinkommende Gelder äußerst zinsbringend anlegen sollte und wie sie geschickt an Filmförderungsmittel, -gelder herankam. Sie hat mich auch in einem ihrer Filme groß und ehrenvoll als Mitarbeiterin erwähnt. Dafür hat sie mich ein andermal schmählich übergangen, wo sie hätte Klartext schaffen müssen: BUCH UND IDEE VON HEDWIG LABUS hätte da hingehört. Ach, was solls! Und diese Hunderte von Fahrten im Auto für sie...! Hätte sie wegen Zerstreutheit am Steuer nicht den Führerschein verloren, hätte sie wenigstens selbst fahren können ...Aber Scheiße! Nach jedem ihrer Aufenthalte bei mir fühlte ich mich kaputter, ausgelaugter...

Ich war hin- und hergerissen: zwischen Abneigung gegen sie, war sie bei mir, und Sehnsucht nach ihr, war sie abwesend.«

»Sie klagte, du verreisest nie mit ihr, auch nicht allein, weil du ja das Haus, die Tiere versorgen müssest. Seiest du aber allein im Haus, das sehr abgelegen, weit und breit im Umkreis kein anderes Anwesen, fürchtetest du dich. Die Hunde konnten ja von Einbrechern, unbemerkt von dir, abgemurkst werden.«

»Ich sollte das Haus und die Tiere verkaufen, um mit ihr zu verreisen, forderte sie oft. Jedoch später, und besonders zuletzt, sprach sie davon nicht mehr.«

»Vielleicht, hättest du zur Zeit eingewilligt, dann ständst du jetzt gleichfalls ohne Irmtraud, zusätzlich aber auch noch ohne deine Höhle und ohne Job. Als sie mir erzählte, sie solle in den Anbau, der unverputzt im Garten auf sie wartete, spürte ich, du wolltest sie aus dem Haus haben, und da sie bei diesem Bericht blaß und müde aussah, ihre Augen tiefernst blickten, bedrückte mich ihre bevorstehende Umplazierung bei dir. Heimatlos wirkte sie, dauernd auf Achse, lehrte auch vertretungsweise an der Filmhochschule Berlin, in Kassel unterrichtete sie mal ein Semester lang angehende Designerinnen, damals machte sie eine harte Zeit durch. Und winters und sommers trug sie ein und dasselbe billig glänzende, schwarze Mäntelchen. Damals glänzten ihre doch vielen guten Seiten ganz besonders in mein Inneres.«

»Nun machen wir hier mal nicht auf rührselig! Das ist es ja, wo alle mitleidigen Seelen immer wieder neu drauf reinfallen: Irmtraud kann mit ihrer attraktiven Bescheidenheit alle lieben Gemüter für sich rühren, wodurch sie doppelt gefährlich ist für uns, für alle Frauen. Vasilyadis auf jeden Fall hält Irmtraud für höchst gefährlich, nicht nur für mich. Deshalb suchen wir einen mausgrauen Weg, wie ich am unauffälligsten, nahezu unbemerkt von ihr und damit am besten und endgültigsten von ihr loskomme. Und übrigens, sollte sie anrufen und fragen, wie's mir geht, dann sagst du ›gut‹! Gestern war ein Brief von ihr im Kasten, ich nahm ihn Vasilyadis mit. Sie fand ihn entsetzlich. Er ist computergeschrieben. Ich les ihn dir mal vor:

13. Juni 1986

›Albert Ferry berichtete mir‹ (da hat sie also schon Informationen eingeholt, dieses Miststück!), ›daß er Dir wegen Überbelastung eine andere gute Analytikerin empfehlen mußte. Ich hoffe sehr, sie wird Dir helfen.

Die Auseinandersetzung mit Dir hat mir sehr weh getan, vor allem, daß es Dir so schlecht ging. Ich gehe unter in Arbeit wie immer, göttinseidank aber, sonst müßt ich dauernd an Dich denken und wüßte keine Lösung für uns, göttinseidank auch fließen nun von überall her reichlich Gelder. Und stell dir vor, Heidelinde Weiss ist bereit, in meinem neuen Filmprojekt die Hauptrolle zu übernehmen. Wenn ich demnächst durch Wien komme, rufe ich Dich an, vielleicht bist du dann schon so weit gesund, daß wir alles Problematische in den Griff bekommen und aus unserer Liebe eine Freundschaft wachsen lassen können.

With love Deine Irmtraud‹

»Aber warum findet Vasilyadis diesen Brief so entsetzlich?« »Weil Irmtraud mich hat fallen lassen und trotzdem so die Hand auf mich legt. Das Schwierige ist nun, ich muß so tun, als akzeptierte ich ihre freundliche Geste, damit sie keine Schuldgefühle mir gegenüber behält. In diesem Fall nämlich würd ich die Scheid gar nicht mehr los, käme aus dem Schlamassel nie mehr heraus!«

»Vasilyadis ist offensichtlich ganz dicht mit der Nase auf Irmtrauds Verhaltensmechanismen.« »Ja, ich habe ihr alle Filme Irmtrauds gezeigt, auch die kürzlich über sie erschienene Mono- und Biografie im Taschenbuchverlag. Mit dir und Irmtraud ist es ja so gelaufen: Ihr habt eure Liebe in Freundschaft umgewandelt. Für mich aber wäre das unlebbar. Und betrachte ich dich, deine Entwicklung ... hm! Ja, glaub nur nicht, es hätte dich nicht ungünstig beeinflußt, diese immerwiederkehrende Konfrontation mit Vergangenem, was eigentlich hätte abgeschlossen, ad acta gelegt gehört! Also konkret ausgedrückt: vergleiche ich so deine früheren Karikatursammlungen mit deinem jetzigen Stil ...! Atemberaubend waren jene Zeichnungen damals.«

An einem schönen Abend tönt das Telefon. I. möchte gern H. sprechen.

H. ist ganz aufgeregt. Gen hört nicht auf das, was sie spricht, aber sie bekommt mit, wie H. viel zu viel und zu schnell von sich erzählt und dabei nervös, erfreut?, lacht.

Am nächsten Tag hat sie für I. ein Geschenk, eine Sachertorte, eingekauft, bittet Gen um Paketschnur und Aufkleber.

Noch beim gemeinsamen Abendessen beginnt H. mit dem Entwerfen eines Beischreibens an I., macht sich, während sie ihre ärmlichen Nudeln kaut, Notizen auf einer Schreibtafel neben sich. Sie zeigt Gen auch noch einen besonders formschönen, breitmaschigen Kamm für Irmtrauds inzwischen fuchsrote Lockenpracht, den sie danach in ein weiches, weinrotes Lederetui zur Sacher packt.

Ein paar Tage später sieht Gen einen Brief von I. an H. im Kasten. H., die den Tag danach Frühschicht bei Vasilyadis hat, kommt **nicht** wie üblich mittags heim, sondern erst am superheißen Spätnachmittag. Sie hatte für I. einen Auftrag zu erledigen: drei Schachteln Nußbeigerln extra von Conditorei Friemel, weils von daher am leckersten, zwei Flaschen Marillenschnaps, drei Pfund Topfenpalatschinken. Ja, Gen hat einen passenden Karton, Papier und Schnur. Bis vor dem Abendessen ist H. mit Pakken beschäftigt. Gen bietet sich an, es für sie auf die Post zu schaffen. Hernach ißt H. dann nichts, trinkt nur einen Kaffee.

Kaut H., zeichnen sich die Speisen, besonders die harten, durch ihre dünnen, blassen Wangen so ab, als wollten sie gleich hindurchfallen.

Zu Anfang ihres Aufenthaltes bei Gen, brachte sie sich, kam sie von Vasilyadis, manchmal etwas Aufschnitt, Wurst und Fleisch mit. Jetzt findet sie, es sei besser, überhaupt kein Fleisch mehr zu essen. Nüsse lehnt sie ab: das könne sie nicht leiden zwischen ihren Zähnen! Gen: sie ernähre sich zu einseitig; esse sie kein Fleisch, und Käse möge sie ja überhaupt nicht, dann solle sie ausgleichen und wenigstens Nüsse verzehren.

Gens Coiffeur hat H. das Haar geschnitten. »Zu kurz« findet Gen, weil H. täglich magerer wird. Ihre schönen, hellblauen Augen liegen tief, sie hat ein kurzes, kantiges Kinn mit einem Einschnitt in der Mitte. Gen: im Gesicht gleiche sie einem Hund, ja einem Boxer. H. verzieht dazu keine Miene. Sie lacht selten, kann aber so lachen, daß ein Weinen daraus wird. An manchen Tagen lodern ihre Augen wild, sie rennt in I.s Zimmer zwischen deren Möbeln herum. Gen hört sie, wenn sie auf den Gang muß und sieht ihre Gestalt schattenhaft durch das Milchglasfenster in der Tür. Gen speist dann, ohne daß sie das groß besprechen, abends allein in ihrem Arbeits- und Schlafzimmer.

Gen ist bedrückt von H.s. tageweiser Unzugänglichkeit, lädt sie ein, diesen oder jenen Ausflug mit einer Bekannten von ihr mitzumachen. Es sei so schönes Sommerwetter! Eine Fahrt auf der Donau? Ein Abend auf einer Terrasse an der alten Donau? Nein! H. will nichts dergleichen, keine der Freundinnen Irmtrauds will sie an sich heranlassen, denn Gens Freundinnen seien auch Irmtrauds Freundinnen. Ausgenommen Cäcilie Stör, die Ärztin und Malerin, in deren Haus am Jedlesee H. einmal einen Sommerabend mit I. und Gen gemeinsam verbracht hatte. Die einzige von Gens und I.s Freundinnen, die sie bereit war wiederzusehen, sogar malen lassen wollte sie sich von ihr.

Wieder einmal sah Gen einen Brief mit I.s Handschrift im Postkasten. Dieses Schreiben enthalte, so erzählte H. ihr später, die Daten von Irmtrauds Durchreise durch Wien demnächst, sowie Vorschläge zu einer Begegnung. H. mit düster flackerndem Blick: »Ich will die Scheid nicht mehr sehen. Sie soll mich in Ruhe lassen! Ich werde alle ihre Utensilien, die bei mir lagern, zusammenpacken, zum Abtransport bereitstellen und sie davon benachrichtigen. Sie kann dann eine Spedition oder sonstwen beauftragen, das Zeugs bei mir abzuholen. Sofort, wenn ich zu Hause bin, mache ich da Klarschiff!«

Einmal abends, als H. fernsah, Gen gewahrte ihren Umriß im Sessel vor dem erhellten Apparat, rief I. an. Gen nahm ab. »Was meinst du«, fragte I. »kann Hedwig schon einen Treff mit mir verkraften? Wird es ihr gut tun? Ich könnte ja bei dir vorbeikommen ...« »Nein, ich glaube nicht, daß es ihr gut tut, wenn du mich schon danach fragst.« Kaum hatte sie aufgelegt, da kam H. in die Diele. Gen berichtete ihr von dem Gespräch. H. flippte fast aus. »Warum hast du mir das Gespräch nicht übergeben? Nur ich selbst konnte für mich Auskunft geben, du nicht für mich!« »Aber I. hat *mich* um Rat gefragt!« »Nein, du durftest, konntest gar nicht an meiner Stelle antworten. Praktisch hast du mich dadurch entmündigt.« Es schien ein Koller in H. anzuschwellen, Schaum trat ihr vor den Mund, manchmal wenn sie aufgebracht, spuckte, bollerte sie beim Sprechen wie ein frisch oder falsch beheizter, gleich auseinanderzubersten scheinender Kanonenofen. Gen: »Es tut mir leid, ich dachte, wenn mich eine um Rat ...« »Irmtraud ist nicht irgendeine! Außerdem ist sie viel zu klug, um nicht selbst rauszukommen. Nein, sie wollte nur nicht selbst entscheiden, will nie schuld sein an irgendwelchen Entwicklungs-, Verwicklungsprozessen, die sie aber selbst in Gang gebracht, und so holt sie sich hernach Ratschläge von allen ihren guten Freundinnen. So hat mich vorgestern Heilgard angerufen und versucht mich auszuquetschen mit ihrer Säuselstimme: Ach der armen Irmtraud gehe es so schlecht der kranken Hedwig wegen, und ob sie, Heilgard, ihr Irmtraudchen einigermaßen beruhigen könne, ob es vorangehe mit meiner Analyse? Am besten wäre doch gewesen, ich hätte mich in einer Pension bei Wien versteckt, dann kröche nichts von diesem alten Irmtraudschleim an mich heran.« »Wer weiß, was dann geschehen an anderem Unangenehmen?! Bei mir kann Flora dich wenigstens Tag und Nacht erreichen, wenn mal was ist mit den Tieren oder dem Haus ... Und jetzt hat Cäcilie erstmal die Krankmeldung für dich erledigt ...« »Die haut aber nicht hin, ich brauche eine Krankmeldung für meine Schule von einem dortigen Arzt ...« »Das wird schon alles richtig einrasten und außerdem, ich finde schön, daß du bei mir wohnst.«

»Aber aus vielem, was du sagst, höre ich oft Irmtraud, ihre Meinung. Ihr seid beide zu kompromißlerisch, zu sehr auf Harmonie aus. Selbst wenn darunter alles gärt! Ihr gleicht euch zu sehr wesensmäßig.«

Abends H.: »Vasilyadis gab mir natürlich recht: du hättest Irmtraud nie beraten dürfen auf meine Kosten.«

Schwamm drüber, denkt Gen. Die mir allerliebste Menschin in deiner Verfassung hätte ich ebenso vor einem Wiedersehen mit I. bewahrt.

Nach dieser Auseinandersetzung kommen poetische Tage in Clichy, nein, Wien.

Aus einem Antiquariat hat H. eine Lyrikanthologie mitgebracht. Gen genießt, ihr zuzuhören. Sie trägt ausgesprochen schnell vor, dabei aber gut verständlich und wohlakzentuiert. Sie hat eine heisere, weiche, dabei aber kräftige Sprech-, zudem außerordentlich klangvolle Singstimme, besonders geeignet für Folksongs und Spirituals.

Nachdem Gen sie erst dazu bringen konnte, mit ihr loszuziehen, eine neue Gitarre zu kaufen, einfach so als Zweit- oder besser Erstgitarre (denn in Eitensheim habe sie ja eine alte, noch ganz gut tönende Gitarre, hatte H. zuerst abgewehrt), hört Gen sie nun an ein, zwei Abenden bis in ihr Zimmer hinein singen und freut sich.

In der ersten Woche von H.s Aufenthalt hatte Gen ihr sonntags eine Pfingstrose hingestellt, eine leider mickrige, total zusammenge-, verpreßt wirkende Knospe, die aussah, als könne sie sich nie öffnen. »Und ob sie wird! Wir wetten: so gewiß, wie sie sich öffnet, wirst du Wien geheilt von der ›Krankheit Irmtraud‹ verlassen. Allerdings, da du so viel rauchst, muß die Rose in *mein* Zimmer.« »Die kann sich nie! Die ist totgeboren, schließlich hab ich ums Haus daheim einen großen Garten, versteh was davon.« – Jedoch nach einigen Tagen, Gen hatte die Knospe angehaucht und in ihrem Mund leicht angewärmt, sprang sie auf und entfaltete sich üppig überschwenglich. Irgendwie war dieser Tag für H. und Gen ein Festtag. (Wie H. lächelte, als sie das Rosenwunder anschaute!)

H. lieh sich von Gen viele Bücher aus, die las, fraß sie auf der Hin- und Rückfahrt nach und von Neustift. Gen mußte aber immer nachfragen, ob ihr ein Buch gefallen oder ob es sie gelangweilt. »Sowas hab ich noch nie erlebt, daß gelesene Texte nicht diskutiert werden.« »Wir zu Hause in unserer Freizeit saßen nur da und lasen; wir tauschten immerzu die Bücher miteinander, kommentierten höchstens ›spannend‹, ›gut‹ oder ›Käse‹, und das reicht doch auch. Jede Woche, wenn wir, mein Bruder und ich, mit meinem Vater einkaufen gingen, durften wir uns jede zwei Taschenbücher kaufen. So habe ich inzwischen eine riesige Science-fiction-Bibliothek. Wir waren eine Familie von Lesern.«

»Was machte dein Vater beruflich?« »Das ist doch gleichgültig.« »Irmtraud sagte, deine Mutter habe dich kaputt gemacht. Eine Horrormutter und seit langem Alkoholikerin!« »Alkoholikerin ja. Geschadet hat sie mir auch. Welche Eltern schaden ihren Kindern nicht? Aber Horrormutter ist sie nicht. Das ist Irmtrauds Sicht.« H. legt meist, spricht sie länger, die Beine hoch.

Geht sie die lange, breite Straße hinunter, blickt Gen ihr manchmal nach. H. scheint leicht zu lahmen, zieht ein Bein etwas nach. Die gelbe oder grüngraue Cordhose schlottert ihr ums Untergestell, während das Oberteil, immer ein kurzärmliges, gelbes oder rotes oder dunkelblaues Strickhemd mit aufknüpfbarem Revers, Marke Lacoste (H. trägt ausschließlich Lacoste), angemessen ihren athletischen Rücken färbt und wärmt oder schützt vor Sonne oder zu viel Schatten. – Eine schlanke, knabenhafte Gestalt. Ein ansehnlicher, wohlgeformter Kopf. Wie schwärmte I. anfänglich für Hedwig Labus aus Eitensheim! Ähnlichkeit habe sie mit Carson Mc Cullers, diesem frühverstorbenen literarischen Wunderkind aus USA. Ja, ja!

Manchmal erwähnt H. die Qual der täglichen Fahrten zur Analyse. Die Bus- und gleichfalls die Tram- und Zugsitze seien zu eng zum Beine-Ausstrecken. Sei alles von Fahrgästen besetzt, sei es kaum zum Aushalten.

Nun liegt sie in der zunehmenden Dämmerung auf I.s Wiener Bettkautsch. Den Kopf halb aufgestützt auf ihren krankhaft weiß schimmernden rechten Arm, schließlich ist nun schon tagelang endlich Hochsommer, und noch keine Spur von Bräune an H.

»Weißt du, der Name Hedwig paßt eigentlich nicht schlecht zu dir, du siehst aber auch noch nach anderen aus. PETER denk ich oft in Verbindung mir dir: Peter Labus.« »Seltsam! Ich hatte einen Vetter Peter Labus, der wurde genau an meinem Geburtstag, im Alter von sieben Jahren, Opfer eines Sexualmordes.« »Kannst du dich als PETER fühlen?« »Ja! Der Name paßt!« – »Und was machte denn nun dein Vater?« »Ach, nichts Nen-

nenswertes: Handelsbevollmächtigter in der Tuchbranche!« »Wieso kennst du all die Negrospirituals?« H. lächelt, wirkt verjüngt. »Ich hatte einen Jugendfreund, Hermann, einen Pfadpfinder, ich war auch Pfadfinderin. Wir hatten mal so eine Phase, da taten wir in unserer Freizeit nichts anderes als Gitarrespielen und dazu singen. Theologie haben wir alle studiert, alte Sprachen lagen mir besonders, Pfarrerin wollte ich werden.«

»Und warum bist du nicht?« »Als ich erst mal feststellen konnte, wie vernagelt da alles durch Institutionen war... Der Hermann aber ist Pfarrer geworden, heiraten hat er mich auch wollen.« »Hast du ihn nicht geliebt?« »Nach einer Weile nicht mehr genug... Da begann ich auch zu entdecken, meine Lust am Zeichnen; ich belegte in Kassel ein paar Semester, KÜNSTLERISCHE GESTALTUNG. Gleichzeitig fesselten mich plötzlich neue Sprachen, und ich siedelte nach München um und machte ein paar Abschlußdiplome. Später als Referendarin an einem Ingolstädter Gymnasium lernte ich Flora kennen, die dort als Studienrätin angestellt war. Mit ihr lebte ich zum ersten Mal mein Lesbischsein.«

»Heinrich könntest du zusätzlich heißen. Hedwig Heinrich Labus.« »Ach, immer deine Gedankensprünge! Irmtraud hat das an dir bei mir oft beklagt.« »Ich weiß, ich weiß! Was eigentlich bewog dich damals, an Irmtraud zu schreiben? Aber nein, erzähl erst mal von Flora! Wußtest du schon vorher, daß du Frauen bevorzugst?« »Ja, als Dreizehn-, Vierzehnjährige die üblichen Schwärmereien für Lehrerinnen, dann später eine regelrechte Beziehung zu einer Religionslehrerin. Nun also: Flora war verheiratet, ließ sich dann scheiden meinetwegen, den sechsjährigen Sohn aber behielt sie. Ich bekam eine Anstellung, allerdings an einem anderen Gymnasium. Wir lebten fünf Jahre zusammen. Dann wollte Flora zwar noch Freundschaft, aber keine Sexualität mehr mit mir. Ich durfte sie nicht mehr berühren. Da gings mir eine lange Zeit über ziemlich dreckig. Aus Protest gegen alle und alles zog ich in einen alten Wohnwagen um. Dort holte ich mir eine schwere Arthritis in den Knien. Später kaufte ich ein altes Bauernhaus, eben das in Eitensheim. Mein ganzes Geld steckte ich da rein, zwischenzeitlich hatte ich auch etwas geerbt. Zum Hauskauf reichte es nicht, ich nahm noch Hypotheken auf. Ja, und ungefähr auch zu dieser Zeit lief mir mein erstes Tier zu, der Remo! Den hab ich aufgezogen, und immer mehr Getier fand sich ein. Mit Irmtraud, das war seltsam; denn mein erster Brief, mein Anschreiben an sie, war das Resultat einer Abmachung mit mir selbst. Zwei Frauen gegenüber hatte ich vorgehabt, meine Begeisterung über ihre Werke auszusprechen. Einer Bette Wilbert, Komponistin aus Massachusetts, deren Lieder ich gehört, und einer Entwicklungshelferin und Ethnologin in Köln, deren Autobiografie ich gelesen hatte. Später hörte ich, sie seien gestorben. Da schwor ich mir, beim nächsten Mal wird nichts verschleppt, versäumt! Und eben dieses nächste Mal handelte es sich um Irmtrauds Film *Ich trinke Jägermeister weil*... Ich schrieb ihr, wie angetan ich sei von ihrer Kunst der Persiflage, – daß dieser Film ein Meilenstein auf dem Weg der Frauen zu ihrer Befreiung, und legte diesem Brief eine kleine Zeichnung bei, die eine Zusammenfassung ihres Films und eine Art von Huldigung in einem darstellte.

Sie telefonierte mir, ich glaub heute, fast augenblicklich nach Erhalt meines Schreibens und meinte, meine Zuschrift und besonders die Zeichnung rage hervor unter den Hunderten von Anschreiben, die sie zu *Ich trinke Jägermeister weil*... bisher erhalten, und sie würde mich gerne kennenlernen. Ich verliebte mich in ihre Stimme, die ich da an jenem Abend zu erstenmal hörte, und da ich wegen der Tiere festsaß (davon hatte ich ihr nicht, wohl aber von meinem Beruf und meinem alten Bauernhaus geschrieben), sagte ich, sie solle mich doch einfach besuchen. Ein paar Tage später stand sie am Bahnhof, und ich holte sie ab in meinem Wagen. Ein paar Wochen danach im August, und diese weitere Story bekamst du ja selbst mit, zog sie dann mit einigen Sachen bei mir ein, und die Crew zog nach und nach mit, sie begann ja damals diesen Zeichentrickfilm: *Das wahre Leben der Maria Callas*...

Die erste Zeit aber bosselte sie allein rum, und da ging es uns ganz gut, sie saß am Zeichen- oder Schreibtisch und entwickelte ihre Ideen, und ich unterrichtete in der Schule. Ursprünglich also hatte ich es gar nicht darauf abgesehen, sie persönlich kennenzulernen. Zwar meine Telefonnummer stand auf meinem vorgestanzten Absenderinnenscheck, die hätte sie aber auch durch die Auskunft erfahren können...«

»Aber, daß sie von dir selbst kam, konnte als Aufforderung aufgefaßt werden.«

Etwas später nach dem schönen »Im August-miteinander-zur-Probe-Leben« aber habe H. sich vorstellen können, weil sie es da auch schon gespürt, daß diese Beziehung sie auslaugte, sich aber selbst beschwichtigt: Sei erst einmal alles aufeinander eingespielt und Irmtraud vollends bei ihr einquartiert, dann funktioniere Miteinanderleben schon reibungslos, und wahrscheinlich könnten sie einander dann auch Kraft geben und weiterbringen.

Sie, H., habe Irmtraud dann zusehends aufgebaut, mit ihren eigenen wirtschaftlichen Kenntnissen unterstützt, so daß es Irmtraud gelingen konnte, aus dem Umsetzen ihrer geistigen Produkte auch attraktiven finanziellen Gewinn zu ziehen, vor allem habe sie überaus schnell geschnallt, wie wiederum dieser Gewinn am kapitalertragsgünstigsten anzulegen sei. Zum Beispiel hätten H. und ihre Kolleginnen besorgt, daß Irmtrauds Kurz- und Kürzestfilme als sogenannte Lehrsketchs, als Unterrichtseinheiten in den Schulen gezeigt werden durften, konnten. Dagegen aber habe Irmtraud ihrerseits H. nur zusehends geschwächt. So: sei Irmtraud kurz verreist gewesen, habe H. zuerst mal nichts anderes gebraucht als Nicht-mehr-reagieren-Müssen, Ruhen! Innere Ruhe aber hätte sie auch dann nicht finden können, weil da die gleich wieder zu erwartende Gegenwart Irmtrauds sie weitgehendst überfordert, auch das Denken an eine Zukunft mit oder ohne Irmtraud sie beansprucht, gequält habe. Zwar habe Irmtraud, sei sie allein bei H. gewesen, ruhig für sich in einem kleinen, extrem kleinen Raum gearbeitet, trotzdem aber alles überlappt und besetzt gehalten. Dies schon allein durch das Telefon, das zu manchen Zeiten fast ununterbrochen den ganzen Tag über und oft auch noch spät abends, ja dann zumeist ganz besonders intensiv von Irmtraud zu vorwiegend privatem Austausch benutzt worden, sei es, daß sie verlangt wurde oder selbst verlangte. Allerdings konträr dazu habe Irmtraud sich in jener Zeit sehr nach einer festen Anstellung und regelmäßigen, abgesicherten Bezügen gesehnt. Sie, H., habe ja ihr monatliches hohes Beamtengehalt mit späterer Pensionsberechtigung zum Einbrocken und auch um auf die hohe Kante zu legen gehabt, obwohl dies nahezu alles aufgefressen von den Hypotheken fürs Haus, trotzdem und immerhin! Irmtraud aber habe jahrelang doch regelrecht von der Hand in den Mund..., wenn da auch ihr Ruhm bereits begonnen, enorm zuzunehmen.

So habe Irmtraud einmal während eines Zerwürfnisses zu H. gesagt, sie, Irmtraud, sei ja ohnehin nur bei ihr geblieben, weil sie ein festes Beamtinneneinkommen habe. Diese Äußerung allerdings sei nach dem Rauswurf getan worden. Ja, eines Tages...« »Das hatte sie aber nicht nötig zu sagen«, fand Gen, »mit dieser herausposaunten Richtigstellung schadete sie sich doch nur selbst, stellte sich als berechnend dar, was sie aber nicht in dieser Weise ist. Nun, mehr oder wenige sind wir alle berechnend.« »Nein, mir hatte sie schaden wollen, ich sollte mit der Nase drauf gedrückt, daß ihre damalige Einquartierung bei mir in Eitensheim den günstigen Umständen, in denen ich mich befinde, gegolten, nicht aber meiner Person. Denn diese Person war krank und unberechenbar.« »Doch eines Tages habest du zu Irmtraud gesagt: ›Pack deine Sachen und verschwinde!‹, aber erzähl du selbst es mir mal!« »Nein, jetzt bin ich müde, ein andermal!«

Nach diesem langen Sprechabend folgt eine lange Sendepause. Tagelang spricht H. mit Gen fast kein Wort. Eines Morges ganz früh klopft sie: »Hast du nicht sowas wie eine elastische Binde für meinen Fuß?« Gen sucht herum, sie hat. H. zeigt einen Knoten über dem linken Fußknöchel. »Ist der wieder mal richtig akut, dann wirds heikel. Der drückt mir dann aufs Gehwerkzeug. Einer, guck mal, ist hier oben!« H. macht einen mageren, schlaffen, krankweißen Oberschenkel frei mit einem würfelgroßen Loch im Fell. Gen ist bestürzt. »Ja, hier, wo das Loch, mußte schon mal einer rausgeschnitten werden. Knochentumore nennt man das.« Bösartig? wagt Gen nicht zu fragen. »Das ist aber schon einige Jahre her, danach hatte ich verhältnismäßig Ruhe. Jetzt am Knöchel wütend, aber auch an der Hüfte meldet sich schleichend etwas an.« »Täglich Nüsse mußt du essen und Vitamin B 12 kombiniert. Wie ernährst du dich denn auch! Ich werde es Cäcilie sagen, wenn sie am Sonntag kommt, dich zu malen, daß sie als Ärztin mal ein Machtwort mit dir ...« H. lacht und zeigt Gen Mitbringsel für ihre Tiere: löffelbiscuitartig geformter Hundekuchen, *Katzengold*, eine besondere österreichische Delikatesse für Pusselmeier, mausartig geformtes Trockenfleisch. »Und für dich selbst keinen Mäusebraten?«

H. hat übrigens für Gen einen ganz besonderen

Charme, wenn sie »Hallo Mäuschen« sagt. »Hallo Gene-Mäuschen!«, und telefoniert sie mit Flora, lächelt Gen belustigt, hört sie H. beginnen mit »Hallo, liebe Flora-Maus! Floramäuschen.« Flora wird, geht sie mal in Rente, nicht genügend Rentenanrechtsjahre haben, um anständig leben zu können, H. hat eine Versicherung für Flora abgeschlossen und will unabhängig davon, ob sie selbst dann noch lebt, Flora gut versorgt wissen. Irmtraud und Flora verstanden sich übrigens gut, manchen schönen Abend lang hätten sie zusammen mit noch einer anderen Freundin geskatet und gedoppelkopft.

»Für mich Karamellen«, sagt H. und steckt sich eine altenglische Karamelle in den Mund. Gen: »Die sind zahnschädigender als Nüsse!« »Darauf kommts ja nicht an. Nüsse kann ich einfach nicht an den Zähnen haben. Basta!« »Ach du dumme Nuß!« (Das war ein Lieblingsausdruck von I. für sich selbst und auch für andere!) Sie lachen beide. Gen hat H. gerne um sich. Ihre Tiefe, ihre Ernsthaftigkeit und wie herrlich komisch (was für einige andere natürlich auch verletzend sein kann, I. war von H.s Herumgepoltere, Gebrülle immer abgestoßen) sie grob herumbollern kann! Einmal als H. und Gen in den Abendnachrichten über Nicaragua hören, sehen, sagt H. kritisch ernst zu Gen: »Und du sitzt da auf deinem dicken, fetten Arsch, und dort wird gekämpft und gestorben!« Gen lacht: »Leider bin ich aus dem Kampfalter heraus. Aber du, könntest das Geld, was du monatlich für Zigaretten verpaffst, sparen und auf das soeben von Frau Rut Sperber angegebene Hilfskonto oder an sonst irgendeine grad laufende Hilfsaktion überweisen.« »Natürlich mache ich mir auch selbst Vorwürfe.« Darauf sitzen sie eine lange Weile schweigend.

Gen findet häßlich, dreht H., während sie essen und sich unterhalten, das Fernsehen, die Tagesschau an. Manchmal verstärkt sich auch das Boxer-Hundeartige ihres Gesichts, besonders ihre Augen blicken unbestechlich ernst; das die Glücklichen aus dem Paradies austreibende Engel. Einmal sagt H. ganz unvermittelt: »Deine Karikaturen, Gen, deine Blicke auf Menschen sind oft sehr bösartig. Ist dir eigentlich klar: ein mörderischer Gedanke ist genau so Sünde wie die Mordtat selbst.« Gen lacht: »Da glaubst du doch selbst nicht dran, das ist hirnverbrannt.« »Zum Beispiel die Sünde Adams bei Kierkegaard.« »Das wird wohl Kierkegaards Problem gewesen sein.« Darauf spricht H. eine ziemliche Weile über das Neue und Alte Testament. Sie habe Theologie studiert und aus diesem Grund könne sie beurteilen, ob die Sünde im Geiste nun möglich sei oder nicht.

Gen wundert sich, daß H. dabei wieder etwas Schaum vor den Mund kriegt. Was erregt sie denn so? »Fürstin Myschkin«, sagt Gen, »du wärst *doch* eine gute Pastorin geworden, was du aber noch immer werden könntest. Warum wolltest du eigentlich, nachdem du Irmtraud regelrecht aus dem Haus geworfen, daß sie wieder zu dir zurückkehre. Konntest du wirklich nicht ohne sie leben? Obwohl du erfahren mußtest, es ging auch nicht *mit* ihr! Oder wolltest du lediglich dein Eingelassenes zurückhaben?« »Das wohl auch. Ich hatte zuviel in sie investiert. Meine ganze Zukunft, mein Haus für sie umgebaut.« »Du wolltest, daß sie das an, für sie herausgeworfene Geld und deine Mühen um sie ableben sollte, als deine Gefangene, Mitgefangene.« »Vielleicht, in gewisser Weise ja! Wahrscheinlich ist das das Schlimmste, das überhaupt am stärksten Lebensschwächende, was wir uns selbst antun können: aus Gründen der Vernunft uns mit nicht zu uns oder nicht mehr zu uns Passendem, Abgelebten arrangieren wollen. Es war alles so tot, so still um mich herum, als Irmtraud ihre Sachen, notwendigsten Sachen gepackt, anderes blieb ja bei mir zur Aufbewahrung, und weggegangen war. Ich hielt es nicht aus. Schließlich hatten wir da vier Jahre zusammen gelebt, und ich habe sie doch geliebt und liebte sie da noch, und sie mich ebenso, sagte sie.«

An irgendeinem Sonntag Anfang Juli kommt Cäcilie, allein, Bram ist verreist.

Ihr schwarzes, lockiges Haar glänzt wie immer, schön ist sie wie immer und schweigsam, dabei aber zu Späßen aufgelegt und lacht gern, weiß, wer sie näher kennt. Unauffällig holt sie nach dem Essen, sie und Gen trinken roten Wein dazu, ihr Malzeug hervor. H. spricht zu Gens Überraschung jetzt pausenlos. Sie ist aufgewühlt, es sprudelt aus ihr heraus: von der Schule, vom Unterrichten im einzelnen und besonderen. Am Rande streift sie auch I.s Person und die von Vasilyadis. Wobei sich bei der letzteren, weil Cäcilie diesen Therapeutinnennamen noch nie zuvor gehört, herausstellt, daß sie unter dem Namen ihres Mannes, OBERTHÜR, zu finden sei im Branchenadressbuch. Dann wieder zurück zu vorwiegend Schulischem: von Klassenreisen und Klassentreffen und Klassengeist und Klassenbesten, von liebevollen Geschenken der Schüler an ihre Klassenlehrerinnen.

Gen lenkt H. auf gar keinen Fall auf ein anderes Thema, weil Cäcilie, malt sie, ohnehin nichts Problematisches bereden kann, meist bittet sie die anderen, sich zu beschäftigen miteinander und sie am besten nicht am Gespräch zu beteiligen, nicht anzuschauen, wenn sie selbst aber schaut, unauffällig ganz konzentriert auf ihr Modell, in sich aufnimmt und wieder herausläßt aufs Papier.

Ununterbrochen, kataraktehaft stürzen die Worte aus H. heraus, darüber ihr Blicken, flackernd. Was mag Cäcilie dazu denken, die nicht weiß, wie schweigsam H. sonst ist?

Gen kann sich später auch partout nicht an verbale

Einzelheiten dieses stundenlangen Rheinfallschauspiels aus dem weich flammend wirkenden Mund im knochigen, blassen, sich auch während zunehmender Redeanstrengung, -ermüdung nicht rötenden Hedwiggesicht heraus erinnern!

Zuerst hat Cäcilie, wie sie stets verfährt, ein realistisches Bild gemalt. »Das ist Hedwig, Peter Labus«, kommentiert Gen. Cäcilie lacht, hält dieses Hedwigporträt kurz etwas höher, vergleicht es mit dem Modell.

Gen denkt: Eigentlich schade, H. trägt das Haar objektiv vielleicht nicht zu kurz, nur zusammen gesehen mit ihren fordernd hervorragenden Backenknochen und dem aggressiven, nein, anklagenden, wie vor Schmerz und Hunger ausgehöhlten und zugleich brennenden Blick, zu kurz, fast wie kahlgeschoren der Hedwigkopf. Bestraft? Selbstbestraft? Was hat sie denn verbrochen? Die Sträfling Hedwig! Ihr ganzes Gesicht schreit: Ich halt es nicht aus!

Cäcilie, später von Gen nach ihrem Eindruck bezüglich H.s gefragt, antwortete, H. habe auf sie gewirkt, wie eine, die am Ende ihrer Kräfte angelangt. Ein paar Schritte noch bis zum Hinstürzen, um liegenzubleiben, oder in einem unbewachten Augenblick, wenn der Wachtposten gerade wegschaut (wegschauen sollte), zum Straßenrand, dort schnell eine Handvoll Grashalme in den Mund reißen, schlucken, spucken, würgen.

In einem Dorfe nahe der tschechischen Grenze, Sommer 1944 erlebte Gen über Wochen hinweg täglich stundenlang mit anderen Kindern auf Holmen am Wegrand hockend, wie Trecks von Tausenden von KZ-Häftlingen in andere (vor dem heranrückenden Feind als sicherer angesehene) KZ-Lager umverlegt wurden.

Von Mißhandlungen, Entbehrungen gemeißelte, ausgehöhlte Gesichter auf sich dahinschleppenden, vorwärtstorkelnden Körperhüllen, kahlgeschorene

Köpfe, manche so geschrumpft, daß Kinderhände sie umschließen konnten. Dazu im Gegensatz ist Hedwigs Kopf noch dick, wenigstens der Hinterkopf, der aber jetzt nicht zählt, denn was sie einigermaßen bewahren, behalten muß, ist doch ein verhandlungsbereites, ansprechbares Gesicht. Keins, dessen herausspitzende Knochen die lieben Mitmenschen anfielen, anpöbelten oder wovor sie sich ängstigen würden; was ein rechtes Gesicht sein will, braucht halt Fleisch.

Eines, mit dem sie auch wieder in die Schule zurück zu ihren Kolleginnen und Schülerinnen kann und auch will. Sie hofft, daß dieser Wille bleibt. Denn wo wollte, sollte sie sonst hin?

Warum aber sieht Hedwig Labus so aus? Zuerst sei es ein psychischer Hunger, eine psychische Verelendung von dem/der ihr kreatürlicher physischer Hunger naturgemäß nicht unbeeinträchtigt geblieben sei; nun schmecke es ihr schon lange nicht mehr. Und das alles wegen Scheid Irmtraud! Kann eine Menschin die andere denn so umstruktieren, daß sie am Ende nichts mehr zu verlieren hat bis auf ihr Leben?

Andrerseits (»nichts ist so komisch wie das Unglück«) wirkt H.s Kopf auch kasperle-, kasparaartig: ›Und diese Holzpuppe Hedwig Peter, liebe Kinder, ihr seht es schon an ihrem Gesicht, hat immer Pech und ist, ja, ihr ahnt es gewiß schon, in unserem Stück die Pechvogelin, Pechrabin, die schwarze Peter!‹

Als zweites hat Cäcilie, und diese Folge im Malen von Bildern ist symptomatisch für die Künstlerin Cäcilie Stör, ein surrealistisches Porträt geschaffen: Hedwig Peter Labus' Physiognomie als Gewitterlandschaft. Ein inwendig kalt kochendes Meer, eben angerissen unter dem ersten fauchenden Prankenschlag des ansetzenden Hurrikans, lodernd aufgerissen vom Aufgelächter des ersten fürchterlichen Blitzes, wartend in unheimlicher Stille.

»Menschin Cäcilie, das ist ein Meisterinnenwerk!« Hedwig betrachtet gleichfalls eingehend ihr Bild. »Tatsächlich, ich wußte es, Cäcilie, du kannst was!« Im Frühherbst des gleichen Jahres auf einer Vernissage in Cäciliens Atelier standen die Geladenen am längsten vor dieser GEWITTERZONE HEDWIG und diskutierten. Und noch etwas später im Kristmond, ein paar Tage vor H.s Geburtstag, wird I., wieder mal soeben aus USA von einem Honigmond mit Carson zurück, genau dieses Bild von H. kaufen wollen. Jedoch H. hat Cäcilie schon lange vorher gebeten, keins der Hedwigporträts zu verkaufen. Vielleicht bis daß sie selbst mal Geld habe, sie zu kaufen. Darüber lacht I.: H. sei eine Frau mit Geld, den Tieren auf jeden Fall fehle nichts, während sie am Essen für sich selbst, auch nicht notgedrungen, aber knausere. Für siebentausend Schillinge wäre I. bereit gewesen, es zu erwerben. »Genau so furioso, so elektrisch geladen, kurz vorm Explodieren konnte Hedwig aussehen«, sagte I. Hätte sie dieses Diagramm von ihrer Ehemaligen denn überhaupt offen um sich ertragen können? Möglicherweise hätte sie es verhüllt in einem Kasten gehalten.

Etwas später im Gespräch mit Gen wünscht sich H., alle ihre Bilder aus jener Wiener Nachirmtraudära zu besitzen, um sie zu vernichten. Vom letzteren aber erwähnt sie Cäcilie gegenüber nichts. Jedoch nun inzwischen ist Cäcilie nicht mehr bereit, sich von diesen Bildern zu trennen. Lediglich aus therapeutischen, menschenfreundlichen Gründen würde sie sich Hedwigs wegen davon lösen.

Als drittes reißt sich Cäcilie immer ein utopisches Opus aus ihrem Wurzelwerkhandgelenk. Eine sozusagen Innenschau, wie sie sich vorstellt, daß ein Gesicht sich entwickeln könnte. Ihr Drittes ist ein zumeist positiver Entwurf (wenigstens Gen sah noch nie ein Cäcilisches utopisches Negativum) in Pastelltönen gehalten.

H.s utopisches Gesicht wirkt geglättet ruhig, nach dem Sturm.

Einmal hätten sich H. und Cäcilie noch wiedersehen können: als Geraldine aus Paris zu Besuch kam und Cäcilie sie gerne draußen bei sich malen will. Jedoch H. hatte es abgelehnt, mit zu Cäcilie zu fahren, sie fühle sich zu erschöpft dazu.

Am Abreisetag Geraldines frühstücken sie noch ausgedehnt zu dritt, das heißt vor H. liegt ihr opulent bekratztes Marmeladebrot, was sie zudem auch nicht mal anrührt: Heute frühstückt sie Zigarettenrauch und Milchkaffee.

Geraldine kennt die Situation mit Irmtraud und wünscht H., daß die 48 000 Schillinge, die sie an Frau Vasilyadis verfüttert, auch bei ihr selbst fruchtbar anschlagen. Gen aber findet das Gesamthonorar nicht zu viel: »Jeden Tag meist eine Doppelstunde, nur sonntags fiel in letzter Zeit schon mal aus, stell dir das doch mal vor, Geraldi, wie diese Analytikerin sich auf Hedwig einstellen muß, nachts sich bestimmt manchmal schlaflos wälzt, wegen des Problems I.!«

Auf einen oder zwei Briefe I.s hatte H. wohl auf Rat von Vasilyadis nicht reagiert, danach schaltete sich überraschend I.s Mutter Ulla ein, mit der H. sich immer sehr gut verstanden hat. Irmtraud hänge herum und sei vor Sorge um Hedwigs Ergehen in ihrer Produktion erheblich gestört, ja ihr Lebensnerv sei wie gelähmt..., und auch sie, Ulla, mache sich sehr viel Gedanken um Hedwig, sie solle doch wenigstens ihr einmal antworten!

»Was mich das für eine Zeit und ein Geld kostet, daß Irmtraud sich hinter Freundinnen und Verwandten versteckt, um an mich ran zu kommen. Ach, hätte ich nur nie diesen allerersten Brief an sie... ›Eine Mörderin‹ nannte Frau Vasilyadis sie. Eine Mörderin!«, H. schreit nun, »das ist sie.« Geraldine: »Dafür halte ich Irmtraud aber nun nicht. Das ist eine massive Übertreibung von Vasilyadis.« Gen: »Ich glaub, es ist von Fall zu Fall verschieden. Wie bei Befall von gewissen Viren; die eine lebt damit, die andere Person erkrankt, stirbt sogar daran.« »Ja, das ist, war das Allergemeinste, daß Irmtraud mich von Anfang an als Kranke etikettierte.

Geraldine ist abgereist. Die liebe Hochsommersonne lacht von früh bis spät. Fast alle schleppen sich zum fröhlichen Tun. Ja, und die Abende sind gesegnet, besonders für jene, die an einem Fluß, einem See zwischen dynamischen Mücken Erholung finden. »Willst du nicht mal mit ans Gänsehäufel?« fragt Gen H. an einem langen Nachmittag, bevor sie selbst loszieht dorthin. »Nirgendwohin! Ich wünsch dir aber viel Spaß.« »Und auch nicht morgen abend? Ein Abend in einem Garten über der Donau bei Milli?«

H. schüttelt nur noch verneinend den Kopf.

An einem verlängerten Wochenende mußte Vasilyadis wegen dringender Familienangelegenheiten nach Istanbul. Zuerst meint H., dann habe sie auch mal ein paar Tage Ruh und könne aufarbeiten. Als Gen, die gleichfalls über Sonntag verreist, zurückkam, merkte sie, H. ging es miserabel. Und montags geriet sie über irgend etwas so in Rage, daß sie verstört hin und her rannte, ein paarmal auch an Gens Zimmertür schlug, irgend etwas Geballtes bezüglich ihrer Lage herausballerte, wobei sie wie immer, war sie umgetrieben, etwas sprenzte, versprühte und die Anfangssilben verdoppelte.

»Das mach ich nie mehr mit, wenn Vasilyadis nochmal tagelang verreisen muß, dann muß sie mir eine Vertretung angeben. Das ganze Wochenende hab ich mich mit der Antwort an Irmtrauds Mutter herumgequält! Hier lies, weil es auch dich bestrifft.« – »Einverstanden – bis auf die Stelle: ›Ich bin hier in Gens Wohnung‹, da es

Irmtrauds Wohnung mit ist, sie bezahlt ein Drittel der Miete...« »Ich hab die Folgen, das Ausmaß der Folgen zu spät erkannt..., daß das ja noch immer Irmtrauds Wohnung ist und sie also von daher Zugang zu mir hat, daß ich die ganze freie Zeit sitzen und Briefe von ihren Angehörigen beantworten kann. Denn damit die Frau Scheid ein reines Gewissen haben kann, spielt sie anderen Leuten Besorgtsein um mich vor: ›ACH DIE ARME KRANKE HEDWIG!‹ Vielleicht kriegt Irmtraud auch keine Antwort von mir, ich werd diesen Brief sowieso noch Vasilyadis zu lesen geben.«

Einen ganzen Abend, eine ganze Nacht lang schwelt und brodelt H. Gen fürchtet einen Ausbruch, mit dem sie nicht fertig wird: wenn H. nun plötzlich Gegenstände durchs Fenster feuerte, dem verständlichen Wunsch nachgäbe, vorm Fuß weg zu arbeiten, I.s Sachen wegzuwerfen, und dann in Gens Zimmer stürmte und diese bedrohte. Sie wiederholte doch schon einige Male, aus Gen spreche Irmtraud und eigentlich dürfe, könne sie gar nicht mir ihr über Irmtraud sprechen! Wäre das denn so abwegig, betrachtete sie plötzlich Gen und I. als eine Person? Verwechselte sie beide, fühlte sich umstellt, bedroht?

Gen wünschte, hoffte, daß Vasilyadis H. wenigstens mit Beruhigungstabletten versorgt, für alle Fälle! – H. wurde dann ruhiger. Ob von selbst?

Gleich nachdem Hedwig Irmtraud gebeten, ihre Sachen zusammenzupacken, habe es sie wieder gereut. Irmtraud aber sei abgezogen. Sie hätten jedoch vereinbart, regelmäßig miteinander zu telefonieren, und während dieses Telefonierens dann ausgemacht, doch alle vierzehn Tage ein Wochenende miteinander zu verbringen: entweder in Eitensheim oder in München. Ganz gut sei das gegangen, etwa über nicht ganz zwei Jahre hinweg. Für sie seien durch ihre berufliche Belastung aber auch diese Treffen manchmal ziemlich stressig gewesen, zudem doch auch immer noch viel Post an Irmtrauds Adresse Eitensheim angekommen sei.

Gen: und ob es stimme, daß sie, H. selbst, I. dann gedrängt habe, doch wieder ganz nach Eitensheim zu ihr zurück? Ja, das stimme, weil auf Dauer die getrennte Lebenshaltung nicht nur Mehraufwand, sondern auch erhebliche Mehrkosten gebracht hätte. Möglicherweise habe sie, H., auch nur versuchen wollen, ob sie Irmtraud zu diesem Rückschritt überhaupt bewegen könne? Nicht zuletzt auch, weil sie sich eine ganze Zeitlang ab Irmtrauds Wegzug nach München doch wieder sehr gern gehabt. Hedwig braucht Liebe, Liebe! Könnte sie durch eine neue Liebe mit einem Schlag aus der ganzen Verstrickung mit I. heraus, sie abstreifen als eine fürchterliche alte Haut?

Einmal hat Vasilyadis mit H. bei schönem Wetter einen privaten Ausflug vereinbart. Sie, H., kenne doch noch gar nichts von Wien!

Gen spürt, Vasilyadis mag H. Aber ohne dies ginge eine Analyse doch gar nicht. Trotzdem, so Milli: das Therapeut dürfe nie eine persönliche Bindung, zum Beispiel eine Liaison mit seinem Klientel eingehen, diese gefährde die Heilung oder mache sie sogar unmöglich. Desungeacht, H. freut sich. Jedoch dann muß sie genau an diesem ganzen Tag, den Vasilyadis unter Mühen für die Exkursion freimachte, aufs Gesundheitsamt nach Deutschland, weil es sonst mit ihrer Weiterkrankschreibung für ihre Schule, obwohl ja nun Sommerferien, der Verwaltungsapparat ihrer Schule frißt ununterbrochen, nicht klappe. Ganz kaputt von dieser Reise kommt sie zurück: Dieser knochenlöchernde, -lösende Gang durch die Institutionen! Ein, zwei gemeinsame Frühstücke mit Vasilyadis, einmal auf einer Terrasse auf dem Kahlenberg in der wunderbaren Morgensonne, gelingen aber dennoch.

Über Vasilyadis allerdings redet H. nur noch, wenn Gen danach bohrt. »Sag mir wenigstens ihre Haarfarbe!« »Blond!« Gen scherzend: »Sobald du wieder in Eitensheim bist, werd ich mal nach Neustift fahren und mir Frau Vasilyadis anschauen. Ich werd ganz einfach plötzlich in ihrem Wartezimmer warten ...«

H.: »Mir tun oft die Knie so entsetzlich weh, und neulich hielt ich es gar nicht mehr aus, fragte, ob ich während der Sitzung nicht die Beine hochlegen dürfe ...? Klar doch! Und stell dir vor, beim nächsten Mal stand schon ein Zweitstuhl für meine Beine da. Und einen vitaminhaltigen Saft stellt Vasilyadis mir neuerdings auch regelmäßig hin.« H. schenkt Vasilyadis auch schon mal ein Buch und umgekehrt. Zusätzlich in Gens Eisschrank kühlt eine Vasilyadische Flasche *Lebensquell* hoch Vitamin B angereichert für H. Gen: »Aha, da siehst du liebe Hedwig, Vitamin B! Göttinseidank denkt die Frau Analytikerin nicht nur an deine Psyche.«

In letzter Zeit spricht H. milder über I. »Mit allen zukünftigen Lieben Irmtrauds wird es so laufen wie mit dir und mir und unseren Vorgängerinnen. Auch diese Künftigen (ausgenommen vielleicht Carson, weil sie zu weit weg, da muß I. ja keinen Alltag mit leben!) werden nach einiger Zeit Makel aufweisen, die Irmtraud ›nicht nötig haben wird‹ zu ertragen. Sie hat die Macht und nimmt sich von daher das Recht, andere Figuren zu schlagen.« »Darauf kauten wir schon mal! Ich meine zum Supererfolg ist ein hypertrophiertes Selbstbewußtsein notwendig. Und es gibt nicht Gesünderes für eine selbst als Erfolg.« »Allerdings, das meint Vasilyadis auch. Und SCHEIDEN UND MEIDEN für die wirklichen und möglichen Opfer ist auch ein altbewährtes Hausrezept.« »Ja, und da du, Hedwig, bald wieder von mir scheidest, könntest du ruhig mal, wie wärs denn mit morgen abend?, mit mir zu einem Gartenfest bei Milli gehen.«

»Nein, nein! Und außerdem, ich komme doch wieder im Herbst, wenn Kartoffelferien sind, und wahrscheinlich auch im April, um noch einige Stunden bei Vasilyadis zu nehmen.«

»Dir die Fäden ziehen zu lassen...« »So weit sind wir wohl noch lange nicht... Wußtest du übrigens, daß ich anfangs Schwierigkeiten mit dir hatte. Auf keinem Gebiet war ich deiner Ansicht, ja, ich mochte dich eigentlich nicht besonders–, dann aber wurdest du mir zusehends sympathischer.« »Du warst mir von Anfang an sympathisch. Ich mochte deine Stimme. Hatte aber, als I. noch bei dir in Eitensheim lebte, Albträume, darin verlangtest du einmal, I. solle reinen Tisch machen, ihre Sachen aus der Wohnung abziehen und ich mir eine andere Wohnung suchen, weil ich die Miete ja nicht allein zahlen konnte.«

»Darauf habe ich zeitweise auch sehr gedrängt, jedoch Irmtraud wollte nicht. Zeitweise haßte ich dich sogar, wenigstens anfangs. Irmtraud stellte dich mir immer als Vorbild hin: du verstehest dich darauf zu fläzen, am hellen Tag mit einem Buch auf oder im Bett zu liegen, du könnest genießen, während ich nie nie Freizeit hatte, weil ich entweder pausenlos beschäftigt mit Arbeiten in und ums Haus oder aber innerlich rastlos, scheinbar aber rastend herumsaß und schlußendlich nicht mal mehr fertigbrachte, ein anspruchsloses Buch zu lesen.«

Was aber Gen im nachhinein etwas tristert: daß H. sie anfänglich nicht leiden mochte, während sie, Gen, gewähnt, die Sympathie beruhe auf Gegenseitigkeit.

Milli: »Das liebe Gen, ist dir ganz hoch anzurechnen: teilst ohne Murren die Wohnung mit einer dir doch nicht so vertrauten Person, kannst wochenlang nicht dein TV-Elitenachtprogramm schauen.« »Vielleicht aber, wenn Hedwig oder Irmtraud vorher bei mir angefragt wegen Wohnens, hätte mich das bedrückt; die Vorstellung, den Sommer über nicht alle Türen geöffnet, Rücksichten nehmen müssen. So aber, indem Hedwig halbkaputt einfach gegen meine Fenster flatterte und in die Wohnung einfiel, brauchte ich mich nicht zu entscheiden.«

»Ach irgendwie war das von Irmtraud gesteuert. Die hat Hedwig soviel von Ferry vorgeschwärmt: Ferry als die letzte Rettung für die KRANKE HEDWIG! Zudem, Irmtraud hatte ja schon mal eine kranke, abgelebte Liebe, die sollte gleichfalls zu Ferry, und daß es sich dann anbot, Hedwig bei dir Irmtrauds Mietwohnanteil billig ableben zu lassen, war doch logo.« »Übrigens Hedwig wird mir monatlich 1100 Schillinge Mietanteil zahlen.«

Falls Milli etwas (gelinde gedacht) unangenehm berührt ist, daß die zweite Lebenspartnerin ihrer Freundin Irmtraud (die sie leider noch nie zu Gesicht bekam) sich vergräbt und auch sie, Milli, nicht sehen will, so zeigt sie es nicht. Ohnehin ist Milli, da selbst Therapeutin, sonderbares Verhalten gewöhnt.

Während die ganze exquisite Sommergesellschaft sich im Garten verlustiert, steht auf der obersten Veranda Manfred, der fünfundzwanzigjährige Sohn ihres Mannes Dietrich aus erster Ehe. Manfred nimmt am Fest der Familie teil, indem er getrennt mit einigen Freunden und einer Freundin seiner Arbeitsgruppe in seiner Wohneinheit feiert. »Vielleicht kommt er später mal runter. Der, der links neben ihm steht, ist sein Betreuer.« Manfred soll schizophrene Schübe bekommen, war längere Zeit in verschiedenen Psychiatrien. Seit etwa zwei Jahren ist er nun zu Hause, bewohnt mit dem siebenundachtzigjährigen Onkel Föns eine Wohneinheit, gemeinsame Badbenutzung, wogegen sich Föns anfänglich gesträubt haben soll. Gen glaubt nicht an Schizophrenie, hält es mit Ronald Laing: DIE/DER SCHIZOPHRENE HÖRT AUF SCHIZOPHREN ZU SEIN, SOBALD SIE/ER WIRKLICH GELIEBT WIRD. Später kommt Manfred einmal herunter, setzt sich neben Cäcilie und Bram. Gen betrachtet sein hübsches, prozellanhaftes, vermeersches Profil: die kurze, geschwungene Stirn, das lichtbraune Haar. Er imitiert seinen Vater, der von Beruf Richter, sagt oft zu einer/m im Gespräch: »Ja, das ist echt gescheit! Echt gut, was du da wieder angestellt, was du da gesagt! Mal sehen, wie wir da wieder raus kommen.« Und dann schon mehr er selbst: »Ich glaub, ich bin heut wieder mal schwer verhaltensgestört...«, lacht. Gen: »Die anderen sind gestört! Schau sie dir doch an!« Manfred blickt ungläubig. Als Gen lacht, lacht er amüsiert mit. Gen denkt, das müßte H. jetzt miterleben. Aber vielleicht würde sie genau wie die anderen ihr Gesicht verdrehen, um dann so dreinzuschauen, wie es üblich ist, sprechen Erwachsene mit einem acht- bis zwölfjährigen Kind: freundlich zuhören, leicht belehrend und vor allem verständnisvoll. Auch Cäcilie und Bram blicken nun so beispielhaft.

»So«, sagt Dietrich und schaut auf Manfred, der begonnen hat an einem Stückerl Kuchen auf der großen Festtafel herumzugabeln. »Ja«, sagt Manfred und zu Gen: »Ich hab auch Kuchen gebacken, kommst du mich gleich mal besuchen zum Kosten?« Verschwindet, grüßt vorher alle nochmal freundlich. Später steigt Gen einfach mal ins dritte Stockwerk. Da steht Manfred in der kleinen, puppenartigen Küche und verabschiedet soeben seine Gäste. Einige räumen noch Geschirr vom Tisch, lauter Puppentäßchen, Tellerchen und Gäbelchen! Nein, normales Geschirr, dennoch erinnert es Gen an einen Kindergeburtstag. Manfred packt noch Kuchen ein zum Mitgeben.

Vielleicht blicken diese Gäste nicht so helle wie von der Beletage, eher etwas verstaubt, (angestaubt) getrübt, obwohl sie hier oben alle noch so jung sind. Es gibt eine leider reizvolle Übereinstimmung mit den wie zufällig hier zusammengestellten alten, ausrangiert, teilweise auch wie nie benutzt wirkenden Möbeln: Kautsch, Bett, Tisch, Sessel, Stühle, Kredenz und Schrank, alles ist da, aber unklar, ungehörig und unpersönlich. Was hat Manfred damit zu tun?

Da steht er in dieser elterlichen Ablage (es ist leider wenig Platz im Haus, Milli bedauert das), wirkt wie nicht dazugehörend, fehl am Platze, seltsam verloren, und paßt, weil er sich noch nicht selbst gefunden (Dietrich erzählte, Manfreds Gehirn soll während der schwierigen Geburt, seine Zwillingssschwester starb sogar kurz danach, eine ziemliche Weile ohne Luftzufuhr gewesen sein), offensichtlich oder insgeheim doch zu diesen abge/ungelebten, erloschenen Gebrauchsgegenständen. Dietrich: Manfred habe doch alles, was er brauche – wie aber soll er denn, wenn er nicht fahren kann (sie sagen: fahren könne, dürfe er nicht), erfahren, was ihm wirklich fehlt!

Noch ist er eine Fehlfarbe, jedoch über kurz oder lang wird er hier nicht mehr auffallen und dazupassen, wie der Onkel Föns, der aber wenigstens weiß, wohin er gehen wird, bald!

Gen stellte sich gemalte Bilder vor oder auch einen Stummfilm, auf/ in denen/dem Manfred zu sehen war: ACH WENN DOCH EINE/R KÄME, DIE/DER MICH MITNÄHME! Müßig! Gen war leider nur Karikaturistin.

Tröstlich: Manfred wird von seiner Familie gut versorgt und akzeptiert, Dietrich hat seinetwegen schon manchmal geweint.

Manfred geht gut gekleidet, wirkt vernünftig ernährt, habe eine zufriedenmachende Arbeit (Beschäftigungstherapie), reichlich soziale Kontakte, und eine Freundin hat er auch.

Gen hätte gern mit Hedwig über Manfred gesprochen.

Manchmal reden H. und Gen tagelang nicht miteinander. Kommt Gen von einer Reise heim, sieht sie durch die Glastür H. noch fernsehen, will sie aber nicht stören und begrüßt sie nicht extra.

Zwei Tage nach dem Milliabend sagt H. wiedermal die ersten Worte: »Du warst ja vielleicht blau, als du von Milli kamst! Wie am nächsten Morgen das Bad aussah ..., da wußt ich alles!« Gen verwundert: erstens habe sie bei Milli nicht viel getrunken, zweitens lasse sie das Bad stets im gleichen ordentlichen Zustand zurück, auch wenn sie keine Gästinnen hätte. H. lachte, wollte Gen wohl frotzeln?, stand in der Küche und zerkleinerte Möhren. Oder lachte sie nicht? Hatte gar nichts zu lachen, weil sie Magenkrämpfe hatte, aufgrund der blödsinnigen Haltung des Rektors ihrer Schule, der die Krankmeldung nicht anerkannte, weswegen sie vielleicht noch mal zum Gesundheitsamt oder sogar nach Eitensheim selbst müsse, wo sie doch sowieso bald endgültig heimfahre. Wieso seien die Magenschmerzen, Gen fragte das schon mal, aber damals antwortete H. nicht darauf, die sie lange während der Zeit mit I. gehabt, denn plötzlich verschwunden? H: die hätten sich sofort nach der ersten Kurztherapie in Ingolstadt verzogen, wo sie kurz danach auch mit einer Kurskorrektur in ihrem Verhalten zu Irmtraud beginnen konnte. Eine Besserung, die bei Irmtraud da aber schon nicht mehr gezählt, weil sie sie nicht mehr brauchen konnte.

H. kochte jetzt schon mal für Gen mit, alles fleischlos, weil Gen selbst aus finanziellen Gründen schon lange, und H. jetzt aus politischen Motiven total unfleischlich leben wollte. Gen hatte Schwierigkeiten, von H. Zubereitetes zu schlucken. Schon als sie noch nichts wußte von H.s Knotengeschichten, würgte es sie bei der Vorstellung. Sie erwitterte stets bei anderen verborgene Krankheiten, und setzt sich darüber hinweg, herpt es danach verräterisch auf/um ihren Mund.

Göttinseidank, nach H.s Gekochtem gabs aber keinen Ausschlag.

Etwa fünf Tage vor H.s geplanter Abreise an einem Sonnabendmittag denkt Gen: Jetzt halte ich es nicht mehr aus! Ich möchte noch mal durch die ganze Wohnung rennen und Krach machen, morgens nicht bedacht auf Geräuschlos-hantieren-Müssen! Ich wünsch, es wär nun endlich soweit! Da kam H. von Vasilyadis zurück: »Ich packe! Hilfst du mir dann das Gepäck aufgeben? Morgen vormittag fahr ich heim.« Da aber wurde Gen traurig. Dieser plötzlich vorgezogene Aufbruch H.s! Gen: »Stell dir vor, wir müßten jetzt mit Streifenhörnchen oder Goldhamster ziehen! Weißt du noch, als du mich eines Tages fragtest, ob es mir recht sei, kämst du von der Zoohandlung ein paar Straßen weiter mit einem Streifenhörnchen an? Oder ließest ganz einfach Simpel, Emmi oder vielleicht auch Lambert Pusselmeier nachkommen?!« »Zu allem hast du JA gesagt. Jetzt hab ich dich auch liebgewonnen!«

Am Sonntagvormittag winkt H. im roten Lacostehemd, dessen Farbe zu hart für H.s Bleichheit ist, aus dem abfahrenden Zug.

H. nimmt zwar im Herbst noch Stunden bei Vasilyadis, gleichfalls im darauffolgenden April und auch noch danach, logiert aber währenddem nicht mehr bei Gen.

I. wollte nicht ihren Mietanteil, den Gen ihr angeboten, nun überweist H. ihn in monatlichen Raten auf Gens Konto. Sie kann nicht dreitausenddreihundert Schillinge auf einmal entbehren.

Einerseits will Gen nicht dieses von H. zusammengekratzte, erhungerte Geld, andererseits braucht sie es.

Manchmal ruft H. an: »Hallo Gene-Mäuschen!« Sie will wissen, wies geht und ob Irmtraud sich bei Gen gemeldet hat.

An einem Wintertag fährt Gen nach Neustift. Leicht findet sie Maryan Vasilyadis-Oberthürs Haus. Wartet von sieben bis zwölf Uhr in einem gegenüberliegenden Café, in welchem H. oft gesessen und eine Tasse heiße Schokolade getrunken, hatte sie erzählt.

Gen beobachtet hineingehende und später wieder herauskommende Patientinnen, Klientinnen. Um zwölf Uhr fünfunddreißig identifiziert Gen die letzte der hineingegangenen Personen.

13.40 Uhr öffnet sich ein Holztor am Haus, ein Grauschimmel wird herausgeführt von einem Mann, und etwas danach tritt durch die Haustür eine blonde, stattliche Frau im Reiterinnendress, spricht ein paar Worte mit dem Mann, der hält ihr die Steigbügel. Die Serviererin blickt auch in Richtung der auf dem Pferd kurz über die Straße trabenden und dann hinter dem Kaffeehaus einen Feldweg nehmenden Reiterin.

Gen zur Serviererin: »Schön schaut die aus! Wer war das denn?« »Das ist die Vasilyadis. An allen Tagen mit D, Dienstag, Donnerstag und Damstag«, lacht, Gen lacht mit, »reitet sie mittags aus. Wollen Sie auch zu ihr in die Sprechstunde? Eine Griechin ist dös. Steht da drüben angeschlagen! NACH VEREINBARUNG.« »Nein! Gibts hier in der Nähe ein Gestüt und Reitunterricht?« »Nein, nicht direkt hier. Ihr Mann reitet einen Rappen. Er hat die Praxis im oberen Stockwerk. Gut soll er auch sein, vielleicht sogar noch besser als sie.«

»Bringens mir noch a Würschtel mit Kren!« »So! Wohlbekomms! Die verdienen ein Heidengeld, und unsereins . . .!«

Unsereins nutzt die Öffentlichen Verkehrsmittel. H. wäre natürlich auch in ihrem Wagen angereist, wär ihr Zustand danach gewesen. Wäre aber ihr Zustand danach, hätte sie gar nicht anzureisen brauchen! Um Vasilyadis bezahlen zu können, nahm sie eine Hypothek auf. Auch das Haus kostet immer wieder. Neulich abends beim Telefonieren erzählte sie Gen, daß am Wochenende einer der schwersten Herbststürme seit vielen Jahren getobt, einen Baum habe es auf ihr Hausdach gedrückt, und zusätzlich fünf weitere ihrer Bäume seien geknickt worden, die ohnehin krank gewesen, nun gefällt werden müßten. Dabeisein wolle, dürfe sie nicht. Müsse um diese Zeit ohnehin ins Krankenhaus wegen eines neuen Tumors in der Hüfte.

Ein andermal schreibt sie Gen auf der Rückseite eines Kostenwerbeangebots eines Beerdigungsinstituts, der neue Knoten müsse zwar entfernt werden, sie wolle aber damit warten, bis das Laufen überhaupt nicht mehr gehe. – Die Schule mache ihr wieder großen Spaß, das Kollegium sei mehr als nett und die Schülerinnen auch.

Bei jedem Telefonieren fragt H. nach Irmtraud, deren Sachen ja noch bei ihr lagerten. Ob Gen es für möglich halte, daß Irmtraud sie sozusagen überfalle, zum Beispiel zu H.s Geburtstag, der zeitmäßig fast gleich mit H.s Weihnachtsferienbeginn liegt. Doch, Gen hält das für möglich. Irmtraud (so H.) habe Flora neulich telefonisch überrumpelt, und Flora, naiv, hätte starke Besorgnis geäußert wegen H.s Gesundheitszustand. H. habe Flora daraufhin tatsächlich und absichtlich eine Szene gemacht. Flora werde wohl nun nie mehr wahrheitsgemäß aussagen. Auch Kolleginnen, mit denen Irmtraud befreundet, wurden von H. beschworen, nur noch auszusagen, es gehe H. gut!

Dann hat H. angefangen bei jedem Ferienbeginn nach »unbekannt« zu verschwinden, will nicht, daß Irmtraud, wie das so ihre Art, wenn sie sich besorgt »glaubt«, »spielt« oder »ist« (ob sie das selbst denn so genau weiß?), plötzlich vor der sie »beunruhigenden« Person steht.

Hinter »nach unbekannt« steckt immer Vasilyadis als Ziel. Hotels oder Pensionen, in denen H. während dieser Zeit wohnt, gibt sie im April schon nicht mehr an.

Einmal kommt I. zu Besuch. Sie ist bedrückt, weil H. keine Aussprache mir ihr will, sie kalt zurückweise. »Wir hätten unsere Liebesbeziehung in eine Freundschaft umwandeln können.« »Und du hättest dann eines Tags mit Carson bei ihr geurlaubt.« »Wäre es dazu gekommen, hätte H. im Gegenzug mit einer neuen Liebe auf Carsons Datscha bei Los Angeles ferien können. Aber H. ist vollkommen zu. Zusätzlich muß ich auch oft an H. denken, weil sie im Aussehen Carson Mc Cullers ähnelt.« »Ja, das sind die Späße des Zufalls!«

»Ich muß mich ja darauf verlassen, was ihre Kolleginnen berichten, wenn ich sie anrufe, mich nach ihr erkundige; die haben bis jetzt immer gesagt, Hedwig gehe es gut. Psychisch und physisch. Erführe ich das Gegenteil, führ ich sofort hin.« Gen (laut Absprache mit H., um jeglichen Anlaß, daß sich Irmtraud aus moralischer Beunruhigung gezwungen fühlen könnte, Initiative zu ergreifen, auszuräumen): »Eines Tages wird sie soweit sein und ihren Frieden mit dir machen. Eine Frau wie H. braucht Zeit.«

I. ist schön geworden. Liebe macht schön! Sie zeigt während eines Besuchs von Cäcilie Fotos von Carson. Cäcilies Malerinnenauge ist sehr angetan von Carsons ästhetischem Gesicht mit fremdartigem Schnitt, besonders die Augen! Väterlicherseits stamme sie von Indianerinnen ab. Cäcilie malt nach einem Foto von Carson ein Bild für Irmtraud. Carson war vor ihrer Heirat eine talentierte Pianistin, die öffentlich konzertierte. Ihre beiden Töchter spielen gleichfalls mehrere Musikinstrumente. Carson ist seit einigen Jahren an einem College Dozentin für angewandte Musikerziehung. Noch nie zuvor sah Gen Photos von I., auf denen sie so glücklich, angenommen und angekommen ausschaut. Selbst wenn jetzt sämtliche Freundinnen, Bekannten I.s leicht ironisch lächelnd äußerten: »Na warten wirs ab bis zum nächsten großen Glück!«, jetzt ist jetzt, und I. hat endlich Geliebte und Mutter in einer Person gefunden.

Ein Foto betrachtet Gen immer und immer wieder: I. und Carson gemeinsam sitzend auf einem Kanapee. I. kleiner wirkend als Carson, den Kopf mit dem knabenhaft kurz geschnittenen Haar an Carsons rechte Schulter gelehnt. Gen vergleicht es mit einem alten Foto von I. und sich. In einem Frauencafé sitzen I. und Gen nebeneinander. Gens Gesichtsausdruck ist festgehalten, just als und wie sie sich entsetzlich langweilt. Ihr Haar, naturgelockt (wirkt aber wie künstlich gedauerwellt), ist zu lang, das Stück einer weißen, künstlerisch aufbereiteten Gardine über ihrem Kopf ist so raffiniert mitfotografiert, daß es so auskommt, als trage Gen einen seltsamen, tantenhaften Kopfputz, einen Hut mit Pfauenschmuck, eine Art Boa. Verstärkt wird Gens möhnenhafte Wirkung auch noch durch einen da eben ungünstig drapierten Rollkragenpullover, der ihre untere Gesichtshälfte so umrandet, als glänze dort ein fettes Doppelkinn.

Und I., scheinbar etwas niedriger sitzend als Gen, den kurz behaarten Kopf an Gens rechter Schulter, ohne diese aber zu berühren, könnte Gens zwar erwachsener, aber psychisch zurückgebliebener, unmündiger Sohn sein; der geht immer und ausschließlich mit seiner Mam aus, Beziehungen zum anderen oder auch eigenen Geschlecht wären ihm vielleicht schon recht, sind ihm aber bis dato an der Mutter Hand noch unbekannt.

Der kugelige Sohnskopf wirkt überdimensional im Verhältnis zu dem Sohnsleib, dabei unheimlich, das heißt nicht geheuer, superintellektuell und irgendwie roboterhaft, poliert und kostbar teuer glänzen darin die Siliconaugen eines Androiden. Von diesem Sohnesmonster geht etwas undefinierbar Grünliches, Kaltes aus. Wer ihn berührte, zöge bestimmt wie elektrisiert die Hand zurück, weil er/es sich, statt der trotz allem erwarteten menschlichen Wärme, unbelebt kalt anfaßte. Möglich dieser Kontrast auch durch das tantige Bürgerliche und Miefig-Trullige, Garküchenhafte, das da von Gen ausgeht.

Ein weiteres Foto, geschossen ein paar Augenblicke danach, wo Gen angeregt mit einem etwa sechsjährigen Mädchen spielt, nonsenst, zeigt sie ganz anders: jung mit wehenden Locken. – Übrigens handelt es sich bei diesem Möhne-und-Roboter-, Mutter-und-Sohnmolochfoto um den da schon Meisterinnenschuß der später sehr berühmten, zu diesem Zeitpunkt noch blutjungen feministischen Fotografin Petra Gall.

An I.s Seite nun Jahre danach, diesmal die richtige, die schöne, geistvolle Mutter mit seidigem, glattem, schwarzem, halblangem Haar, und aus dem seinerzeit abgrundtief, unergründlich seelenlos (möglicherweise auch vor Mißfallen lediglich melancholisch?) zu blicken scheinenden Androidensohn ist eine gut durchblutete, inwendig gelöst lächelnde, offensichtlich auserwählte, strahlende Prinz geworden. Jedoch immer noch, offensichtlich unwandelbar?, ist I. der Sohn!

April. Schulosterferien. H. ist wieder mal in Wien, ruft Gen an. Ihre Stimme tönt zuversichtlich, aufgestellt. I.s Utensilien lagern nicht mehr bei ihr, wurden per Spedition nach München geschafft. Und psychisch gehe es ihr gut! Und physisch?

H. lacht, es tönt sarkastisch. Für ein Wiedersehen mit Gen ist sie auch noch nicht. Vielleicht aber im nächsten Sommer oder in Venedig! Spielt sie auf TOD IN VENEDIG an?

Gen verkleidet sich, zieht eine Perücke auf, setzt sich ins Café gegenüber von Vasilyadis. Wartet vergeblich! Am nächsten Morgen dasselbe nochmal. Da humpelt auf einen Stock gestützt H. die Straße herauf. (Der Bus hält etwas unterhalb von Vasilyadis.) Sie betritt die Gaststube, vornübergebeugt, die Wangen eingefallen, das Haar weiß, eine neununddreißigjährige Greisin!, setzt sich umständlich hin. Zündet sogleich eine Zigarette an. Die Serviererin serviert unaufgefordert eine Tasse Schokolade.

H. trinkt und raucht, betrachtet unterdes ein großes

Geschenkkuvert von außen, das inwendig wohl eine Schallplatte enthalten wird. Sie blickt hinüber zu Vasilyadis' Haus.

Hallo, liebe kleine Hedwig-Maus! Wieso kamst *du* nicht mit dem Pferd dein angeritten bis vor Vasilyadis' Haus? Weil, stimmt ja, Vasilyadis ists, die reitet aus. Vielleicht sprengt sie sofort jetzt heraus? Aber nein! Sie muß vorher das Pferd noch füttern mit teurer Kraftnahrung, das Geld dazu bringst du, und darum bist du auch mit dem alten, unbequemen Bus bis hier herausgefahren, weil du mußt sparen für die Lebensmüllabfuhr, die Vasilyadis bei dir im Abonnement übernommen hat. Ein Job, der sich rentiert! Hast du selbst schon mal gesehen wie Maryan Vasilyadis, die gesunde Schöne, mit ihrem Mann ausreitet, auf gepflegten Reitwegen zwischen den Feldern dem sauberen Wald zu galoppt, hoppt-hoppt?

Wart nur, gleich über dein neues Geschenk wird sie sich bestimmt sehr freuen. Da darfst dafür noch lange an ihr strahlendes Griechinnenlächeln denken, denn ihr Mann (ist doch verständlich!) versteht sich nicht darauf, sie so kunstverständig und tief zu beschenken wie du arme, abgetakelte, im Lebensnerv zerstörte Lesbe!

Fritz Zorn, der mit wirklichem Namen Fritz Angst geheißen, brachte seinem Therapeuten auch oft Angebinde mit. Wie billig und heilsam wäre es, hätten wir doch nicht diese sensible Innenarchitektur, deren Unterhalt und Pflege uns recht teuer, hundsgemein teuer zu stehen kommt! Bist du etwa auch schon mal mit Vasilyadis Maryan, ach Maryan!, entlanggetrabt oder sogar -galoppiert an der schönen blauen Donau?

Schenk dir doch ein kleines bißchen Liebe, Liebe, sei ein bißchen nett zu dir!

Unsinn! Dir reicht das Abo auf Seelenmüllentsorgung! Gern stünd ich jetzt auf, drückte dir die Hand und führe mal mit den Fingerspitzen über dieses dein Bein, das mir vorhin, als du hereinsetztest, so verdächtig hölzern schien, es könnt zur Probe natürlich zusätzlich auch das andere sein, nur halt um festzustellen, was sie letzten Winter mit dir im Krankenhaus getrieben! Es gibt, zugegeben, inzwischen formschöne Prothesen aus halborganischem Material, und sind die erst mal eingelaufen, eingetragen, kann niemande Verdachtschöpfende mehr zwischen dein und fein, es lebe die Kunst!, unterscheiden. Du selbst weißt natürlich, ohne anzuklopfen, was Sache ist, bei jedem Schritt trittst du dir Bescheid!

Den hauptsächlichen Fortschritt auf dem Gebiet der Prothesenproduktion erbrachte der Vietnamkrieg. Tausende von braven US-Soldaten wären unverdeckt plötzlich beinlos dagesessen, wäre die medizinische Forschung da nicht gefordert worden. Und dir, sowie manchen anderen, kommt diese rastlos vorsorgende Forschung nun zugute. Falls dein anderes Bein dann auch noch hops geht, vielleicht ist es auch schon?, so ergibt das also keinen eigentlichen Verlust. Bröckelt dann langsam oder schnell auch noch das Hüftgelenk ab, (auseinander), so wird diese deine Haltlosigkeit ebenso leicht oder schwerer zu verbergen sein. – KUNSTSTÜCKE heißt diese freitägliche Abend-Nachtsendung im Ersten Österreichischen Fernsehen. Aber du hast deinen damals extra für I. angeschafften Fernsehapparat verschenkt oder auf den Müll geworfen.

Nach etwa einer halben Stunde Kaffeehausaufenthalt schleppt sich H. über die Straße zu Vasilyadis.

Gen fallen I.s Worte wieder ein: »Diese Hedwig Labus hat eine ephebenhafte Gestalt, zart und fest, ästhetisch! Dabei merkst du erst, geht sie vor dir her, was für kraftvolle, breite Schultern sie hat! Während du, Gen, hingegen schmalschultrig bist«, (direkt mickrig).

Gesund, gut aussehend und erfolgreich! Hedwig Labus! Du blöd krepierte Kuh, du frühgewelktes, eingegangenes Eitensheimer Veilchen! Hätt Irmtraud Scheid dich nicht gefreit, wär nicht gekommen, hätt »lieb« dich an ihr Herz genommen, so gewiß ne andre an ihrer Stell, ebenfalls mit einem Hackebeilchen oder einem hübschen Seilchen, dir um deinen Hals gelegt, worauf der Hedwig Labus Abgang flutscht dann ganz gepflegt. VON BEILEIDSBESUCHEN BITTEN WIR ABZUSEHEN. WEHRET DEN ANFÄNGEN, DEN SCHÖNEN GESÄNGEN, AUF DAS ENDE SOLLT IHR SEHEN!! Am besten ist es, gleich sofort zu gehen.

Im Sommer ruft H. nicht aus und nach Wien an, sondern aus einem Ingolstädter Krankenhaus. Ihre Stimme ist viel leiser und noch heiserer geworden. »Ich laß jetzt mal alles gleichzeitig ausradieren, sämtliche Knoten mit Wurzelwerk ausheben. Da wird wahrscheinlich nichts mehr übrigbleiben. Glaubst du, daß Irmtraud mich noch immer überfallen könnte, zwecks harmonisierender Abschlußgespräche?« »Nein, sie denkt, du habest eine neue Liebe und es gehe dir gut. Oder möchtest *du* sie jetzt nach Jahren wiedersehen?« »Nein, bloß nicht, ich fahre einen Rollstuhl (vertrag die Prothesen nicht!), elektronisch voll ausgerüstet.« »Oh Göttin, Hedwig, ich komm dich besuchen! Darf ich?« »Später mal! Jetzt ist Emmi bei mir, und Flora besucht mich täglich. Ruft Irmtraud an, so richt ihr aus, das heißt falls sie nach mir fragt, es gehe mir nach wie vor gut! So sagen ihr nach wie vor auch alle meine Bekannten.«

Als Irmtraud, immer noch glücklich liiert mit Carson, mal vorbeikommt, ist Hedwig schon ein paar Monde unterirdisch verlegt. Durch Zufall entdeckt sie die Fotocollage in Gens Zimmer an der Wand vor ihrem Bettfußende: Ein Rollstuhl steht in einem großen Zimmer, auf einer seiner Armlehnen liegt materialhaft eingeschlossen eine versilberte Minikrücke, auf der andern eine beinfarbene Beinprothese. Im Rollstuhlsitz hockt eine niedliche, kunstgehandwerkte, rostbraune Stoffmaus.

»Das ist das große Eitensheimer Zimmer! Was ist mit Hedwig?« »Verdorben, gestorben! Ganz so, wies im Liedl heißt!«

Irmtraud, fassungslos, weint: »Ihr habt mir also alle eine Komödie vorgespielt! – Sie war noch so jung! Noch keine vierzig Jahr war sie!«

Gen streicht mit der Rechten über die Umrandung der Fotocollage. »Hallo Mäuschen«, schnarrt eine Computerstimme aus der Collage und dann im Sprechgesang: »Sie hat nen Zettel in der Hand, worauf geschrieben stand, ich hab einmal geküßt und schwer gebüßt.«

4. Juli 1988

Sisterhood

Wäre ich nicht so träge, dann drehte ich jetzt einen Film über den Besuch einer uralten (allerdings ist sie erst dreiunddreißig, gerade im Alter von Jesus, als er die Wüste verließ) Bekannten aus Berlin.

»Mach doch, daß du aus Berlin rauskommst!« sag ich zu Hildegard Gerstendonk, die graublaß, lichtentwöhnt aussieht. »Studier deine Kunstgeschichte, hier an der Konstanzer Uni gibts dafür ja leider keine Fakultät, etwa in Hamburg weiter, da sitzen doch die interessanten Leute. – Elf Jahre Lebens in Westberlin, da bist du ja total eingewachsen!«, und verwachsen, will ich fortfahren, psychisch verkümmert, landschaftsblind. Aber so herausfordern will ich Hildegard nun doch nicht, während wir von Kreuzlings Höhen zwischen Blumenfeldern zum See hinuntergehen. »Einmal bin ich von München weg und hab dort sämtliche Bindungen aufgegeben, aber ein zweites Mal will ich nicht in die Isolation und neu anfangen. Ich bleib in Berlin!« Ach, schön Hildegard, welcher Mief plötzlich an diesem Sonnen-Maien-Sonntag aus deinem Munde!

»Hach, gestern war auch so tolles Wetter, als ich mit Agnes-Sophie auf dem Bodanrück...« Ja, gestern und vorgestern und vorvorgestern und heute lauter Mailiedtage! »Wir haben unsere Räder ins Gras gelegt und uns geliebt! Wir hatten eine Pulle Wein mit, die hatte Agnes-Sophie noch von unserem Urlaub aus Fuerteventura im März.« Ach du liebes Herz! Hildegard und die Frauen! Speziell die Berliner Frauen in der Berliner Szene. Hildegard in der *Zwo* am Tresen. Alte Besen, nein NEUE BESEN KEHREN GUT! Hildegard elf Jahre auf der Suche nach der idealen Lebenspartnerin! Meistens an den Wochenenden: am Freitag, dem Geschlechts-, am Samstag, dem Freß-, am Sonn-, dem Streittag... »Und die Agnes-Sophie hatte von ihrer Mutter, welche eine bekannte Heilpraktikerin in Radolfzell gewesen, noch so einen Schutz, Schurz gegen Bodenfeuchtigkeit! Da haben wir...« Blende: Agnes-Sophie breitet eine Art von buntem Flickenteppich auf dem Grase aus. Agnes-Sophie und Hildegard sinken einander in die Arme. Küssen sich sehr innig bis wild. Nein, vorher trinkt jede noch einen Schluck aus der Fuerteventura-Pulle. Dabei schmatzt besonders Agnes-Sophie genießerisch. Anschließend verzehrt jede etwas Appenzeller-Käse, den Agnes-Sophie vorher sorgfältig in Würfel mundgerichtet hat. Darauf spülen beide ihre Münder mit dem Wasser eines klaren Baches nahbei und auch mit weiteren Schlucken Weins. Und weil Agnes-Sophie weiß, wie sinnlich sie beim Traubenessen ausschaut, hält sie nun einen großen Zweig dunkelblauer Trauben an ihren Mund. Agnes-Sophie blickt stark sinnlich. Blende ab.

Jetzt kann ich mir nichts mehr vorstellen! Denn in InsiderInnenkreisen geht um: Agnes-Sophie leide unter Orgasmusschwierigkeiten. Nur Jakob, ihr Geliebter, mit dem sie seit vierzehn Jahren zusammenlebe, schaffe da lingual die Auslösung. Hildegard dagegen hat selten Höhepunktschwierigkeiten, und wenn, dann vielleicht nur, weil sie sich am Tag vorher zweiunddreißigmal vorher hintereinander die totale Erfüllung verschafft und etwas abgeschlafft ist.

»Wieso ist das besonders erwähnenswert, daß der Schutz gegen Bodennebel-Feuchtigkeit von ihrer Mutter stammt?« »Weil sie doch alles Besondere von ihrer Mutter hat! Einen direkten Mutterkomplex hatte sie mal, abgöttisch geliebt hat sie ihre Mutter.« »Da wird wohl auch ausreichend Haß dabeigewesen sein.« »Natürlich gemischt! Auf jeden Fall, ihre ganze Suche nach lesbischen Kontakten ist sehr wahrscheinlich auf ihre starke Bindung an ihre kürzlich verstorbene Mutter zurückzuführen.«

Meine Freundin Julia erzählte mir, Agnes-Sophie habe anfänglich immer nur ihre, Julias, Brüste streicheln wollen. Ich erwähne davon nichts gegenüber Hildegard. Aber eigentlich finde ich es verwunderlich, denn Agnes-Sophie ist Tierärztin, da könnte sie ihren Bruststreichzwang doch viel unauffälliger, unaufwendiger ausleben. Allerdings in diesem Fall: Agnes-Sophie hat Julia bis vor kurzem noch leidenschaftlich geliebt.

»Eine toll vitale Frau!« sagte Hildegard. »Wenn du gesehen hättest, wie sie auf einem Pedal stehend, juchzend einen steilen Berg hinunterzischte! Hinreißend! Und deswegen bin ich dann auch nicht, wie von mir ursprünglich geplant, bereits am Donnerstag nach Berlin zurück. – Denn eigentlich nach Fuerteventura hatte ich ja einige Schwierigkeiten mit ihr. Da hat sie auf der einen Seite ihren Jakob, den sie unter keinen Umständen verlieren will, und auf der anderen Seite mich als lesbische Beziehung! Sie saß nach unserem Urlaub wieder schnuckelig vereint mit Jakob am Bodensee, und ich in Berlin isoliert! Da war ich sauer.« »Aber jetzt gehts besser?« »Doch, jetzt nehm ich alles leichter. Vielleicht macht das auch die Gegend hier, dazu Agnes-Sophies Leichtigkeit und Temperament. Ihre Gefühlsausbrüche find ich ja so irre! Wenn sie plötzlich so den Arm um mich legt und mich leidenschaftlich . . .!«

»Ja, vor Julia hat sie sogar auf den Knien gelegen und sie angedichtet«, steuere ich begeistert bei. »Diese Gefühlsüberschwänge! Wehe aber der, die zu lang dran glauben tät!« »Das eben ist südländische Art. Agnes-Sophie glaubt ja selbst an die Echtheit ihrer Gefühle, und ich fahr bestimmt auch besser, wenn mir jetzt Tiefe und Beständigkeit mal egal sind, ich mich wunderbar verwöhnen lasse. – In Stuttgart hat sie mich mit ihrem Wagen vom Bahnhof abgeholt. Darauf sind wir nach Freiburg, sie hat mir die Stadt gezeigt, wir haben ganz feudal dort übernachtet, sind am nächsten Tag am Kaiserstuhl herumgekutscht und anschließend nach Colmar. Ach ist das eine Stadt! Da ist die ganze Kunst noch so schön beisammen! Da muß ich unbedingt noch mal mit Uschi hin. Ja, und gegessen haben wir jeden Tag ganz ausgezeichnet: zum Beispiel riesige Portionen Spargel mit Schinken.« »Ah«, mache ich, »deswegen die mütterliche Unterlegung.« »Wieso, du Schnuckelchen? Vom Liegen auf feuchtem Gras, Gras ist beinahe immer etwas feucht, kannst du die allerspannendsten Nieren- und Blasengeschichten kriegen. Und an schmerzlichen Stories hat Agnes-Sophie ziemlich genug, seitdem sie... damals... du weißt, daß sie einmal...?« »Ja, Julia erzählte es mir. Blutjung, enttäuscht, entsetzt von der Heirat mit einem Engländer, in Cornwall rückwärts von einem Fels runter!« »Wie durch ein Wunder überlebte sie, aber Spuren von diesem Verzweiflungs-(Unglücks-)Sprung blieben zurück; die aufgerissenen Fersen wurden nie mehr ganz heil!« »Soviel ich weiß, soll sie seitdem auch ein künstliches Ohr, das heißt, eins aus körpereigenem Material haben!« »Du spottest und spinnst wohl wiedermal! Ein künstliches Ohr? Davon wüßte ich doch, hätte sie bestimmt auch erwähnt mit dem anderen...« »Nun reg dich nicht auf! Die Hauptsache ist doch, wenns im Oberstüble hinreichend und hinreißend klappt.« »Und ob! Ihre wissenschaftlichen Aufsätze in namhaften Zeitschriften dürften dir ja nicht unbekannt sein! Letzthin noch leitete sie in Manchester eine Großtagung über Tiermedizin und Tierpsychologie.«

Ja, ich weiß von Julia, daß Agnes-Sophie/Sophie-Agnes ein As, eine Frau von Geist ist, allerdings ohne besonderes Gedächtnis für Affairen sein soll. Hat Agnes-

Sophie neuerdings also noch eine zusätzliche lesbische Beziehung »Yvonne« am Ort, so kann sie diese, in Berlin etwa, vollkommen (und glücklicherweise, denke ich) vergessen, und ist sie umgekehrt am Heimatort, so ist Berline ganz schön fort! Hildegard weiß und akzeptiert das. Agnes-Sophie ist halt eine außergewöhnliche Frau. Ihre Forderung an sich selbst ist: FULL LIFE MIT PEP!

Nun sitz ich mit Hildegard bei Riesling und warmen Nußbrezeln in einem Gartenrestaurant direkt am See. »Hm, hee, he«, macht Hildegard, während sie in die Brezel beißt. »Ehm, hm, hem«, stöhnt Hildegard ebenso, wenn sie Orgasmen/Spasmen hat. Ich hab sie einmal gehört vor Jahren, als sie mir gegenüber im Sessel saß und sich entspannte oder selbstbelustigte, selbstversorgte. Jetzt neben mir in einer weißen Latzhose, wie sie in Berlin schon seit längerem in, möglicherweise auch schon wieder out sind. Die Latzfrauen mit den leichten, langärmligen Hemden in den Latzhosen. – An den Füßen hat Hildegard braune, leichte Stiefel mit etwa Fünfcentimeterabsatz. Ihr mittelkurzes, die Ohren bedeckendes Haar liegt glatt an. Sie hat ein klares Gesicht mit schönen, meist glänzenden, großen Augen. An der Nasenwurzel kräuselt sich die Haut. Ihr Mund wirkt etwas verkniffen, die Lippen sind schmal. Agnes-Sophie hat ein Foto von ihr an der Wand. Darauf sieht Hildegard aus wie ein Jüngling.

Gestern zeigte Hildegard Julia und mir ein Foto vom letzten Urlaub mit Agnes-Sophie. Nur in einem türkisfarbenen Unterhöschen liegt Hildegard im Sand. Ihre Brüste sind die eines sich zaghaft entwickelnden Mädchens.

Wir sitzen zwischen vielen UrlauberInnen vom Campingplatz nebenan. Auf dem See formiert sich eine Segelregatta. WindsurferInnen stehen auf dem Wasser. Der Wind vom Morgen hat sich gelegt. »Das möcht ich auch alles«, sagt Hildegard: »Segeln, Surfen, Tennisspielen. Viel Geld brauch ich dazu. Agnes-Sophie treibt mit ihrem Jakob auch all diese Freizeitspiele. Obendrein auch noch das Bifrau-Spiel. Vor Jahren einmal war das in, mit beiden Seiten zu können. Inzwischen sind die Powerfrauen dran! Zweigleisig fahren nur noch die Ängstlichen, die nicht Farbe bekennen wollen, können. Ich, wir alle die, sind stolz darauf, lesbisch zu sein. Wenn ich so durch die Straßen gehe, Arm in Arm mit einer Frau ... wir uns ungeniert vor aller Augen küssen, bin ich richtig stolz. Deshalb hab ich mit Agnes-Sophie Probleme. Da hat sie einerseits ihren Macker (mit dem sie aber zugegeben eine gute Partnerschaft lebt), andrerseits mich! Normalerweise bliebe ich meinen Prinzipien treu, könnte da bald nichts mehr zwischen uns laufen. Aber warum soll ich mir das nicht mal gefallen lassen, wenn eine Agnes-Sophie mich ein bißchen verwöhnt? Da muß ich mich nun schon jahrelang immer nach der Decke ..., bin gezwungen, nebenher und in den Sommerferien zu jobben, weil die alten Uni-Makker mir kein Promotionsstipendium gewähren und von meinen Eltern nun auch nichts mehr kommt. Soll ich da auch in meinen Beziehungen politisieren und moralisieren, statt zu lieben und leben, etwa nein sagen zu Agnes-Sophie, nur weil sie keine Stocklesbe, eine Bifrau ist?! Vielleicht mit ihr brechen, nicht mehr an den Bodensee? Übernachten könnte ich doch auch bei euch, wenns bei Agnes-Sophie mal zu eng würd für mich?«

»Aber ja«, sag ich.

Da rief Hildegard Freitag spätnachmittag (obwohl sie uns ihren Anruf exakt für Freitag mittag, 13.30 Uhr avisiert und wir darauf gewartet) aus irgendeinem Ländlichen, von einer Spritztour mit Agnes-Sophie an: »Also macht es was aus, wenn ich diese Nacht bei dir übernachten will? Es kann aber sehr spät werden, möglicherweise sogar drei Uhr, bis wir aus Basel zurückkommen. Allerdings, Agnes-Sophie hat noch den Schlüssel von Julia! So werd ich mich ganz leise in dein Zimmer schleichen und überhaupt nicht stören. Ich kann nämlich ab heute nicht mehr im Zimmer von Ziska wohnen...« (Ziska ist Agnes-Sophies neunzehnjährige Tochter.) »Weil sie nämlich«, rief Agnes-Sophie aus dem Hintergrund dazwischen, »der Ziska ihr Zimmer heute früh vorzeitig und unnötigerweise zurückgegeben hat, kann sie nicht! Sie wollte nämlich schon wieder mal vorzeitig abreisen, meine liebe Hildegard.«

Schön, also schlich sich Hildegard, der Agnes-Sophie unsere Wohnungstür geöffnet hatte, punkt drei Uhr in mein Zimmer. Da hatte ich soeben mit Julia den Schlafsessel für Hildegard auseinandergezogen. Wenn ich an die folgenden Stunden dachte, befürchtete ich einiges: Mein Zimmer voll vom Schlafsessel machte Morgengymnastik unmöglich. Ich müßte um Hildegard, die gewiß einen stark gequälten Gesichtsausdruck, den von Sich-im-Schlaf-gestört-Fühlenden, hätte, herumbalancieren. – Geräuschlos hätte ich ihr Erwachen abzuwarten. Beklommen ward mir bei dieser Vorstellung, und dann wurde ich aggressiv. Morgens, nach dem Duschen, frühstücke ich gern geräuschvoll, und manchmal habe ich Lust zu singen. Ich sagte zu Hildegard: »Wenn ich gleich aufstehe und dich dabei wachmache, wirst du mir vor Wut giftige Blicke in den Rücken schießen!« Julia hatte ein Einsehen, und wir trugen den Schlafsessel zurück in ihr Zimmer, welches viel größer ist als meines. Zusätzlich kommt ihre Gewohnheit, nachts zu arbeiten, dafür morgens auszuschlafen, jetzt Hildegards früher Ankunft zupaß; allerdings: Sie als ehemalige Vergötterte, Göttin von Agnes-Sophie nun mit deren neuer Hitin in einem Raum...!

Julia nahm eine halbe Schlaftablette, nachdem wir etwa eine Stunde gemeinsam ziemlich zäh Konversation gemacht und Hildegard dazu ächzend vor Behagen etwas Appenzeller verzehrt hatte. Wir beschlossen, in wenigen Stunden neuen Appenzeller zu kaufen. Hildegard wollte ihrer Studienfreundin Uschi welchen mitnehmen.

Nachts träumte ich: Hildegard liege in ihrem Schlafsessel ganz dicht an meinem Bett. Ihr fast brustloser, jungenhafter, sehniger Körper wurde von grünweißen, weichen Appenzeller-Maden unendlich langsam über den Zimmerteppich geschleppt. Hildegard ächzte schauderhaft. Ich brüllte vor Widerwillen. Da war ich aber göttinseidank allein in meinem Zimmer, riß schreiend niemande aus dem Schlaf und blickte erwachend in die feuerrote, soeben, göttinseidank auch wie stets, allein aufgehende Sonne.

Etwa gegen zehn Uhr ist Hildegard frisch geduscht in noch immer weißer Latzhose und unternehmungslustig aussehend in mein Zimmer gekommen. Wir haben noch mal mitsammen frischaufgebrühten Tee getrunken und zu Morgen gegessen. Darauf ist Hildegard mit dem Velo in die Stadt, einige Besorgungen und Telefonate zu erledigen, sagte, sie wolle schnell wieder zurückkehren. Am frühen Nachmittag plane sie mit Julia und mir einen ausgedehnten Spaziergang, wobei wir endlich mal ausgiebig miteinander quasseln wollten. Garantiert wollte sie wieder bei uns nächtigen und Agnes-Sophie auf keinen Fall vor ihrer Abreise noch mal sehen. Nein! Die Wochenenden mit Agnes-Sophie gehörten ohnehin laut Abmachung immer dem Jakob.

Hildegard kam aber erst wieder am späten Nachmittag. Mit von Maisonne und Wein geröteten Wangen und strahlendem Blick. Sie hatte mit Agnes-Sophie die große Radtour nach Ermatingen gemacht. Agnes-Sophie hatte eigentlich ein Picknick zu vieren mit Julia und mir dazu vorgehabt, sie, Hildegard, aber habe doch mit Julia und mir allein in einem Gespräch sein wollen! – Ich hingegen hätte einen Ausflug zu viert sehr genossen, wobei Julia hätte Studien machen können: über die

Art, wie Agnes-Sophie mit Hildegard umging und möglicherweise doch ein feststehendes Repertoire von Lieben-Umgangsspielen für alle ihre Lieben bereithielt.

Und Hildegard hatte Stunden hinterher noch einen verklärten Blick, als wir zu dritt spazierengingen; denn einmalig war es gewesen mit Agnes-Sophie, von der sie als Abschiedsgeschenk noch ungefähr zweieinhalb Pfund Appenzeller Käse erhalten, die lagen jetzt in Julias Kühlschrank. – Julia schien leicht bedrückt (verstimmt?), aber wohl nicht beunruhigt, denn für die kommende Nacht hatte sie noch Schlaftabletten im Haus.

Hildegard hatte spaziergangsgesprächfüllende Themen: auf dem Hinweg Richtung Münsterlingen: ihre Anstrengungen, das elterliche Erbteil zu erhalten, der Kampf darum mit den Brüdern. Auf dem Rückweg: die Zerwürfnisse und dann die Einigermaßen-Versöhnung wegen dieser Gelder mit den Eltern.

Beim Abendessen dann: über ihr kunsthistorisches Studium. Und ganz besonders die Auseinandersetzung mit einem Professor, der die Wirkung vor die Entstehungsgeschichte eines Kunstwerkes setze. Die Unterhaltung schleppt sich. Hildegard will nicht unbedingt gleich Julias neueste Beiträge zu einer modernen Musiktheorie lesen, die sich ganz besonders an Frauen richtet. Nein! Aber vielleicht später. Doch ganz gewiß dann in Berlin. – Wir sind eben alle so mit unseren eigenen Angelegenheiten voll! – Ist das nun die Antwort darauf, daß Julia eine kunsttheoretische Darstellung von Hildegard »doch etwas spekulativ, nicht genug gerafft« fand? Oder war Hildegards Ablehnung von Julias Produktionen vorher gewesen und Julias Verhalten ihr gegenüber wiederum lediglich eine Reaktion auf Frustration?

Hildegard gähnt diesmal schon gegen Mitternacht. Da muß Julia die Schlaftablette sofort nehmen, sonst würde sie wohl noch wie immer um diese frühe Zeit sich an den Schreibtisch setzen und bis fünf Uhr arbeiten.

»Ach, ist das eine Landschaft!« sagt Hildegard und blickt auf den See und trinkt den Riesling aus. »Wenn frau wieder in Berlin ist, da muß sie erst mal ein paar Tage lang die Augen geschlossen halten, damit sie nicht ausflippt.« Ich lächle bei der Vorstellung: Hildegard mit heruntergelassenen Lidern. Das sieht sie und ärgert sich. »Da erzählte mir neulich die Agnes-Sophie, wie du über die BerlinerInnen und Berlin hergezogen hast, daß da kein Leben mehr drin sei. Schon zehn Jahre mindestens totale Leichenstarre dort! Da hab ich der Agnes-Sophie geantwortet, daß frau nichts auf deine Ansichten und Meinungen über Berlin geben dürfe.« Ich lache nun ganz laut. »Die wechseln halt einfach! Heute sa und morgen so!« Nun kichere ich direkt haltlos. »Es kann sein, daß mich morgen schon Berlins Anstrengungen um den internationalen Kulturbetrieb durchaus wieder wachhalten (falls sonst gar nichts anderes da sein sollte), aber um dir aus verständlichen Schwierigkeiten, meine Ansichten zu verstehen, herauszuhelfen: nimm sie doch als Parallele zu Agnes-Sophies Gefühlen, die dich doch fast umwerfen in ihrer Spontanität, Vitalität! Auch wenn sie dabei nicht tief, vielleicht sogar eher unwirklich und schwankend wie Seifenblasen und Wolken oder auch gefährlich betäubend wie Abgase! Agnes-Sophies Gefühle wesen halt einfach an. Speziell für dich und für Yvonne und für den guten Jakob wohl immerzu, und wie sie auch mal, kürzlich noch, für Julia blühten: hinreißende, zwerchfell-, verzeihe!, ja aber doch zwerchfellerschütternde Liebesgefühle einer vierzig- bis siebzehnjährigen Südländerin. Wer Geld hat, darf eben auch seine sämtlichen Wallungen als Edelrosenbouquets und einmalige Orchideen ringsum anbieten, ohne verspottet oder gar wegen Verursachens öffentlichen Ärgers festgehalten zu werden. Und wenn du, lieb Hildegardis, nun empfiehlst, meine Würggefühle, zeitweise leider schon bei der Vorstellung alles

Berlinischens, an manchen Tagen eben meinen Kotzzwang angesichts der Lage dieser Stadt und ihrer bedauernswerten EinwohnerInnen (zu denen ich ja auch zehn Jahre zählte), empfiehlst als Larifari abzutun, dann bist du eben nur inkonsequent, machst Unterschiede. Mir willst du keine leidenschaftlich aufwallenden, impulsiven und möglicherweise nicht konstanten Gefühle einräumen! Vielleicht aber jetzt nach diesem Appell an dich doch?! Möglicherweise akzeptierst, tolerierst du jetzt auch mich.«

Nun sollte ich aber aufhören, vor Lachzwang zu glucksen, sonst gibt mir Hildegard doch nicht recht! – Und lasse es doch nicht bleiben und strecke die Beine weit unterm Tisch aus und mache es mir noch gemütlicher. »Können wir gehen?« fragt Hildegard. »Ich will nämlich noch Uschi anrufen, sie einladen, morgen früh mit mir Appenzeller zu frühstücken.« »Und dein Zug geht um 16.50 Uhr. Da haben wir ja noch gut drei Stunden Zeit!« sag ich freundlich und traurig, weil nun der Abschiedsschmerz kommt.

Als wir heimkommen, hat Julia soeben angefangen, Violine, Schubert, zu spielen. Nein, ich will nicht, daß sie jetzt extra Hildegards wegen unterbricht. Wenn ich Hildegard jetzt etwa fragte: »Soll Julia dir etwas vorspielen?«, dann würde sie wahrscheinlich »Nein« antworten, »jetzt nicht!« oder »Ich kenne dieses Stück! Ich kenne es doch schon!« Bei Kaffee und Käsestullen aber, und weil sie nicht dazu gefragt wird, hört Hildegard scheinbar wohlwollend zu. »Das jetzt«, sage ich im Hinhorchen auf Julias Spiel, »hat sie selbst komponiert.« »Das ist sehr schön«, bemerkt Hildegard, »besonders in den Variationen.« Nebenher liest sie kunstsoziologische Abhandlungen in einem älteren *Emma*-Heft, das Julia ihr gegeben hat. »Willst du noch einige von den Liedern für Violine, Blockflöte und eine Frauenstimme Alt hören, die Julia komponiert hat? Wir haben sie auf

Band!« »Nein«, sagt Hildegard, »die höre ich dann beim nächsten Mal.«

»Ja, Frauen«, sagte Hildegard, als gegen fünfzehn Uhr noch Bodil, eine Freundin von uns, kommt, »beim nächsten Mal werde ich dann ein Kneipp-Rosmarin- oder Melisse-Vollbad bei euch nehmen und dazu Mahler hören. Hm, wenn ich mir das vorstelle! Das ist wirklich irr, daß ihr einen Lautsprecher im Badezimmer habt!« »Gelle«, sagt Julia und stellt freundlich lächelnd einen ihrer grünen, wirklich lächelnden Salate auf den Tisch. Weil Bodil unsere liebste Freundin ist, hat Julia extra diesen Salat erarbeitet. Wir trinken Wein, es geht uns gut, Chlorophyll, das klärt das Blut.

»Hoffentlich krieg ich ab Stuttgart noch einen Platz im Liegewagen, damit ich morgen ausgeschlafen in die Uni kann! Und den Aufsatz für die *Courage* muß ich auch noch mal durchsehen.«

Julia könnte nun sagen, daß der Bayerische Rundfunk ihre Lied-Partituren beim Schott & Söhne Verlag in Mainz angefordert und sie die Partituren noch mal durchgehen will. Sie lächelt aber nur und holt als Wegzehrung für Hildegard eine Tafel echte Schweizer Schokolade und ein Lunchpaket aus dem Eisschrank.

»Fare very well, fare very well« spielt Bodil (auch Bodil musiziert) für Hildegard nun auf der Violine.

Dann bringt Julia (ich gehe nicht mit, weil Hildegard Julia gegenüber so auf cool macht!) Hildegard zur Bushaltestelle. Wir geben einander zum Abschied nicht die Hand. Nein, nein, das ist nicht in in Berlin! Das kennen wir doch! Auch nicht inzwischen in geworden zwischen den Frauen? Nein!

Einer dieser im Bauernkalender, im Volksmund so genannten Eisheiligentage vom 12.–15. Mai ist der KALTEN SOPHIE geweiht. »Fare very well, fare very well...« gegen grauen Norden, du Unhandliche, Unverblümte! Julia wird heute abend den kleinen, lieben

Blumen, die du ihr mitgebracht hast nicht, kein Gästinnendankgruß nicht – in Berlin schenkt frau frau keine Blumen, und dieses Verhalten wird überall hin mitgenommen –, frisches Wasser geben! Trotz allem frisches Wasser, weil du die reizend reisende Berliner Muffbockbärin Hildegard bist.

Julia wird sich ohne Schlaftabletten dann zur gewohnten Zeit gegen Morgen, ohne auf deinen Schlaf achten zu müssen, auf ihre Kautsch betten!

Wir werden von dir träumen und von uns. Von wärmeren zwischenfraulichen Kontakten nach den Eisheiligen und nach der großen Schafskälte im Juni!

Denn eine Frau ohne Träume ist eine tote Frau!

Für Julia
14. Mai 1980

Ereignislose Anekdote

Olimpia, Länge 1,57 m, Gewicht 55 kg (sagt sie), natürliches, steinflechtengrünblondes, künstlich gelocktes, halblanges Haar, Augen: an manchen Tagen rotbraun glimmend korinthenartig, könnte noch so oft & von welchem Aussichtspunkt auch immer zeigen: »& das ist die Rigi & das der Pilatus & dort der Titlis, weiter vorn der Gütsch, dann der Dietschiberg...«, Röschen Plum würde es doch nie genau mitkriegen, weil sie nie ganz zuhört.

In den letzten sechs Jahren fährt immer eine andere Freundin Röschens über ein Wochenende mit, & auf diese Weise bekommt Röschen Luzern & seine Umgebung immer wieder neu erklärt. Schließlich: WIEDERHOLUNG IST DIE MUTTER DER WEISHEIT. Andrerseits: WIEDERHOLUNG SPART AM BEWUSSTSEIN, DASS ES VERHUNGERT.

Diesen Sommer, wie auch im Jahr zuvor, ist Finn mit dabei. Miriam, eine andere Freundin Röschens, war auch eingeladen, aber sie war verhindert, & das ist auch besser für Olimp, so kann Finn stärker auf sie eingehen. Finn selbst allerdings war enttäuscht, daß Miriam nicht mit, die Exkursion hätte sie weniger geschlaucht.

»Wo wohnen meine Eltern?« fragt Olimp in der Furrengasse. »Na, durch ein paar Gassen links von hier!« »Ja, richtig!«, zu Finn: »Ich hab anfangs gar nicht verstehen können, wie jemand sich in der Altstadt nicht zurechtfinden kann. Man kann sich doch überall am See orientieren.« »Ja, ich hatte eben nur Augen für dich! Damals! Das hab ich dir schon oft gesagt. Ach hier läuft ja schon *Madame Sousatzka*, der neue SHIRLEY MC

LAINE! Hast du ihn schon gesehen?« Nein, Olimp hat ihn noch nicht. Finn: »Da gehn wir dann heut abend rein, wenn du magst, Pia. – Ja, habt ihr das eben mitbekommen?« Olimp & Rös hatten auch ›den ganz auf sauber gestylten schmucken Jungen an der Bar!‹ Finn: »Sollen wir da rein? Ich nehme ein Glas Rotwein, & aus Versehen ihm über die Hemdbrust!« Rös: »Auja, sofort, kommt!« Finn: »Wie nennt man die jetzt noch mal?« Rös: »Popper.« »Nein, diese Generation ist schon passé.« Rös: »Junkies!« Finn: »So ähnlich, ja, Juppies!« Olimp: »Ach, setzen wir uns lieber in ein Bistro an die Reuss!« Rös: »Hier in die *Mostrose*!«, zu Finn: »Da hatt ich mit Olimpia mein erstes Rendez-vous.« Olimp zu Finn: »Finn, was nimmst du?« »Eventuell einen gespritzten Weißen.« »& du Rös?« »Zwei Dezi Fendant!« »Ach, da nehmen wir doch gemeinsam einen halben Liter. Was meinst du Finn?« Das ist ihr auch recht. – Es nieselt leicht, dann stärker. Finn sitzt in ihrem schwarzen Lackregen-, Rös in ihrem knallblauen Nylonregen-, Olimp zieht ihren beigen Regenmantel über, unter einem sie nicht überall ganz abdeckenden mit zwei von Nebentischen daran angrenzenden Sonnenschirm/en. Rös ist offensichtlich am besten abgeschirmt. Meist & wie zufällig bekommt sie den besten Platz. Vielleicht rührt das von ihrem aufsteigenden Mondknoten Konjunktion Sonne. Oft überläßt sie ihren guten Platz höflich einer anderen Person & erhält dann zumeist noch einen besseren Platz.

Finn: »Da schaut dauernd einer so rüber zu uns!« »Ach, das ist ein alter Schulfreund von mir, der Gabi!« Finn: »Nett sieht er aus, soll sich doch her zu uns setzen, wenn er will!« Olimp lächelt. Darauf kommt der Kerl, gepflegt, gut gekleidet, an den Tisch. »Ja Pia! Lang nicht mehr gesehn!« »Ja genau!« Beide lachen. »Ist das erlaubt, daß ich mich mich zu euch?« »Aber ja, auf gar keinen Fall! Besonders nicht im Regen! Sag, Gabi, was nimmst du?« Gabi bestellt ein Bier, hat sich vorgestellt, Goldschmied ist er, hat einen Juwelierladen. – Rös wundert sich, daß Finn sofort preisgibt, daß sie Therapeutin. Hat Gabi, offensichtlich die Abkürzung von Gabriel, danach gefragt, oder ist es üblich, wenn jemande sich sogleich mit dem Beruf vorstellt, zu erwidern? Rös schweigt. Finn flirtet mit Gabi. Sofort ist eine aufgedrehte Stimmung da, wie beim Pingpongspielen.

Finn in ihren dunklen Naturlocken, mit ihrer rotgetönten, klasse zu ihr passenden Brille, ist eine schöne Frau, Gabi mit breiten Schultern, schwarzem Schnauz, braunen Augen unter schwarzbuschigen Brauen ein schöner Mann.

Zu Hause auf ihrer Gemüseinsel hat Finn zusätzlich zu Walter, ihrem Trollmann, durchschnittlich alle zwei Jahre einen neuen Katzenjungen. Der gehört nie direkt in ihr Haus, besucht sie aber täglich, schläft auch schon mal auf ihrem Fußende. Dafür stellt sie ihm regelmäßig Essen an die Hauswand, & bei schlechtem Wetter wird er grundsätzlich zum Essen hereingebeten. Er läßt sich kraulen, zärtelt auf seine Weise zurück. Ein Flirt, bis daß der Junge versehentlich aus irgend einem falschen Schälchen, die zuhauf vor den Gewächshäusern & sonstwo herumstehen, etwas geschlabbert & gefunden wird mit erstarrten Gliedern, offenen Augen auf einem Feld, oder anders: überfahren, zerquetscht am Wegrand von einem/r, der/die zu nahe kurvte.

Aber immer kehrt er auf geheimnisvolle Weise zurück, »der schwarze Katzenjunge« zum Flirt mit Finn.

Nun kommt die Sonne raus, das muß an Gabi, dem gestiefelten Goldschmiedkater liegen! Ob Olimp schon mal was mit ihm gehabt?

Wie viele Jugendfreunde Olimps hat Rös im Laufe der Zeit schon flüchtig kennengelernt! Auf gemeinsamen Bergtouren mit ihr, während kleiner Stadtpromenaden. Einmal nach längerem Aufenthalt in Paris, als Olimp wegen eines Termins früher zurück mußte als Rös, diese sie an den Nachtzug begleitete, sich verabschiedend noch eine Weile zu ihr ins Abteil setzte, kam ein langer, flotter Knabe herein & begrüßte Olimp. »Einer unserer früheren Referendare«, erklärte sie später – der fuhr da nun mit Olimp heim. Hatte sie mit *dem* was gehabt? Es sah so vertraut aus, wie dieser junge Mensch, den sie mit »Ja Rolli, die Welt ist klein!« begrüßte, sich zu ihr hinunterbeugte, sie küßte auf beide Wangen. Pia etwas über vierzig & dieser Junge vielleicht kurz vor dreißig, & dann dieser Anwaltskollege, mit dem Olimp Rös früher immer eifersüchtig gemacht: Wollte Rös mit ihr verreisen, meist nach Paris, weil Rös dort eine Bekannte hatte, wo sie billig wohnen konnten, antwortete Olimp jedesmal ausweichend: »Ja, vielleicht reise ich mit Gottlieb Rutz, der wollte auch wiedermal nach Paris. Dann steige ich mit ihm im Hotel ab, & wir können uns ja dann am Tage sehen & zu dritt zusammen nachtessen.« Das gab Rös jedesmal einen Stich, was Olimp wohl auch bezweckt.

Olimp hatte nun zwar Frauenliebe mit Rös gekostet; ein bis anhin unbekanntes, interessantes Gefühl sei das für sie gewesen, ja, jedoch Männer lägen ihr mehr! Trotz ihrer Mutmaßungen, mit wie vielen Männern Olimp es denn schon getrieben & noch immer treibe, zum Beispiel während der vielen Wochen, in denen Rös abgehängt war, hatte Rös gleichzeitig etwas wie Gewißheit, daß Olimp vor ihr noch nie einen Mann ganz an sich heran, in sich eingelassen hatte. Denn da war das wunderbare Geschehen, daß Rös Olimp in ihrer zweiten oder dritten Liebesnacht entjungfert hatte. Danach & dazu gab es einen höchst bemerkenswerten Brief Olimps an Rös: Der & der behauptete in seinem Buch, es sei Frauen ohne weiteres an ihrem Gang anzusehen, ob sie schon mal mit einem Manne . . .! – Das allerdings glaube sie, Rös, nicht! Das sei doch völlig absurd! Warum aber erwähnte sie es? Hatte sie mitbekommen nach besagter Liebesnacht, daß Rös nun durchblickte, Olimps offene & versteckte Hinweise auf ihre Liebesbeziehungen zu Männern als Angeberei erkannte, womit Olimp das Rössche Feuer schüren & nicht zuletzt sich als gesellschaftlich integriert, sie lebe heterosexuell, darstellen wollte, mußte. Immer & immer wieder möchte Rös grade diesen Durchbruch zu & mit Olimp aufs neue erleben.

Olimp blickt spöttisch auf Gabi, das ist ihr typisch abschätziger Blick.

Finn funkelt, krallt, kratzt Gabi an, der eigentlich Gabriel heißt & einen Bruder Zadkiel habe, der werde einfach Zak abgekürzt. Finn: dazu einen weiteren Bruder, der laut Taufschein Sandalphon heiße, allerdings Phoni gerufen werde, die Schwester Michaela aber werde immer streng mit vollem Namen angeredet, während wiederum der Vater Rafael selbst für die Kinder nur Raffi & die Mutter Serafina schlicht Fina sei! Alle lachen. Gabi findet, Finn kenne sich ja bestens aus in der Erzengelhierarchie, Erzengelei, & bestellt sich noch ein Bier. »Ja, woher eigentlich, Finn?« fragt Olimp & ordert noch einen halben Liter Fendant. Früher war oder stellte sich Olimp schon nach drei Tropfen Wein betrunken. »Ich vertrage eben nichts!« kommentierte sie. Kam sich schon draufgängerisch vor, wenn sie statt Most im Herbst zwei Dezi roten Sauser trank. Also ist es doch möglich, daß Menschen sich verändern, denkt Rös. Olimp hat jetzt vielleicht keine Angst mehr, sich zu verlieren. Möglicherweise auch ein Prozeß des Alterns, der endlichen Anpassung; in Olimps großer Familie wußten alle außer ihr, damals, mit einem guten Tropfen umzugehen.

Finn bietet jetzt Davidoffs an. Alle sind NichtraucherInnen, rauchen nun aber einander zur Gesellschaft. »Ihren Beruf wüßt ich gern«, sagt Gabi zu Rös. »Raten Sie!« »Irgendwas Künstlerisches oder was ganz anderes, nicht das Übliche.« »Designerin.« »Schmuck?« »Auch.

Aber mehr Kleider.« Olimp lacht: »Papierkleider.« Gabi will alles wissen. Rös will nicht alle Geheimnisse preisgeben, jedoch einmal angezapft sprudelt es nur so aus ihr heraus: wasserabstoßendes Papier, jedoch auch japanisches, chinesisches, das kann die Kundin..., doch für Herren arbeite sie auch, selbst bestimmen. Accessoires: natürlicher Schmuck, zum Beispiel aus getrocknetem Maiskolbenbast. Zum Sommerende reißt sie den Maiskolben die rotbraunen, feuchten Haare aus. Seetang trocknet sie gleichfalls, sowie abgezogene Tomatenschalen. Klebt sehr gut mit einem Vielzweck-Klebstoff, dem vom Coop, der von der Migros trocknet zu schnell aus, oder Zutaten aus der Gewürzküche: Estragon, Basilikum, Majoran, Oregan, Petersilie, Schnittlauch, garniert zuweilen mit winzigen, doch in Farbe oder Form exquisiten Steinen, die, warum nicht?, gemeine Kieselsteine sein können, auch aparte Fruchtsteine. Die müssen natürlich zum Kleben stärker & länger bedrückt werden, weswegen sie da große, schwere Preßsteine auflegt. Verloren gehe selten etwas. Diese Modelle seien doch auch eigentlich, um nur einmal getragen zu werden, daran halten müsse sich selbstverständlich niemande. Interessante Effekte ließen sich zum Beispiel auch mit gekochten Blutwurzsteinchen, deren Sud ja gegen Blutungen aller Art getrunken werden solle, nein, gegen Hirnbluten wohl nicht, erzielen, da werde gerätselt, ob es sich etwa um eine raffinierte, grobe Stickerei oder gar um einen Grind, einen krätzeartigen, organisch gewachsenen, womöglich auch noch ansteckenden Hautausschlag auf einem Kleid handle. – Alte Quasselliese oder Schwatzbase(tante), wird Finn hinterher zu Rös sagen oder es diesmal vielleicht nicht aussprechen. Olimp sagt zu Gabi: »Also diese Kleider von Rös sind ganz ganz unerhört; ich besitze auch einige!« Gabi möchte nun eins bestellen für seine Frau. Ihre Maße schreibe er Rös gleich auf; so aus dem Kopf heraus, wo er sie immer präsent halte. Ein Foto habe er aber auch dabei. »Ja, zeig mal ein Bild von Christin, ich hab sie so lange nicht mehr gesehen«, fordert Olimp auf. »Danach könnte ich nie arbeiten«, sagt Rös & reicht Gabis wohl & gepflegt ausschauende Frau, die vor einer geöffneten Wagentür posiert, an Finn weiter. »Kinder?« »Zwei Buben«, sagt Gabi, »zwölf & vierzehn.« Finn: »Tüchtig!«, lacht Gabi an. Rös: »Zwei junge Goldschmiedtalente.« Gabi: »Eins reicht. Der jüngere. Obendrein ein Verkaufstalent, der kommt jetzt schon mit den ekligsten Kundinnen zurecht: ›Ja, wie hättens denn gerne Ihre hoch geschätzten Initialen? Aber ja, sehr geehrte Frau Kantonsschuldirektorswitwe! Schauns doch mal, wie gut sich das grad an Ihrem Ringfinger macht, daß ihr hochwohlgeborenes B aus Ihrem unsterblichen Vornamen nicht so weit oben sitzt, gar nit besser hätts geraten können!‹ Der kann die Leut so hervorragend beeinflussen, unglaublich, die gehn hochzufrieden weg. Ich freu mich schon, wenn der nach der Matura ins Geschäft kommt. Der andere kann Lehrer oder Notar studieren.« Rös: »Ich hab den Eindruck, Luzern wimmelt von Advokaten, Notaren, Rechtsanwälten, an jedem dritten Haus ein Schild, eine Bürotafel.« Olimp: »Es hat noch zu wenige. Es gibt so viele Auseinandersetzungen in Erbschaftsangelegenheiten, Bauverwaltungs-, Immobiliengeschäften.« Gabi: »Ehestreitigkeiten! Weil alle Frauen sich emanzipieren wollen! Hier die Maße.« Gabi hat auf die Rückseite seiner Visitenkarte einige Zahlen geschrieben, reicht sie Rös. Diese steckt sie weg, ohne drauf zu blicken. Olimp: »Rös, verlier sie aber nicht!« Gabi: »Was kostet so ein Kleid überhaupt?« »Durchschnittlich fünfzig Franken.« Gabi zieht fünfundzwanzig Franken aus seiner Brieftasche. »Den Rest dann bei Lieferung.«

Eigentlich hat Rös eine Papierallergie, aber sie braucht zur Sozialhilfe ein Zugeld. Karten bastelt sie schon lang nicht mehr (obwohl sie dabei nie etwas von Allergie merkte, als habe Karton nichts mit Papier gemeinsam), weil sie mit selfmade cards schon alle ihre Bekannten eingedeckt hat. »Mach doch mal eine Ausstellung, & biet gleich dem Einzelhandel deine Karten an«, meinte Horst Malinguth, »die Ausstellung könntest du bringen unter dem Motto: DIE EREIGNISLOSE ANEKDOTE. Dieser Titel fiel mir nämlich sofort für alle deine Machenschaften ein, als du uns neulich FRAU RÄPPLI LÄSST GRÜSSEN schicktest.« Die Malinguths hatten, bevor sie aus Konstanz wegzogen, jahrelang beim Arzt Räppli in einem der schönsten alten Häuser direkt an der Marktstätte gewohnt, Räpplis Frau, seine ehemalige Sprechstundenhilfe, ging einkaufend täglich einige Male über die Stätte. Nun wurde in *Der Spiegel* lange Zeit über Wochen hinweg von einer Blonden, die frappierende Ähnlichkeit mit Trudeliese Räppli aufwies, Werbung für den Beruf der Heilpraktikerin gemacht. Einmal schnitt Rös das Foto aus & klebte es in ein altes Foto der Markstätte, adressierte es an Malinguths, schrieb dazu: ICH TRAF FRAU X, ICH SOLL EUCH GRÜSSEN.

Schade, daß Rös nicht mehr so viel neue Leute kennenlernt, das hätte sie motiviert, neue Karten zu erfinden. Das Anfertigen von Papierkleidern hingegen nervt sie grauenhaft. Ganz abgesehen von dem unerträglichen Gefühl ihrer schreiend austrocknenden Hände, sobald sie Papier berühren müssen, dazu an vielen Tagen die alternden, seltsam schmerzhaft in den Hinterkopf ausstrahlenden Nackenbandscheiben. Von fünfundzwanzig bis fünfunddreißig waren die Bandscheibenbeschwerden in Nähe des Ischiasnervs ein Klacks, jedoch weiß man sowas immer erst später, danach, wenn es zügig bergab geht (rast). Unabhängig vom Nebenverdienst ist das Papierkleidern auch sonst enorm wichtig für Rös. Es hilft ihr, die Tage zeitlich zu strukturieren, sich täglich zu disziplinieren. Wenn sie sich sonst jeden Augenblick die Hände eincremte, am liebsten ließe sie sie ununterbrochen im Atrix- oder Piomakosmetikpräparattopf, dann muß sie während der Arbeit strikt darauf verzichten, um auf dem Papier keine Fettspuren zu hinterlassen. Ohne also diesen Zwang sich täglich zusammenzureißen, DON'T CRY, WORK, säße sie wahrscheinlich im Sprechzimmer einer Therapeutin & klagte über das Gebrüll ihrer Hände nach Feuchtigkeit, Fett, über das Ziehen auf der Kopfhaut im Rücken, als höre sie das Ratschen eines trockenen, harten Lappens oder das Reißen eines Griffels über eine Schiefertafel, das Kreischen einer Kreissäge durch einen heißen Sommertag. ›Könnten Sie sich denn nicht in einer Gärtnerei oder in einem Obst- & Gemüseladen etwas hinzuverdienen? Der Umgang mit Pflanzen wäre Ihrer Haut gewiß zuträglich!‹ ›Gewiß ja, Frau Therapeutin, da fällt mir doch auch etwas ein: Wie gerne bastelte ich Kleider & Anzüge aus Blättern, zum Beispiel von China-, Wirsing-, Weiß-, Rotkohl oder Eissalat, auch solche aus aneinandergefädelten Kefen, verziert mit Plaketten aus Joghurt/Kefirbecherdeckeln oder sonstwas. Eines Tages, wenn ich die Papierdisziplin partout nicht mehr schaffe, fang ich damit an. Das ist dann mein Schatz von dem ich neu zehren kann. Übrigens, warum fange ich nicht sofort damit an? Weil ich eventuell masochistisch veranlagt bin? Nein, weil das ausschließliche Gemüsekleidern eben mehr Lust als Diziplin wäre, & eben ohne Selbstzucht ist der Schritt zur unbedarften, würdelosen Alten schnell getan.‹ Zur Alten ist es ja doch etwas hin, & blickte Gabi sie nicht die ganze Zeit so eigentümlich an? – Lädt er sie dann, ganz begeistert von ihrem Können, ihrer Fantasie, zu sich nach Hause ein, wird sie sich eine ganz überwältigende Robe ausdenken. Für den Besuch bei Goldschmieds, sagte er nicht, seine Frau sei ebenfalls gelernte Goldschmiedin? Oder sagte er Silberschmiedin? Wie auch immer! Leider mag sie Männer nicht so, wenn ausnahmsweise doch, erinnern sie an Frauen oder sind Partner von Frauen, die Rös gerne kennenlernen möchte.

Vielleicht sprüht sie auf das weiße Kleid in schwarzer Schrift oder auf das schwarze Kleid in weißer, nein, auf das nachtblaue in goldner (silberner) Schrift: LEIDER IST DER SARGDECKEL AUF DER SEITE DER VERBRAUCHERIN OHNE SCHMUCK.

Manchmal gelingt es ihr, über einen Mann an eine Frau heranzukommen. – Gabi könnte vielleicht später auch ihre Modelle in seiner Bijouterie mit ausstellen. Schließlich profitierte er dann selbst davon, nämlich durch einen beträchtlichen Zuwachs an KundInnen. Noch besser, könnte Rös den Personen an Ort & Stelle Maß nehmen, dann säßen die Roben sogar maßgeschneidert, was etwas ganz anderes ist als nach Augenmaß vorgefertigt. Sie könnte ja in Gabis Laden einen Nebenraum für ihre Ankleidearbeiten übernehmen. Außerdem, berührt sie bei ihrer Maßschneiderei Haut, geht ihr das Papiergefühl nicht auf die Kopfhaut. Natürlich diese Verbesserung von Rösens Arbeitsbedingungen läßt andere Leute kalt.

»Wo ist denn Ihr Geschäft?« fragt Rös. »Gleich am Schwanenplatz.« »Drei Schaufenster auf einmal«, lacht Olimp. Finn: »Macht Ihnen Ihr Handwerk Spaß?« »Das Handwerk schon, aber der Verkauf nicht so. Manchen Kunden hätt man Lust, ihr Gold unverarbeitet ins Maul zu drücken.« Finn: »Oh lala! Ganz schön aggressiv!« Gabi: »Sie haben doch sicher auch oft Ekelfrüchte zwischen Ihren Patienten?!« »Sicher! Schwierige gibts überall.« »Und Sie«, zu Rös, »Ihnen wird gewiß auch manchmal der Faden reißen vor verhaltenem Zorn.« Olimp: »Um Himmelswillen, Rös mit Faden & Nadel!«, lacht, »Nein, sie hat doch eine DesignerInnenschule besucht.« Rös: »Ja, die Schule für Gestaltung in Ulm.«

Gabi: »Nach Ulm, vor Ulm, in Ulm herum.« Nun stößt Gabi mit seinem Knie an Rös'Knie. Oder ist das zufällig Finn?

Olimp: »Kannst mich ja wieder mal besuchen, Gabi, ich bin übrigens umgezogen, die ganze Wohnung hab ich vollgehängt von Rös'Karten & Spielereien.« Rös: »Ja, immer wenn ich einmal im Jahr zu Besuch komme, verhängt Pia meine sämtlichen Machenschaften aus zehn Spieljahren rund um das Cheminée & sonstwo, & reise ich ab, schubfachiert & intruhiert sie wieder den ganzen Kram, die liebe Olimpia.« – Jetzt blickt Gabi Rös wirklich sehr intensiv an. »Ich hab daheim auch noch eine freie Wand. Wenn meiner Frau das Kleid gut steht, können Sie uns ja mal besuchen, um noch weitere Modelle mit ihr zu besprechen.« Rös blickt erfreut: »Ja gern!« Olimp: »Ja, & vielleicht hältst du auch mal ein Seminar ab an unserer VHS über die Gestaltung von künstlerischen Papierkleidern! Wenn du willst, sprech ich deswegen mal mit Hampi Oswald, dem Direktor unserer Volkshochschule. Den kennst du doch auch gut, Gabi.«

Olimpia macht Werbung für Rös. Wirklich lieb! Aufmerksam, wach wie immer, gehts um Geld, eignes sowohl als fremdes.

»Also, Finn, was machen wir jetzt? Hah, die Sonne scheint! Fahren wir nach Tribschen, das haben wir bei deinem letzten Besuch versäumen müssen!« muntert Olimp.

Sie verabschieden sich von Gabi: die Frau warte sowieso bald mit dem Nachtessen auf ihn.

Olimp sagt, sie habe zum Nachtessen Fleischspieße vorbereitet. Rös & Finn rufen: »Ah, wie lecker!«

Auf einer Bank in der Nähe vom Richard-Wagner-Museum sagt Finn zum ersten Mal aus vollem Herzen »Schön!« & daß sie schon gerne hier leben möchte. Ganz klar, hier in dieser Landschaft habe Wagner schon gut komponieren können, vor allem, stelle man sich vor, wie die gegenüberliegenden Matten & auch ringsum noch fast alles unbebaut gewesen, jedoch auch jetzt noch: eine harmonische, Frieden aussendende Landschaft! Rös freut sich, daß Finn mal irgend etwas richtig schön findet, zufrieden atmet.

Doch, wenn Finn hier ein Häuschen oder auch nur eine Wohnung erbte, gäbe sie ihre Praxis, ihr Häuschen auf der Gemüseinsel auf! – & täte hier ? – Täte gar nichts! Möglicherweise ausgiebig täglich & nächtlich klavierspielen & einen Kräutergarten anlegen.

Auf einer Wiese beginnt Finn zu hüpfen & sich zu drehen, macht Feldenkraisübungen vor. Diese & jene! Daß es wichtig sei, so oft wie möglich ganz neue körperliche Übungen zu machen, zum Beispiel: babyartig versuchen sich zu setzen, aufzurichten oder wie eine Wippe auf & ab zu gehen. Finn liegt da & macht die Wippe vor: Kopf & Füße auf & ab, rauf & runter. Rös kann das nicht. Sie soll sich hinlegen, & Finn zeigt, indem sie Rösens Kopf & Füße wippeartig bewegt, wies geht: ganz einfach. Rös kreischt vor Behagen, Lust, es kitzelt sie direkt im Kopf, wie Finn sie zur Schaukel macht. – Ja, möglichst oft ungewohnte körperliche Übungen, die beugten gegen Alzheimer Krankheit, & nicht nur das, vor, soviel wisse man jetzt darüber . . .

Finn schlägt Purzelbäume. Herrlich, daß sie sowas kann mit vierundvierzig! Olimp schafft es nicht ganz, über durchgedrückte Knie mit den Fingerspitzen ihre Fußspitzen zu berühren. Üben, üben, üben!

Es beginnt zu dunkeln. Nun hat Olimp Lust, Finn noch den Fürigen zu zeigen! Beim letzten Mal waren sie auf dem Bürgenstock, dafür jetzt den Fürigen. Doch Finn hat große Lust, auch wenn es dadurch mit dem Nachtessen sehr spät wird. Rös schaut auch immer wieder gerne von irgendwoher hinunter. Im Vorvorjahr, als Finn nicht mit, statt dessen Miriam, haben sie zu dritt auf dem Fürigen zu Nacht gegessen. Teuer war es & nichts als mittlere Hauskost. Diesmal, nachdem sie die Aussicht genossen, trinken sie lediglich einen Kaffee Crème. War es nun auf dem Fürigen oder auf dem Bürgenstock, wo Rös vor acht Jahren in wunderbarer erster Zweisamkeit mit Olimpia großartig zu Nacht gespeist? Etwa ein gutes Jahr lang war es ihr, als sei Olimp die Teufel & zeige ihr wie weiland der Faust, wos langgeht, & immerzu sagte Rös, überwältigt von allen den Natureinmaligkeiten rund um Luzern & weiter weg: ICH MÖCHT ZUM AUGENBLICKE SAGEN, VERWEILE DOCH, DU BIST SO SCHÖN, weswegen möglicherweise das Interesse der Olimpia Teufel für Rös Faust so schnell verglühte. Rös verweilte, wärmte sich zu gern.

Um zweiundzwanzig Uhr im Palast Olimpia reißt diese die vorbereiteten Fleischspieße aus dem Eisschrank, wirft sie in eine Pfanne, schwenkt den Schnellkochreis, deckt Rös den Tisch auf der Terrasse, spielt Finn Klavier bis punkt 22.35 Uhr, da ist es soweit, & sie fallen ausgehungert alle drei über Olimpias Kochkunst her. Rös: »Das hast du immer schon gebracht, blitzschnell das Essen auf den Tisch.«

Finn, schwermüde auch vom Wein, geht gleich nach der Mahlzeit in ihr Zimmer. Rös hellwach will Olimp, die noch ganz kregel wirkt, beim Aufräumen helfen. Später, falls Olimp mag (vielleicht mag sie schon, will/kann es aber nicht zeigen, außerdem ist es auch bequemer, die eingefahrne coole Tour beizuhalten, sich nicht mehr nahe zu kommen), noch etwas miteinander sprechen. Nein, Olimp will das Geschirr allein in die Spülmaschine einräumen.

»Schlaf schön!« sagt sie vertraut spöttisch zu Rös. Rös ist es egal. Es war nichts weiter als eine Geste der Höflichkeit Olimp gegenüber, die sie einmal geliebt. Zwischenzeitlich über viele Monate weg hatte Olimp, die damals in ihrer Anwaltspraxis einen äußerst schwierigen Prozeß durchzufechten hatte, ein-, zweimal zu Rös gesagt: »Ich bin jetzt zu nichts anderem als Kämpfen fähig; danach, wenn alles gut gelaufen für mich, werde ich wieder zu anderem bereit sein.«

Alles war gut verlaufen für Olimp, jedoch nun spürte Rös keine Kraft mehr zur Annäherung, das hätte zum Neubeginn von Olimp ausgehen müssen.

»Ja, schlaf auch gut«, sagte sie freundlich zu Olimp, »du bist bestimmt geschafft vom Besuch!«

Während der Rückreise am frühen Sonntagmittag (vorher blickten sie noch geführt von Olimpias Zeigefinger durch die Luft vom Gütsch herunter auf die Stadtmauern & Türme Luzerns) läßt Finn Rös reden, sagt nur nach einer langen langen Weile, in der sie beide geschwiegen: »Tschuldigung, ich habe gar nicht zugehört, ich war so völlig weggetreten.«

Etwas vor sechzehn Uhr bei strahlendem Julisommerwetter setzt Finn Rös bei der zu Hause ab. Mit raufkommen noch einen Kaffee trinken bei Rös wollte sie nicht mehr. Verständlich. Gleich nach Hause zu Walter, schwimmen gehen wollte sie, abschalten, morgen erwartete sie ein neuer, strenger Arbeitsmontag. Vielleicht hatte sie Kopfschmerzen, Migräne?

Rös hatte auch Kopfschmerzen vom Autofahren. In vergangenen Sommern, als es in ihrem Kaff nur einen Yachthafen gab, nicht zwei wie mittlerweile, ihr Seestück nicht so umwabbert von Touristenschwärmen widerte, wäre sie an einem solchen Sonntagnachmittag auch schwimmen.

Jetzt kochte sie sich Espresso in einem Chromtopf, den ihr Finn geschenkt, & drehte das TV an. *ML – Mona Lisa Frauenjournal.* Dann gleich wieder ab, sie mochte die Moderatorin Maria Wels nicht, war ihr zu fischig. Für das Abendprogramm hatte sie sich rot eingekreist *Critters*, SF-Film, auch *Rheingold,* Inszenierung Bayreuther Festspiele 1980. Nachdem sie gestern in Tribschen &

Finn so gelöst wirkte, wäre sie vielleicht für Wagnerklänge besonders empfänglich. Vorher mit dem Kleid für Gabis Frau beginnen. Aber es ist zu heiß, sie kommt nicht in Stimmung.

Sie ruft Olimp an, sagt danke & daß es schön gewesen sei bei ihr. Olimp dankt freundlich zurück für den Besuch, bis zum nächsten Mal, ja!

& am nächsten Tag erhält sie die Mitteilung einer drastischen Mietzinserhöhung, »wegen leider drastischer Erhöhung des Hypothekarzinses notwendig!«

& die Telefonrechnung ist auch noch unbezahlt & viel zu hoch für Rössche Verhältnisse.

& darum, weil sie das Gefühl von steigendem, halsnahem Wasser, nein, Papierrechnungslebenshaltungskosten hat, verschneidet sie sich, als sie dann endlich mit dem Kleid für Gabis Frau anfängt, zuerst ein paarmal, hat auch keine rechten Einfälle. Dann aber, als es nach zu vielen Tagen doch fertig, sie es verpackt, abschickt, scheint es ihr wohl gelungen, rechnet sie sich eine positive Antwort darauf aus.

Schon drei Tage später erhält sie in einem Kuvert drei Zehnfrankenscheine eingelegt in ein Blatt Papier, darauf handschriftlich in blauer Tinte: »Restzahlung SFR 25.– + 5.– Porto & Verpackungskosten, mit freundlichem Gruß Gabriel Widmer.«

Rös könnte ja anrufen & nachfragen, ob das Kleid seiner Frau gefalle, ob es passe. Aber sie will nicht. Wollte er/sie noch weitere Modelle, hätte er es schreiben können.

& sogar eine Einladung? Hatte Rös das wirklich erwartet?

Gabi hat eine ähnliche Schrift wie Olimpia, & Olimpia schreibt ähnlich wie Miriam, & wenn Finn ihr geschrieben hat, denkt Rös im ersten Augenblick immer, es sei Post von Miriam, & alle benutzen sie blaue Tinte.

Olimpias nächster Anruf ist erst in etwa fünf Wochen zu erwarten.

Finn ruft vielleicht schon in drei Wochen, aber da kann Rös auch selbst anphonen, ob Finn & Walter nicht wieder mal Raclette mir ihr essen wollten (Finn schenkte Rös auch einmal einen Racletteofen) oder einen Kaffee bei ihr trinken.

Miriam ruft Rös durchschnittlich einmal die Woche an. Allerdings bei schönem Wetter, wie in den Sommern der jüngst vergangenen Jahre, hält sich Miriam, die Sonnenanbeterin, in ihrer gesamten freien Zeit nach Möglichkeit ausschließlich auf ihrem Grundstück am See auf, Miriam läßt auch nichts von sich hören.

Rös fröstelt wohlig in der schattigen Wohnung, legt sich vorsorglich einen Schal auf die tückischen Nackenbandscheiben, trinkt glühend heißen Tee & hält es für möglich, daß sie eines Tages platzt, infolge zu reichlich genossenen Tees (oder sie sonst irgendwie anders wegen dieser täglichen Völlerei bestraft werde).

7. August 1989

Zungenkuß

Eines Februarabends am Telefon sagte die schöne Wilhelmina: »Du, Rös, ich weiß gar nicht, ich glaub, ich liebe dich nicht mehr.« Zuerst tat Rösens Herz einen überrascht überraschenden, sie dabei leicht stechenden Hupfer, weil grad am letzten Wochenende war es mit Wila so wunderbar gewesen.

Später sagte Wila, sie habe ja nur mal schauen wollen, wie Rös sich dazu verhalte, klar komme mit der Bedrohung, verlassen zu werden, denn sie, Wila, habe ja ausdrücklich »ich glaube« davorgesetzt, was bedeute, daß es ihr selbst noch nicht ganz klar gewesen. Möglicherweise habe sie mit ihren Worten auch nur erreichen wollen, daß Rös sich endlich mal anstrenge & sich was einfallen lasse, um sie, Wila, als Partnerin zu behalten. Jedoch habe Rös die Bedrohung, Warnung auf der Stelle in Kündigung verwandelt.

»O.k.«, sagte Rös zu Wilas Eröffnung, »nun lieben wir uns nicht mehr. Es wird ja auch bald ein Jahr, daß wir uns kennen.«

Wie gesagt, etwas wie schmerzliches Stechen unterm linken Brustbein, & fast gleichzeitig hüpfte es dort befreit (denn auch sofort, liebe, liebe Rös, bist du hineingesprungen in die Öffnung, die sich da unvermittelt auftat in der Gefängnismauer, hinaus in die Freiheit, plumps! & draußen warst du, & bloß sich nicht wieder einfangen lassen!), & als Rös am Nachmittag des nächsten Tages in der Kreuzlinger-Konstanzer Mehrzweckhalle Schlittschuh lief, spürte sie, der Mahr, der ihr seit Monaten auf der Brust gehockt, war gewichen.

In den Monaten davor, das war das Schlimme, hatte

sie angefangen, sich mit Wila einzurichten, weil das ihre Art: etwas, das sie nur durch Bruch losgeworden, auf sich zu nehmen, abzuwarten, bis es sich eventuell von selbst gutartig löste, abfiel oder aber durch Gewöhnung ein Teil von ihr selbst wurde. Wila hatte immer behauptet, daß sie Rös wahnsinnig liebe & daß sie gemeinsam ein Karma abzutragen hätten. »Dein Pluto sitzt auf meinem Krebs.« Sie hatte ein Computerbild nach Rös' Geburtsdaten erstellen lassen. »Alles hast du unten im Kollektiv, schau mal! Verglichen mit meinem Horoskop, da ist alles oben. Du mußt also darauf achten, immer wieder, daß du nicht absackst. Stets nach oben mußt du dich ausrichten, auf deine Geistigkeit achten!« Rös dachte: Mit dir bin ich wieder im Schlamm gelandet, im Sumpf der Stagnation. Warum nur habe ich darin eingewilligt, daß wir alle drei Wochen drei Tage miteinander verbringen? Die Zeit dazwischen vergeht mir viel zu schnell, während es für dich, so klagst du, eine unendlich lange Zeit zwischen Begegnung & Begegnung sei, du unbedingt eine Wochenendbeziehung bräuchtest, willst. Dazu, sage ich, müßtest du dir aber eine andere Person suchen, was doch auch nicht schwierig sein dürfte für dich, schöne Wilhelmina, die sich auf vielen Tagungen tummelt.

Rös & Wila hatten sich doch auch auf einer Tagung kennengelernt, einer Tagung über WEISSE MAGIE.

Während einer Pause war Rös mit einer der Referentinnen ins Gespräch gekommen. Sie sprachen über Synchronizität von Ereignissen & Zeit & Zahl. Andere Personen gesellten sich hinzu, so auch Wila. Zum Schluß der zweitägigen Tagung reichte Wila ihre Visitenkarte, ob Rös keine Lust habe, sie mal zu besuchen? Wila könne eine Menge zum Thema Synchronizität beitragen, habe da besonders in den letzten Jahren Unglaubliches erlebt. Rös wußte nicht recht, lachte, schrieb auf Wunsch ihren Namen & Adresse, Telefon auf.

Drei Wochen danach an einem Sonntag zwischen elf und zwölf Uhr rief Wila an. »Mir ist, als hätten Sie meine Adresse & Namen verloren, deshalb melde *ich* mich mal. Wann kommen Sie denn? Wir wohnen nicht mal drei viertel Autostunden voneinand entfernt. Es gibt so malerische Wanderwege hier in der Schaffhauser Gegend!« Rös: daß sie erstmal ein paar Wochen verreise, alsdann aber sich gern zurückmelde zu einem Besuch.

Eigentlich interessierten fremde Lebensumstände sie. Sie stellte sich vor: ein Antrittsbesuch, ein Gegenbesuch & dann Sense.

Als Rös wieder daheim, hatte sie erstmal wochenlang anderes zu tun, als Wilhelmina Schnyder-Rütimann anzurufen. Doch eines Abends etwas nach dreiundzwanzig Uhr, kurz nachdem sich Rös gebettet, hinterher war ihr, als hätte sie sogar schon ein paar Takte geschlafen gehabt, ging das Telefon. Diesmal erschrak Rös vor Wilhelminas tief dröhnender Stimme, bekam Herzjagen davon: »Entschuldigen Sie, aber wenn ich Sie jetzt nicht dran erinnere, vergessen Sies womöglich ganz, oder wollen Sie mich gar nicht besuchen? Aber dann sagen Sies mir bitte gleich, dann ruf ich nie mehr an!« »Doch, schon!« Rös angelte nach ihrem Notizbuch. »Gut, nehmen wir die Woche nach Ostern, den Sonntag, Sonntag früh 9.35 Uhr.« Wilhelmina: sie habe sich zwar schon auf Freitagnachmittag gefreut! ... Aber schön, daß Rös überhaupt nun wenigstens komme, kommen könne. Sie erwarte sie dann um 10.35 Uhr in Schlatt am Bahnhof.

Wila, Wilhelmina sei viel zu lang, Rös sprach aber gern lange Namen aus, trotzdem lieber Wila, ja?, Wila in weißem Leinenseidenanzug, das dunkelbraune Haar glänzend, hielt Rös lächelnd die Tür ihres weißen Mitsubishi auf. Im Fond wartete Tilli, eine Mischung aus Afghane und Wolfshündin, groß, schwerfällig, seelenvolle Augen. »Sympathisch!« Rös streichelte Tilli sofort den Lockenkopf.

Wila ist lesbisch & hatte, als die Referentin Kluus sich von Rös mit einer kurzen, aber eindringlichen Umarmung verabschiedete, gesehen, Rös sei auch lesbisch. Aha! & überhaupt träume Wila, seitdem sie Rös auf der Tagung kennengelernt, von einer Beziehung mit ihr. Rös lebt allein, ja! Mit dieser Vermutung hat Wila recht, jedoch Rös ist umarmt von einem großen Freundinnenkreis & sucht keine Liebschaft!

Wila blickt Rös verliebt an, leider aber hat sie partout nichts zu essen in der Wohnung, obwohl sie Rös am Telefon gefragt, ob sie gern Fleisch möge, etwa Gebratenes, was Rös sogleich bejaht hatte.

Rös fragt nicht, rätselt, warum Wila solch eine über den Backenknochen, dem Nasenrücken ins Dunkelrot, Violette hineinschimmernde Haut hat?

Wila ungefragt: sie sei im vergangenen Winter, nach dem plötzlichen Herztod ihres Lebenspartners Reinhart, viel mit Tilli spazieren gegangen & habe über allen Plagen, auch die des schnellen Zügelnmüssens, durchweg vergessen gehabt, sich täglich des Gesicht einzucremen. Inzwischen, hoffentlich aber nicht zu spät, lasse sie sich von der Kosmetikerin beraten.

Sie trinken Kräutertee. Wila hat die Pulle Sekt, die Rös zur Begrüßung mitgebracht, in den sehr kleinen Eisschrank gestellt. Zum Raumeinsparen so auch Dusche statt Bad, ein geräumiges Bad aber hat der Hausherr, der mit seiner nervenkranken Frau, »seiner dritten«, über Wila wohnt. Alsdann, DIE OBENDRÜBERS müssen, um in ihr Gartenstück zu gelangen, an Wilas Fenster vorbei über deren Terrasse gehen. Es seien aber angenehme Leute, er Berliner! Denen würd es nicht einfallen, im Vorübergehen in Wilas Wohnzimmer zu spähen.

Trotzdem sei es für Wila erstmal eine krasse Umstellung, denn im Vorjahr noch habe sie mit Reinhart ein eigenes Haus mit Swimmingpool im großen Garten bewohnt, werde sie Rös dann später mal zeigen, es sei nur über ein paar Wege weg. Ins Schlafzimmer, Wila öffnet zum Hineinschauen einladend die Tür, das tief unter dem vergitterten Fenster wie eine heimelige Eremitinnenklause liegt, können die Vermieter aber nicht, selbst wenn sie wollten, so en passant hineinblicken.

Wäre Rös schon am Freitag oder wenigstens Samstag gekommen, hätte Wila ihr diesen anheimelnden inmitten von Gartengrün liegenden Schlafraum hergerichtet. So wie wenn ihre jüngere Tochter Kathleen, 22, zu Besuch kommt, Stewardess bei Swissair. Fliegt sie grad nicht & hat sie ein paar Urlaubstage bei Wila verbracht, wohnt sie in einer Kleinstwohnung bei Zürich, spielt Saxophon in einer gemischten Band. Wila zeigt Fotos ihrer beiden Töchter. Marietta, die ältere, 25, Lehrerin, wohnt ganz in Wilas Nähe. Wila ist eine gute Zuhörerin. Die spielt sie nicht (spürt Rös). Angenehm. Nicht so, daß sie Rös das Gesicht vollqualmt, wovon deren Haut brennt. Irgendwie legt sich der Rauch auch auf Rös' Magen, der zudem gerne was zu tun hätte, & aufs Hirn, das um frische Luft bittet.

Tilli kriegt zu fressen. Irgendwas Getrocknetes, in kleine Quadrate Gepreßtes, was, kommentiert Wila, sehr gut sein soll für sie, da es wichtige Vitamine enthalte, außerdem Tilli auch gut schmecke. Nie verfüttere sie an Tilli Fleisch, damit diese völlig aggressionslos bleibe.

»& bekommt Tilli schon mal frisch gekochtes, warmes Essen?« Nein, nie! Das sei nicht nötig. Die vorgefertigte Nahrung enthalte alle lebenswichtigen Bestandteile. »Unsere Hunde zu Hause aßen einmal am Tag das gleiche gekochte, warme Essen wie wir.« Wila lächelt. – Nachsichtig?

Die Wohnung wirkt sehr gepflegt, auf schweizerisch würde frau PICCO BELLO TIP TOP dazu sagen. Lediglich die beiden Tillinäpfe, das Freß- & das Trinkhaferl am Küchenboden stören etwas, scheinen wie aufgesetzt.

Vor der Eremitinnenklause: der weite rechteckige Wohnraum & davor Wilas Empfangs- & Arbeitsraum, sie nennt ihn ihr Büro. Wila ist Heilpraktikerin, dazu auch Astrologin.

»Ich will an deinem ersten Tag hier einen ganz besonderen Weg mit dir gehen«, sagte Wila, & nachdem sie beide als Mittagsmenue ein Glas Sekt gegessen, steigen sie zu dritt in Wilas glänzend Weißen, fahren eine Weile geradeaus & dann in die Höhe über Flurlingen hinweg zum Fuße eines Berges. Oben sei ein heiliger Platz, & da wolle sie mit Rös hin, falls diese auch wolle. Rös: wenn es nicht zu schwierig hinauf, sie sei ungeübt, dann gerne. Leider hatte Rös zusätzlich zur Ungeübtheit gut zehn Pfund Gewicht zuviel, auch reagierte im Frühling ihr träges Herz immer mit Mucken, wollte aus der wohltuenden dunklen Winterruhe niemals freiwillig in die laute, ständig zunehmende Helligkeit.

Dagegen Wila! Sprang wie ein junges Füllen. Schwieg dabei aber angenehm beharrlich, der Aufstieg sollte schweigend erfolgen. Reichte bei mühsam wirkenden Steigungen, wo ein Baumstamm, Halt nicht direkt in der Nähe oder der Boden glitschig war, Rös hilfreich die Hand, die diese aber nicht nahm.

Machte jedoch immer wieder gemütliche Pausen zum Verschnaufen. Dann setzte Tilli, die bereits schon einige Male vermutlich auf dem Gipfel, zu ihr herunter, blickte sie an, ohne sie zu berühren, & sprang dann wieder Wila nach, die ständig irgendwo in der Höhe auf Rös wartete.

Endlich oben! Wirklich ein schönes, soeben auch sonnenbeschienenes Wiesenrund inmitten von hohen Bäumen.

Wila & Tilli legten sich so ins Gras oder Moos. Rös konnte, wollte nicht, im April so ins Feuchte hinein, um dann hernach garantiert Ärger mit dem Ischiasnerv oder noch Ärgeres. Wila breitete ihre Jacke mit dem Innenfutter nach oben zusätzlich über Rös' Anorak, der schon am Boden: »Bei dieser doppelten Unterlage sollte sich eigentlich nichts einzügeln. Komm!« »Und du?« »Ach ich hab sowieso mit den Nieren zu tun; einmal mehr oder weniger, was solls!?« Aber nur ein paar Augenblicke ließ Rös sich nieder, einzig Tilli hätte ihr als Sitzpolster ausgereicht.

Zwischendurch hockte sie sich auf ihre Waden, während Wila halb ausgestreckt, aufgestützt auf ihrer Rechten, sie tief anblickte. Tatsächlich streife sie auf diesem Platz etwas Besonderes, ja möglicherweise Heiliges, vielleicht habe Wila hier genau in der Mitte bei Voll- oder Schwarzmond gehext, damit Rös eines Tags mit ihr auf diesem Platz sei. Sie solle es zugeben! Wila sagte nichts dazu. Was dachte sie wohl, angesichts Rös', die klein & pummelig dastand, sich nicht setzen wollte. Unmöglich konnte sie in dieses Röschen Plum verliebt sein. Was wollte sie tatsächlich von ihr?

Nach dem Heiligen Berg schlägt Wila gemeinsam Nachtessen in einer Pizzeria vor. Eigentlich ist Rös der Hunger vergangen, aber ein Glas Wein zu irgendeinem Brotbrei wird ihre aus dem verärgerten Magen in Nakken & Kopf aufsteigende Pseudomigräne betäuben helfen.

Den vorletzten Zug wollte sie, nimmt dann aber den letzten um 22.07. Nein, Wila soll sie nicht heimfahren! Vorher warten sie noch einige Minuten im Wagen auf den einfahrenden Zug. Rös streichelt Tilli den Kopf. »& ich?« fragt Wila. »Küß mich wenigstens ein einziges Mal!« »Küssen ist etwas Heiliges für mich! Sorry! Wir kennen uns kaum.« Wenn mal ein Frauenfest sei, ob Rös ihr dann Bescheid gebe. »Ja, selbstverständlich gern!«

Endlich in Richtung Rorschach. Rös läßt noch freundlich das Abteilfenster halb runter, feixt zu Wila hin, die mit grünen Augen unter dichten, an der Nasenwurzel zusammenstoßenden Brauen, dunklen Locken (extra wegen Rös habe sie sich locken lassen!), schlankwüchsig, dazu etwa einen Kopf länger als Rös, eine sehr gut aussehende Frau ist. Na &? Das Weiße in ihren Augen ist bei näherem Hinschauen trübgelblich. Dazu sitzt auf ihrem rechten Augapfel etwas wie ein winziges Stück Hornhaut. Auch beeindruckend ihre im Nasenbereich blaurote Haut. Ist Wila krank? Was, wie auch immer! Rös kann es egal sein, eine Beziehung will sie nicht mit ihr.

Kaum in der Wohnung, geht das Telefon. Doch, danke, ja, Rös ist gut heimgekommen. Höflich ist Wila, doch. Rös läßt sofort Wasser in die Badewanne einlaufen, gibt Kneipp Heublumenextrakt dazu. Das stimmt um. Aber erst morgen früh wird ihr wieder gut sein am Magen. Also ein häßlicher Tag? Teils, teils! In irgendeiner Form auch etwas Neues. Neue Landschaft, neue MenschIn.

Sonst tut sich nicht viel in Rös' Leben. Das Blut, sprich Geld, fehlt. Obwohl von irgendwoher bis jetzt immer wieder mal ein kleiner Regen kommt. Einige Buchhandlungen, Schreibwarengeschäfte & Blumenläden kaufen ihr KUNSTKARTEN MIT MATERIALEINSCHLUSS ab. Zwar nicht übermäßig, aber stetig. Auf jeden Fall ist sie tätig. Zudem beim Erfinden, Herstellen ihrer Karten kann sie äußerlich abwesen & Bedürfnisse vergessen. So läßt es sich aushalten.

Ein paar Tage nach ihrem Treff ruft Wila abends an. Wie es Rös gehe? – Wila ist eigentlich ganz nett. Rös: es geb im *Bella Donna* ein Walpurgisnachtfest am 30. April, ob Wila da kommen wolle? Sie könne ja auch noch eine Freundin mitbringen, sprach sie nicht von einer Susan? Ja, danke, sehr gerne komme sie.

Es wurde dann aber etwas anders, als Rös es sich vorgestellt. Wila starrte die halbe Nacht nur vor sich hin oder auf die fröhlich Tanzenden. Rös forderte sie auf, mit ihr zu tanzen. Wila: nein, sie möge nicht diese Discomusik, habe sich, als ihre Töchter im Pubertätsalter gewesen, da genug engagieren müssen. Jedoch Susan, die Wila mitgebracht, ein schönes, blondes Kind mit Botticellilocken, tanzte mit Rös & auch mit anderen. Susan unterrichtet in Englisch & Französisch an einer Migros-Klubschule, nebenbei ist sie die Frau eines Dissenhofener Kunstmalers. Kurz nach Mitternacht setzte Susan sich in ihren Audi & fuhr heim zu Vattern. Gemeinsam vor Rös hatten Wila & Susan ausgepackt: wie sie ein einziges Mal miteinander geschlafen, Susan danach gleich heimgewollt, Wila vergeblich versucht habe, sie dazubehalten. Jahrelang hätte Wila Susan darauf geschnitten. Jetzt kürzlich hätten sie sich zufällig wiedergesehen & wieder gut miteinander sprechen können.

Kurz nach null Uhr verließ Wila das Abseits an der Tanzfläche & schaute vom Estrich sehnsüchtig hinunter ins Souterrain, wo ein Teil der Bella-Frauen an einem langen Tisch mit Miriam & ihrer Liebsten, Jenny, Charaden spielten. Etwas danach saßen Rös & Wila mit am Spieltisch.

»Wer ist denn diese glutvolle Schönheit in deinem Netz?« hatte Miriam Rös später beflüstert. »Eine, die spielt, sie sei mir verfallen.« Als Rös dies Miriam ohrte, hatte sie aber schon spitz, daß Wila von Miriams Ausstrahlung & Aussehen fasziniert war. Sofort erriet Wila die Rätsel einiger Charaden. Das würde Miriam noch mehr bestechen als »die glutvolle Schönheit«! – & Wila an Rös' Ohr: »Wer ist die Puffmutter neben Miriam?« »Jenny, Miriams Liebste, die wir alle lieben!« »Aber ausschauen tut sie wie eine... Aber bitte, sag bloß nichts weiter!« »Eine Frau wie Jenny kann aussehen, wie sie will!« (& falls eine wähnt, sie könne sich zwischen Miriam & Jenny drängen, so bleibts ein Wahn, & 's Chindli hat sich fies vertan!)

Wila erzählt (Miriam hatte vorgeschlagen, alle sollten erzählen, wie sie sich einmal in Gefahr befunden):

»Ich hatte mich mit meiner Liebsten, damals einer Inderin, zerstritten. Aus Zorn & Trauer über mich schnitt sie sich ihr langes, schwarzes Haar ab. Ich ertrug nicht mehr, daß sie kein Wort mit mir redete, schwang mich auf meinen Braunen & galoppierte davon. Das Schlimme, ich war im Unrecht, hatte Rashna vorher mit einer anderen Frau betrogen, liebte sie aber noch immer, doch nun schien es aus zwischen uns. Hinzu kam, Rashna, die sehr abergläubisch, hatte mich seit zwei Tagen eingesperrt gehalten, weil eine Zigeunerin mir kurz davor geweissagt: ich dürfe sieben Tage lang das Haus nicht verlassen, weil ich sonst in große Lebensgefahr geriete.

Um zu meinem Pferd zu gelangen, war ich vom ersten Stock aus dem Fenster gesprungen, allerdings in weiches Gras hinein. Davonstiebend, ich wußte selbst nicht, wohin, war ich plötzlich inmitten von gewaltigen Wespenschwärmen, die irgendwo entkommen (so erfuhren wir später). Ich wurde gefunden, göttinseidank nicht zu spät, auch mein Pferd mußte medizinisch versorgt werden, & ich erwachte im Krankenhaus mit rasiertem Schädel. Rashna an meinem Bett, ebenfalls kahl. Wir lachten uns an & sanken einander in die Arme.« Irre Story fanden alle. & ob Wila noch immer glücklich mit Rashna liiert? Wila blickte finster, was ihr gut stand; die Brauen schwarzbuschige Circonflexe, oder zwei verbogene Maultrommeln ineinander verhakt. Ach, nein, es habe sich zwischenzeitlich für beide so viel anderes getan, aber eine Weile seien sie darauf schon noch zusammengsi. Vor allem aber seien sie in Freundschaft miteinander geblieben, einmal monatlich telefonierten sie einander bestimmt.

Auf dem Heimweg im Taxi wollte Wila wissen, was diese Jenny beruflich mache? Sie sei im Hotelmanagement, leite nebenberuflich eine PunkerInnenmusikband: *Luftratten*. Früher, vor etwa fünf Jahren noch, sei sie Studienrätin für Englisch & Musik in Berlin gewesen. – Was das heiße: Luftratten. – So nenne man in Berlin die Tauben. – Äh! & Miriam? – Ach, das solle Wila sie doch bitte selbst mal fragen! – Wann denn? Wahrscheinlich sähe Wila keine der Frauen wieder. – Aber doch ja, Wila komme gewiß noch mal ins *Bella*. – Das sei ziemlich ungewiß, sie wisse ja gar nicht, ob Rös sie wieder sehen wolle, denn Rös liebe sie offensichtlich nicht. – So schnell gehe das eben nicht, Wila komme daher & wolle auf der Stelle geliebt werden! – Das Bett macht Rös Wila auf der Kautsch. Wila: sie lege sich nur, wenn Rös bei ihr sei! – Dann gute Nacht, Marie, & vergiß nicht, die Kerze zu löschen, den Propfen auf die Weinflasche zu stecken (Wila: sie brauch noch Wein, weil so allein), bevor du dich dann doch noch hinlegst zu einem Morgenschlummer.

Frühstücken mit Wila wäre wohl immer frustrierend, außer Kaffee, Zigaretten & Sekt nimmt sie nichts.

Eine Art von 1. Maiwanderung mit ihr am See, dann am Rhein lang nach Gottlieben. Die Art, wie Rös gehe, schaukelnd sich vorwärtsbewege, gefalle ihr sehr. Die Art, wie Wila später neben Rös nur mit BH sich sonnt, läßt diese aber kalt. Obwohl der Rhein dabei so einladend glitzert & das Schilf, in dem sie liegen, warm grünt. Kann sein, daß Wila etwas Aufreizensollendes sagt. Rös antwortet in ihre Richtung, & Wila wiederholt in späteren Tagen oft diese Worte: »Aber du hast doch da gar nichts!« »& ziemlich viel sogar!« gab Wila scheinbar ärgerlich zurück. »Wie willst du meine Brüste beurteilen, die du nicht gesehen hast?«

Pfingstsonntag in Münster in Westfalen am Aasee neben Wila sich sonnend, empfand Rös schon mehr. Da hatten sie auch schon die allernetteste Samstagnachtüberraschung hinter sich: Für Rös (& Begleitung), offiziell eingeladen vom ASTA-Lesbenreferat der Uni Münster, gab es keine Unterkunft. Eine Lilian Dagedorn, Eignerin einer Kunstgalerie, hatte für Rös am Frauen-Infotisch ihre Adresse mit Telefonnummer hinterlassen. Rös solle gleich bei ihrer Ankunft anrufen. Einige Male im Laufe des Nachmittags wählte sie die angegebene... Es meldete sich immer nur die Anrufbeantworterin & »Bitte sprechen Sie!«

Sandra & Julia am Infotisch meinten, Lilian vorhin im Frauengewühle gesichtet zu haben, blickten in diese & jene Richtung: »Jetzt, aber nichts, nein!«

Um zweiundzwanzig Uhr, nach einigen Gesangsoli von Frauen ließ Rös Wila nicht mehr an ihrer Sorge ums Nachtlager teilnehmen, notfalls konnten sie auch draußen auf einer Bank nächtigen.

Während Rös sich dann bei einem Kulturspektakel mit verschiedenen Frauencabaretbeiträgen vergnügte, verließ Wila ab & an ihren Platz, um mit der blutjungen Sängerin Anna Brock zu plauschen. Das sollte sich auszahlen. Als nämlich alle Unterhaltungsveranstaltungen zu Ende & Wila von Quartieraufsuchen sprach, ließ Rös heraus, daß sie nur auf gut Glück in die Dagedorngalerie Sophienstraße könnten. Wila fand das »unglaublich«. Anna Brock sagte, daß notfalls frau, wenn sich alle etwas dünn machten, noch bei ihnen in der Margaretenstraße mit unterkriechen könnte, die Sophienstraße sei gleich parallel davon.

Die Galerie Lilian Dagedorn in der Sophien war düster beleuchtet. Zwei große, zwei kleine Fenster luden ein zum Ineluegen. Rös klopfte einige Male an einem der kleinen Seitenfenster. Eine Frau rekelte sich aus einem Zudeckwust vom Fußboden auf.

Ein Hund an ihrer Seite. Doch, sie sei Lilian Dagedorn. Wisse aber nichts von der Übernachtung einer Rös Plum bei ihr. Sie wirkte verstört. – Falls es denn sein müsse, könne eine von ihnen auf dem Fußboden schlafen. Nein, danke! Sie gingen lachend weg. Wila: »Die hatte doch gekifft, oder wer weiß was! Die war doch gar nicht bei sich!«

In der Margaretenstraße entschied sich Rös für das undefinierbare Kanapee in der Küche. Sie fuhr zögernd mit der Rechten in seine Längsseite, da hatte sich – im Laufe wievieler Jahre? – allerlei Körniges & Flusiges angesammelt. Eklig! Da es hier nur eine dünne Decke als Zudeck gab, kam Wila nach kurzer Weile aus dem verschlagartigen Zimmer, in dem sie mit Anna schlafen wollte, mußte, weil Rös nicht mit ihr dort zusammen . . ., kam mit einem wunderbaren Federbett & legte es Rös auf. Von soviel Fürsorge war diese gerührt, erfuhr aber erst am nächsten Morgen, als sie mit Wila in der Cafeteria der Pädagogischen Hochschule frühstückte, von Wilas & Annas nächtlichen Entbehrungen ihretwegen, die aneinandergeklammert eine grusig kalte Nacht mit nichts als einer dünnen Überdecke erlitten hatten. »& du in deinem schönen Nachtkleid hast wohl geschlafen wie eine Königin, & so wollte ich es auch. Aber wohlgemerkt, zwischen Anna & mir ist nichts vorgefallen, als daß wir uns zitternd vor Kälte aneinander gewärmt!« Hier & auch später im Hotel sah Rös Wila zum erstenmal kräftig beim Frühstück zulangen. Nun spürte sie drei Tage lang auf Schritt & Tritt Wilas Zuneigung.

In einem mittelgroßen Raum gab es eine Ausstellung von Rös Plums Kunstkarten. Monatelang vorher hatte Rös Bekannte, ihren ganzen FreundInnenkreis angeschrieben, um Leihgaben ihrer alten Karten gebeten. – Die Wände waren malerisch bedeckt, auch in einer Vitrine hatte es RP-Creationen. Zur Vernissage drängten sich viele Frauen. Einige der Versammelten waren ihr bekannt, & sie freute sich, daß sie mit Wila ein Paar bildete.

Zeitweise saß Rös auf einem Tisch & beantwortete

Fragen zur Materialfindung. Ja, dieses vielleicht furchteinflößende schwarze Wesen mit den ausgebreiteten Armen sei eine Tokolosche. Einmal habe sich plötzlich von einer an einem Haken hängenden, schwarzen Banane ein Schalenstreifen gelöst & habe Rös in seiner bizarren Gestalt an einen Tokoloschen erinnert, in diese Richtung habe sie ihn dann etwas weiter bearbeitet. & dies hoheitsvolle Gesicht sei ein Pilz, den ein Freund, selbst erschrocken über den Fund, knochentrocken einst unter seinem Bett gefunden. Was ein Tokolosche sei? »Ein Tokolosche, auch Zombie genannt, ist meistens ein menschliches Wesen, auch oft ein sehr kleiner Affe, das/der zum perfekten Morden trainiert werde. Manchmal auch (immer noch, obwohl verboten) wird ein extrem kleiner Pygmäe benutzt, dessen Gewicht durch eine extreme Fastenzeit noch drastisch verringert wurde. Alsdann wird die winzige Figur mittels einer technisch einfachen Manipulation am Gehirn, wozu schon eine scharfe Ahle ausreicht, in eine/n Zombie, auch Tokolosche genannt, verwandelt.

In dieser Gestalt schwingen sich die kleinen Wesen von Baumästen oder von sonstwoher in offne Fenster hinein, & die ausgesuchten Opfer sterben meist schon vor Schreck beim Anblick der fremdartigen, oft grotesk bemalten Gestalt in ihrer unmittelbaren Nähe.

Es sind auch Fälle bekannt, in denen Hexer den scheinbaren Tod einer Person arrangierten, die sie als zukünftige/n Zombie ausgesucht hatten. Diese Person wird tatsächlich begraben, aber in der gleichen Nacht noch exhumiert & wiederbelebt, darauf in eine/n Zombie chirugiert. Viele Tage oder Wochen später erhält die Puppe den Befehl: etwa, mit Leichentüchern aus den Gräbern anderer Leute behängt, einem bestimmten Opfer einen unerwarteten Besuch abzustatten ...« »Um Gottes willen, Rös, hör auf damit, ich & bestimmt viele Frauen hier können diese Nacht nicht schlafen!« Rös kichert über Wilas Einwurf. »Bis etwa 1922 habe es im Basutoland in den Drakensbergen noch eine geheime Tokoloschenfarm gegeben, die von einer Gruppe von Hexern unterhalten wurde. Nun denn, dieser Bananenschalenstreifen hat mich dazu gebracht, selbst Zombieattrappen zu reißen, die natürlich unbelebt & von daher völlig ungefährlich sind.« Eine Frau: aber eine Bananenschale sei doch auch etwas organisch Lebendes! Eine andere: Kinder oder alte Leute könne frau auf jeden Fall auch damit erschrecken, vielleicht sogar töten.

Rös verkauft eine ziemliche Anzahl neuer Karten, manche Frauen würden gerne Leihgaben kaufen. Wila paßt auf, daß keine gemopst wird. Rös: aber sie seien doch fast alle hinter Glas.

Rös fühlt sich nach ihrem Auftritt gut aufgelegt & geht mit Wila in eine Pizzeria. Sie trinken Frascati, ein Viertele, zwei Viertele. Die Sonne scheint, sie sitzen auf einer Terrasse mit vielen anderen Frauen.

Lilian Dagedorn wird vom Lesbenreferat wegen ihrer Unzuverlässigkeit angesprochen werden. Rös erhält am Infostand für die kommende Nacht eine todsichere neue Adresse: Daniela Nachholz. Daniela würde heute abend bei der Abschlußfete sein, & Rös solle am Tresen nach ihr fragen.

Leider hat Wila zu schwer gepackt, & so nehmen sie ihre Tasche immer in die Mitte, während Rös ihre eigene bequem mit einer Hand tragen kann. Wahrscheinlich sind sie schon bekannt (peinlich) als »das Pärchen, das dauernd mit zuviel Gepäck rummacht«.

Am Nachmittag aber parken ihre Taschen noch in Nähe des Infostands, & Rös & Wila sonnen sich am Aasee. Jetzt hätte Rös Lust, Wila zu streicheln. Jedoch hinter ihren Köpfen lustwandeln so viele Leute lang.

Ohne vorher etwas zu essen, gehn sie zum Abschlußfest. Genug gibt es dort für Ohren & Augen, nichts als Getränke aber für die Mägen. Wila badet in Sekt & Zigarettenqualm. Rös, die sonst keins mag, frißt Bier. Schließlich: BIER IST OCH STULLE.

& außerdem belebt, ernährt sie anfänglich Lady Komedie, eine sehr gute Frauencircus Theatergruppe aus den Niederlanden. Fantastisch ist auch die Trommlerinnenband, etwa ab dreiundzwanzig bis... Um ein Uhr will Daniela Nachholz sich am Tresen einfinden, um mit ihnen loszufahren in ihre Unterkunft. Obwohl alles swingt, die Festenden sich einer ausgelassenen Stimmung erfreuen & sie gleich zu Beginn einen übersichtlichen Stehplatz auf einem hohen, festen Tisch finden, überfraut Wila & Rös von Zeit zu Zeit, dann in immer kürzeren Abständen übergroße Müdigkeit. Den Sound der Trommlerinnen genießt Rös bereits am Boden auf einer Ansammlung leerer Getränkedosen hockend, halbschlafend gegen eine Wand gelehnt. Punkt eins halten sie Ausschau nach Daniela. Die kommt auch, doch mit heim will sie nicht. Sie händigt ihnen die Wohnungsschlüssel aus & beginnt ihnen den langen Weg zur Raesfelder Straße zu erklären. Seien sie dann dort angelangt, müßten sie an einigen Appartements vorbei, das ihre sei das fünfte von rechts, leider habe es dort nur eine Matratze am Boden, auch nur Bettzeug für eine Person, jedoch im Schrank unten links, sechstes Regal von oben, hätte es noch eine Decke. Sie, Daniela, komme dann auch noch in der Morgenfrühe. Rös wollte mit dem Notieren der Umstände beginnen, holte Bleistift & Papier aus ihrer Tasche. Da brach Wila, wobei sie ein volles Glas Sekt in der Hand hielt, in schallendes Gelächter aus. Dazu ihre tiefe, kraftvolle Stimme: »Ja glauben Sie denn, diesen Zirkus mache ich jetzt mit! Um dann irgendwo zu schlafen auf einer blanken Matratze! So also bringen Sie ihre eingeladenen Referentinnen unter! Gestern hatte Frau Plum nämlich auch keine Unterkunft, & jetzt ist sie müde zum Umfallen. Nein, suchen Sie uns bitte sofort ein Hotel heraus, & dann ordern

Sie uns ein Taxi! Das ist ja doch wirklich ... der Gipfel!« Schüttelt sich förmlich vor Lachen. Viele Frauen schauen her zu ihnen. Sandra, Rös' Kontaktfrau für Unterbringung & Honorar, scheint betreten, blättert aber sofort gemeinsam mit einer anderen in einem Telefonbuch. Rufen ein Hotel am Bahnhof an. Ja, im Hotel Mauritius am Bahnhof sei noch ein Zimmer frei. Quittungsbelege für Taxi & Hotel soll Rös dann ans Lesbenreferat einreichen. Draußen wartet schon das Taxi.

Rös fühlt sich nicht wohl, beißt in einen Apfel. Wila konversiert mit dem gut gelaunten Chauffeur, hält immer noch Sekt im Glas. Vor einem luxuriös ausschauenden Hotel läßt der Fahrer sie raus, wartet aber noch.

Der Eingang ist offen, doch nirgendwo zeigt sich jemande. Sie drücken auf Klingeln & Türklinken, ob denn nicht eine nachgebe. Später gestehen sie einander, daß sie im Falle einer unverschlossenen Tür beide sofort dasselbe getan, einfach sich in ein dortstehendes Bett gelegt & geschlafen. Für Rös aber ist noch wichtiger, daß sie bald ein Klo findet. Es wird ihr immer mulmiger.

Das Taxi von vorhin nimmt sie wieder auf. Daß dort niemand sichtbar werde, habe er, der Fahrer sich gleich gedacht, wisse aber ein anderes Hotel. Rös: bald drei Uhr, ihr sei es jetzt auch egal, gleich gehe die Sonne auf, da brauche sie eh keine Übernachtung mehr. Im Hotel Conti jedoch, als sei auf sie gewartet worden, sind noch Nummer 924/925 im Dachgeschoß frei. »Küß mich«, bat Wila, »bevor wir einzeln in unsere nebeneinanderliegenden Einzelkammern verschwinden!« Nein, Rös hatte keine Lust dazu, weil Wilas Rauch-Sektfahne schlug ihr noch mehr auf den Magen. »Schlaf gut!« sagte sie nur & vielleicht auch noch: »Morgen weck ich dich zum gemeinsamen Frühstück.« – Wila behauptete später immer, Rös habe versprochen: »Morgen früh küss ich dich!« Sie habe dann morgens schon ganz früh wach auf Rös' Besuch gewartet. Aber von wegen! Geklopft habe Rös kurz & im Vorbeigehen gerufen, sie gehe jetzt runter in den Frühstücksraum.

Endlich nun ohne Gepäck, fuhren sie zum Abschlußplenum der Tagung, genossen die Sonne im großen Gartenstück hinter der PH, die ausgelassene Stimmung der Frauen & Rös ganz besonders die Durchsetzungskraft einer Punkerinnenmusikband. Wila half beim Aufräumen, trug Stühle zusammen & fuhr sie mit dem Lift in die Keller hinunter. Rös sammelte alle ihre Karten ein. Ob sie Gewinn erwirtschaftet, wollte sie dann zu Hause feststellen, wenn sie die aufgestellten Geldkästen öffnen würde. Auf der Heimreise hätte sie nun gleich viel Gepäck wie Wila.

Am Dienstag früh fahren sie zurück, in Köln machen sie einen Halt, lassen sich in der Innenstadt zu einem zweiten Frühstück, d. h. einem Wein nieder. Rös ist froh, daß sie ihren warmen Anorak im Rücken hat, denn obwohl die Sonne scheint, weht es frisch. Wila, im weißen, eleganten Blazer, in grauen, eng sitzenden Jeans, mag diesen blauen Rösschen Anorak nicht, & die weinrote Seidenbluse gehe ihr auch nicht, mache sie zu alt, zu streng, & ob sie keine anderen als ausschließlich Adidas-Schuhe trage? Rös lacht über Wilas Kritteleien. Alles sei zweckmäßig, & die SchweizerInnen mit ihren vorwiegend hohen Bankkonten seien kein Kriterium für sie. – Ansonsten ist es angenehm, mit Wila zu reisen. Auf der Strecke Dortmund–Köln war alles reserviert. Rös besetzte den einzigen freien Platz, der ihr grad unterkam, ihr gegenüber am herausgezogenen Tischchen ein Student, & sie zeigte ein paar Reihen weiter, wo sie einen freien Platz für Wila gesichtet. Nach einer Weile kam Wila & fragte den Studenten, ob er nicht mit ihr tauschen wolle, damit sie bei ihrer Freundin sitzen könne. Jener antwortete, das tue ihm leid, er hab lange Zeit nach diesem freien Platz in der Raucherzone gesucht. Als Wila dann aber einfach neben Rös stehen blieb, lächelte er, stand auf & zog doch um. Diese Durchsetzungskraft Wilas, wozu auch ihr nächtliches Trara über nichtstimmende Übernachtungsangebote von Frauen für Frauen gehörte, imponierte Rös. Ihr selbst waren derartige Mißstimmigkeiten (Differenzen) zwischen Anspruch & Wirklichkeit ziemlich gleichgültig geworden.

Ihr Hauptanliegen war, sei es nun für sie selbst oder andere: sämtliche Kosten möglichst niedrig zu halten. Vielleicht war ihre Gleichgültigkeit gegenüber Äußerlichkeiten, ihre Selbsterziehung zur Bedürfnislosigkeit, zusätzlich ein Prozeß des Alterns. Einmal an einem Abend hatte Wila am Telefon (offensichtlich war sie da betrunken gewesen) die Sau herausgelassen: Rös habe so einen schönen, dicken Arsch, danach sei sie ganz geil. Genau das sei es: eine dicke Mutter wolle sie! – Scheiße, eine dicke Mutter wollte Rös nicht sein. Also weg von diesen 65 kg bei 1,63 m Länge.

Denkt frau aber an die Russinnen & Polinnen, was die drauf haben an Zuviel! & sehen (doch) schön dabei aus. Wilas Vater ist Pole, nicht die Mutter, die ist eine Schweizer Magd, die jetzt in Spanien lebe. Sie habe vier uneheliche Kinder zur Welt gebracht, nie sei der Vater der nämliche gewesen. Das müsse ja eine interessante Frau sein?! Von wegen! Ein Biest, ein schlimmes! Wila habe eine Narbe auf der linken Brust, da habe diese Frau, die sie geworfen, versucht, sie als Säugling zu erstechen. Wila sei ihr daraufhin abgenommen & in ein Waisenhaus gebracht worden. Dort adoptiert. Die erste Adoptivmutter sei gestorben, habe ihr aber etwas Geld hinterlassen. Von diesem sei Wila dann in einem Internat, einer Klosterschule in Graubünden, aufgezogen worden. Die Mutter habe sich nie um sie gekümmert. Ob sie nach dem Mordversuch an ihrem Kind nicht ins Gefängnis oder in die Psychiatrie eingewiesen worden? Das wisse Wila nicht. Einmal habe sie ihre Mutter kennenlernen wollen & aufgesucht. Sie sei, entsetzt von dieser Frau, vor dieser Frau regelrecht geflohen & wolle sie nie mehr wiedersehen! – & der Vater, Vater, Vater? – Ja, der sei möglicherweise tot, sei ein Offizier der Résistance gewesen & habe in der Schweiz zu tun gehabt. – Rös: daher also Wilas etwas wildes, gar nicht recht schweizerisches Aussehen?! Eine glutvolle halbpolnische Schönheit mit dem angeborenen Talent der PolInnen zur exzessiven Selbstdarstellung, d.h. zur hohen Schauspielkunst & in der negativen Form zur Heuchelei! Wila lächelt, geschmeichelt?

Da fliegt (setzt) der Intercity weich schnurrend durch die Landschaft. »Was denkst du jetzt, Rös?« »Wie du damals in diesem Internat gelebt haben magst? Ob es schon mal was zu lachen gab?« »Wenig!« Eine leitende Schwester dort, die mich später adoptierte, also meine zweite Ziehmutter, sie lebt übrigens noch, besucht mich regelmäßig, prügelte mich oft & ungerecht. Also Lehrerin wollte ich werden, das Geld für die Ausbildung wartete dazu auf einem Sonderkonto. Leider aber ließ ich mich mit einem dortigen Lehrer ein, eine Friseurin, die uns belauerte, bespitzelte, posaunte unser Geheimnis heraus. Der Lehrer mußte von der Schule, ich, noch minderjährig, ebenso!«

»Habt ihr oder du denn nie Nachforschungen nach dem Verbleib deines Vaters angestellt?« »Nein, meine Mutter wußte überhaupt nichts Näheres über ihn, besaß, glaub ich, nicht mal ein Foto, die Nachbarn sagten aus, daß sie mit diesem polnischen Offizier gegangen, – beschrieben ihn wohl auch.«

Rös weiß nicht genau, ob der Schlafwagen, der auf Gleis sechs wartet & um 23.58 Uhr über Offenburg, Konstanz nach Basel fährt, überhaupt noch freie Plätze hat & ob er nicht sowieso ohne Halt durchfährt bis Basel. Sie hat akustisch nicht genau verstanden, was der Schalterbeamte ihr entgegenblies. Aber um 00.06 Uhr hätten sie auch einen Zug, der gehe allerdings nur bis Offenburg, Aufenthalt dort fünfzig oder sechzig Minuten, dann Weiterfahrt bis Konstanz. Rös überlegt, geht dabei hin & her, überlegt, ob sie Wila die nächtliche Wartezeit auf dem Offenburger Bahnhof zumuten kann. Wila, ärgerlich, fragt: warum Rös denn nicht Bescheid wisse, statt dessen wie verrückt hin & herlaufe? Sie, Wila, wolle nun endlich klar wissen, welchen Zug sie nähmen? Rös ist innerlich verwundert über Wilas ungehaltenes Verhalten, schließlich wird frau um 23.35 Uhr doch noch Zeit haben, um sich für diesen oder jenen Zug zu entscheiden! Sie steigen dann ein in den 00.06 Uhr. Hier klagt Wila (das also ist der wahre Grund ihrer Gereiztheit) über starke Kreuzschmerzen, sie kann kaum ihre Tasche ins Gepäcknetz hieven. – Als der Zug losfährt, legt Rös sich der Länge nach auf ihre freie Bank, sagt Wila »Gute Nacht« & schließt die Augen.

Es ist schade, daß Wila plötzlich eine ganz andere Saite aufzog, daran ändert auch nichts, daß sie, bevor sie sich selbst hinlegt, Rös noch deren Anorak besser über Hintern & Füße ausbreitet.

Rös stellt sich schlafend & kriegt mit, wie Wila daliegt, dann dasitzt & auf Rös blickt.

In Offenburg machen sie einen Morgenbummel, nur um ein paar Ecken durch ein paar Straßen, etwas besorgt lassen sie ihre Reisetaschen zurück, schieben sie unter die Bänke. Was, wenn Rös' Kartenleihgaben gestohlen würden? Aber wer soll denn diese an sich wertlosen Karten?

Wila: sie habe die ganze Nacht über Rös, während diese fest geschlafen, oder etwa nicht?, nachgedacht. Diese habe so autonom gewirkt, & das sei überhaupt ihre Art, nur auf sich selbst bezogen, um Wila habe sie sich nicht gekümmert. Vor allem im Museum Ludwig sei ihr dies aufgefallen, dort habe sie dauernd hinter Rös herlaufen müssen. Immer sei sie plötzlich verschwunden gewesen, habe den Saal gewechselt, ohne im mindesten sich nach Wila umzuschauen oder ihr einen Wink zu geben. Das sei schrecklich für sie gewesen. Verloren sei sie sich vorgekommen! Rös: das bilde Wila sich zum größten Teil ein. Wie könne frau denn einander in einem übersichtlichen Museum verlieren? In Wahrheit hatte Rös sogar sehr oft zu Wila hingeschielt, & eigentlich hätte sie gern jedes interessante Bild mit ihr gemeinsam betrachtet. Sie war, das hatte Rös schon nach einigen Wilaäußerungen festgestellt, eine Kunstkennerin mit eigenwilligem Geschmack.

Wila gab hinterher zu, in Münster auf der Tagung habe sie deutlich gemerkt, wie Rös sich immer gefreut habe, wenn sie, Wila, plötzlich aufgetaucht, ja & wie Rös sich gerne mit ihr zusammen habe sehen lassen!

Später, gegen zehn Uhr, steht Wila erst wie verloren auf Rös' Terrasse, setzt sich dann & schreibt in ein Heft. »Bei diesem traumhaften Wetter« beschließen sie, ins Freibad Hörnli zu fahren.

»Gut geht dir dieser Badeanzug«, muntert Wila Rös auf. Es sind nur wenige BadegästInnen da, wie reizvoll, daß es in der Schweiz kein Heer von Arbeitslosen gibt, so kann Rös Wila nun endlich ausgiebig Sonnenmilch aufstreicheln. Wila schließt die Augen, wohlt sich. SCHLIESS NUN DEINE AUGEN, HOCHZEIT HALTEN WIR, SCHNUPPEN FALLN VOM HIMMEL, NOCH SCHLÄFT DER GROSSE BÄR.

Hätte nun, wieder in der Wohnung, Rös Wila noch geküßt, sich wiederküssen lassen, dann wäre es eine ganze Hochzeit gewesen. Unter der Sonne im Freibad wäre nahtlos das eine in das andere übergegangen, jedoch in der Schattigkeit der Wohnung ist es nicht zwingend.

Wila hat ein versteckt mit dem Gesicht zur Wand stehendes Foto entdeckt. »Wer ist diese gutaussehende Frau?« »Olimpia! Eine weit zurückliegende Affaire!« Davon scheint Wila nicht so überzeugt, eben weil kurz nach Münster Rös diese Olimpia doch besuchen fahre. – Ach, das sei nur das übliche Jahrestreffen! Im Herbst oder Hochsommer mache Olimpia dann für maximum zwei Tage einen Gegenbesuch. Sonst nichts!

Wila tanzt zum Abschied nach Liedern von Theodorakis. Eine großartige Ausdruckstänzerin ist sie. Dazu ein paar Schlucke Naousa, & etwas danach fährt die schöne Wilhelmina in ihrem strahlend weißen Mitsubishi davon. Keine neue Verabredung, weil Wila Anfang Juni nach Elba, wohin sie jedes Jahr um diese Zeit für vierzehn Tage verschwinden wird. Zwischenzeitlich telefonieren sie miteinander.

Am Fronleichnamstag nachmittags hat Rös, grade von einem Ausgang heimkehrend, die Wohnungstür hinter sich geschlossen, da schellt es. Sie drückt auf, weil sie wähnt, jemande habe sie hineingehen sehen, & schaut gleichzeitig durchs Treppengeländer hinunter. Es sind zwei ihr unbekannte Personen, von der Tageszeit her könnten es welche von der Heilsarmee oder Zeugen Jehovas sein. Darauf schließt sie schnell die Wohnungstür hinter sich & öffnet nicht, als daran geklingelt wird. Sie hantiert lautlos in der Küche, setzt Wasser für Tee auf. Das Klingeln wird fortgesetzt. Sie denkt dann, daß es vielleicht Finn sei, allerdings diese würde schon von draußen »Hallo Rös!« rufen. Verärgert über das in Abständen sich fortsetzende freche Klingeln, beschließt sie, nun gar nicht zu öffnen, nimmt ihren Tee mit ins Hinterzimmer. Eine ihr bekannte Person würde, wüßte sie, Rös ist zu Hause, wenigstens zwischen dem Läuten mal HALLO rufen. Rös spielt nun aus lauter Wut laut Flöte. Die Belästigung setzt sich in regelmäßigen Abständen etwa über zehn Minuten weg. Auf Zehenspitzen pirscht Rös sich einmal an den Türspion heran. Eine fremde Frau in halbgebeugter Haltung, vom Aussehen her (sie müßte den Türspion mal säubern) eine einfache

Frau, steht draußen. Will sie etwa etwas verkaufen? Frische Margeriten! Oder Anstecknadeln! & plötzlich, als Rös das Guckloch von innen wieder verdeckt, flüstert es von draußen mit tiefer Stimme: »Ach Rös, um Gottes willen, nun mach doch endlich auf!«

Ach Göttinseibeiuns, Wila! & da sie gleich wieder penetrant mit Läuten fortfährt, kriegt Rös eine Mordswut auf sie. Unangemeldet, einfach bei ihr vorbeikommen, wenns ihr paßt, & wenns Rös aber nicht paßt, mit einer unglaublichen Penetranz beinahe die Klingel runterreißen. Ja, nun drückt sie sogar gegen die Wohnungstür. Diese Tür ist merkwürdigerweise (einmal keine Schweizer Wertarbeit) nicht sehr massiv. Rös kann sich vorstellen, daß eine/r angedickt mit rechtem Zorn sie eindrücken kann. Jetzt ist Rös überhaupt nicht mehr bereit, wenigstens nicht mehr an diesem Tag, Wila die Tür auf normalem Weg zu öffnen. Entweder ist dieses Weib betrunken oder sonstwie verhaltensgestört. Auf jeden Fall mit einer, die sich so stur dranhält, nicht die Grenzen anderer Personen respektiert, will Rös keine Beziehung. Wila schellt noch eine Weile. Dann Ruhe, die Belagerung scheint vorbei.

& nun? Etwa fünfundvierzig Minuten braucht sie, um heimzufahren. Rös wird sie dann in einer guten Stunde anrufen & fragen, was ihr über die Leber gelaufen. Leider ging etwas Trauriges, Verlassenes von Wila aus, wie sie da vor der Tür! Eine arme Hökerin mit einem rötlichen Gesicht & einem Witwenbuckel. Wila sollte mal zur Gynäkologin oder Orthopädin. Sie ist eine von den Frauen, aus deren Hagerkeit im Laufe der Zeit dann dieser gefürchtete Haltungsschaden Hormonmangelbuckel erwachsen könnte, wenn dem durch gezielte Hormongaben nicht rechtzeitig entgegengewirkt wird. Soll Rös ihr das bei Gelegenheit mal schonend stecken? Gleich aber muß sie ihr erst was anderes sagen.

Nach einer guten Stunde geht das Telefon. Wila. Rös:

was sie bewogen, so irrsinnig hartnäckig am Drücker zu bleiben? Werde einer/m nicht geöffnet, aus was für Gründen immer, dann reiße sie doch nicht, zusätzlich die Nachbarschaft belästigend, stundenlang die Schelle runter! – Ach so, Rös sei also doch zu Hause gewesen, das habe Wila nicht genau gewußt! (Ach du Scheibenkleister, noch schlimmer!) Warum sie denn dann nicht geöffnet? Wila habe noch eine ganze Weile danach wartend im Gartenstück auf der Bank am Sandkasten gegenüber von Rös' Wohnzimmer gesessen, die Rösschen Fenster beobachtet, ob sie sich nicht doch am End an einem zeige. – Weil Rös immer zorniger auf Wila geworden, besonders als sie sich unglaublich dann wie ein Mannskerl habe gegen die Türe fallen lassen, wäre sie dabei mit der unversehens nachgebenden Tür in die Diele hineingestürzt, hätte Rös ihr auf der Stelle eine anständige Tracht Prügel verabreicht. Wila: & sie ihrerseits habe so eine angestaute Wut auf Rös gehabt, daß sie gleichermaßen dann schlagend auf diese losgegangen! Rös hätte doch wenigstens hinausrufen, sagen können zum Gang hin, warum sie nicht öffne, einfach eben, daß es ihr zu dieser Zeit nicht passe oder halt sonstwas.

– O du mein heiliges Mariechen! Daß sie eben ausgerechnet zu diesen Worten, überhaupt zu Worten, einfach keine Lust gehabt! Das wäre gewesen, wie lieb, brav, doch wenigstens die Anstandspfote herauszustrecken. Aber warum sie denn nicht, nachdem sie an der Haustür geklingelt, die Tür sich sofort geöffnet, schnurstracks raufgekommen? – Es sei noch eine Person mit ihr die Treppe hinauf, dahinter habe sie sich erstmal versteckt, um Rös zu überraschen. – So also war das! & Wila hatte also deswegen gar nicht mitbekommen, daß Rös zuhause, denn diese andere Person hatte vor ihr irgendwo geläutet! Ob Wila von Albert Camus *Das Mißverständis*, geschrieben nach einer wahren Begebenheit, kenne? »Ein Fremdgewordener, arm Ausgezogener kehrt nach Jahren, reich geworden, in sein Heimatdorf zurück & gibt sich in der Gaststätte der Wirtin, die seine Mutter, der Magd, die seine Schwester, nicht zu erkennen. Er will sie erst am Morgen freudig überraschen. Vor ihren Augen wühlt er in Geldbündeln, um die Zeche zu bezahlen. Nachts, da er unter ihrem Dache schläft, erschlagen sie ihn mit einer Axt.« Wila akzeptiert, daß es blöd gewesen sei von ihr, sich zu verstekken.

Gleichzeitig sei sie tief deprimiert über ihr eigenes Verhalten, da es sie an jahrelang Zurückliegendes erinnere; wie sie einmal nachts Sturm geläutet an der Tür eines Geliebten – vergeblich, er ließ sie nicht ein. Rös: das Geschehene tue ihr leid, aber grundsätzlich habe sie etwas gegen »Überfallenwerden«. Wolle sie mit Wila Zeit verbringen, dann plane sie das ein, bereite sich innerlich auf Wila vor...

Wila: ihre ganze Impulsivität gehe so kaputt! Rös mache sie kaputt! Sie sei traurig. Als sie dann zu ihrem Auto zurückgekehrt, habe wenigstens Tilli dort auf sie gewartet, & sie habe ihr alles Schreckliche erzählen können. Sie werde Rös gegenüber nun mal alle Aktivität bleiben lassen, wolle diese nicht nerven, werde also auch nicht mehr anrufen. »Grüß Tilli von mir, & nimms nicht so schwer! 's war halt ein Mißverständnis, & im übrigen kennen wir nun einander viel besser.«

Am nächsten Spätnachmittag Rös am Telefon: »Ich wünsche dir eine gute Reise & daß du erholt & heil wieder heimst!« Wila tönte sehr erfreut: »Sehn wir uns dann wieder, wenn ich zurückkomme?«

»Klar! Das heißt, wenn du noch magst!«

Das wisse Rös doch, daß Wila gar nicht anders könne, als Rös zu mögen, wenigstens jetzt sei es noch so. Allerdings werde sie auf Elba mit Lotte & Paul Nuber über ihre Beziehung zu Rös sprechen. Ja, Lotte & Paul sind

Rös bekannt von Großfotos an Wilas Wänden. Irgendwo bei Zürich unterhalten sie ein astrologisches Institut, führen jährlich auf Elba astrologische Wochen durch, die jedesmal unter einem anderen Thema stehen. Diesmal *Karmische Horoskopanalyse II.* Daß diese Mischung: Sonnen, Schwimmen, Tauchen & Anstrengen der kleinen grauen Zellen Wila ganz besonders gut tue.

Einmal ruft Wila abends spät von Elba an. Ein andermal zwei lange Briefe, bedeckt von ihren kleinen, mageren, klaren Buchstaben. Kluge Gedankengänge, eigenwillige Naturbeschreibungen. »Es ist also wirklich so, daß unser Pluto/Mondknoten eine unendlich lange tiefgründige Verbindung darstellt... Ich setze mich hier auch sehr mit deinem Jungfrauenmond auseinander, der wohl liebevolle Gefühle hat, sie aber nicht zeigen kann. Das macht mich dann natürlich auch sehr sehr unsicher! Ich mit meinem Schützemond, verdoppelt durch meinen Schütze-Aszendent, flippe dann einfach aus ins Geistige, in meine elitäre Denkweise. Dennoch haben wir unglaubliche, kaum geahnte Ähnlichkeiten, die mir erst jetzt aufgehen, & dazu eine uralte karmische plutonische Beziehung, die große transformierende Kräfte in uns beiden freisetzen wird, falls wir durchhalten. Paul meinte dazu NEIN, ich erzähle dir das dann selbst.« Das will Rös nicht lesen, nicht akzeptieren; ein Paul habe vorauszusagen, daß es mit ihnen nichts werde!

Halten wir einmal fest: was auch immer später kommt von seiten Wilas, Rös hätte an jenem Fronleichnamsnachmittag Wila, nachdem sie deren Stimme erkannt, auf jeden Fall empfangen sollen! Sie überlegt, ob eine Rechtfertigung sein kann: zum Ausgleich dafür, daß es einige Personen gibt, denen gegenüber sie keine Launen haben darf, weil sie wirtschaftlich von ihnen abhängt, kann sie sich Wila gegenüber so verhalten, wie ihr zumute. & bei dieser Freiheit, die sich Rös genommen, war die Liebe verletzt worden. Wenn es geht, will Rös das wieder gutmachen.

Bildet sie sich nun gar aus Schuldgefühl ein, sie liebe Wila? Da kommt eine her, gibt vor, eine andere plötzlich rasend zu lieben, & jene soll das nun erwidern? & nur, weil die Liebe etwas Rares (sei) ist, das man nicht achtlos zu Boden läßt, gar zertritt. So könnte da jede, der es in den Sinn kommt, tun, als sei sie zu einer anderen in Liebe erglüht, & schon hat sie Kommunikation oder Auseinandersetzung, auf jeden Fall Kurzweil!

Noch mal ein Brief aus Elba: Hier erhalte sie täglich mehr Streicheleinheiten, als sie eigentlich fassen könne, doch es sei wie mit der Sonne, mitnehmen gehe leider nicht (Rös lacht: Geschwafele! In unserem Ländle hört seit einigen Jahren der Sonnenschein auch gar nimmer auf, die LandwirtInnen beten um Regen!), & sie fürchte sich, heimzukommen in die leere Wohnung, den grauen Alltag.

Am Sonntagnachmittag ihrer Heimkehr ruft Rös sie zur Begrüßung an. Wila tönt gutgelaunt: Marietta & Kathleen seien da, dazu Felix, ihr künftiger Schwiegersohn. Heute abend gingen sie zusammen essen, & morgen hole sie Tilli aus dem Tierheim! Rös: daß sie übermorgen Besuch aus London bekomme, Regula & Titta, & ob sie keine Lust, am nächsten Sonntagmorgen zum Frühstück zu kommen?

Etwas nach zehn Uhr am Sonntag kommt sie dann. Sie ist braungebrannt, wirkt aufgestellt. Regula & Wila sind sich gleich supersympathisch, & sofort schüttet Wila auch ihr Herz aus über Rös' Fehlverhalten, packt die ganze Aussperrgeschichte aus. Regula: ja, das kenne sie an Rös, die müsse immer mauern, bevor sie sich einlasse. & Titta: ja, sie habe auch mal eine große unglückliche Liebe gehabt, einen Neufilmer, der habe sie nur selten an sich herangelassen. Seine Filmerei sei vorgegangen, so wie bei Rös das Karten.

Rös lacht & spielt mit Tilli. Tilli mit den Sternenaugen. Dagegen können sich die Guckerln seiner Herrin eintrüben, schmutzig ausgelbern, obwohl sie augenscheinlich von Natur aus grüngrau sind.

Um zwölf Uhr sind sie eingeladen bei Finn & Walter auf dem Dachgarten ihrer Stadtwohnung. Finn ist wieder mal ganz weg von Regulas edlem Aussehen & schießt Superfotos von allen bis auf die Aufnahmen von Rös. Zwei davon schickt sie später an Wila. Darauf wirkt Rös irgendwie abgehoben, erhöht sitzend, was ihr ein Flair von Freiheit gibt, jedoch Finn hat genau hingekriegt, daß (wie) Rös aus häßlichen Augenschlitzen blöd in die Sonne blinzelt. – Als Rös Wila später besucht, hängt dies fürchterliche Foto über Wilas Arbeitsplatz.

»Du siehst so debil darauf aus & blickst so, wie du manchmal blickst, mit ganz verklebten, nichts wahrnehmenwollenden Augen! Die Augen eines Menschen sind für mich ganz wichtig. Oft, wenn ich länger mit dir geredet habe, sind deine Augen danach viel weiter, offener!« »Bitte, nimm dieses Foto weg von der Wand, ich mag nicht, daß du immer darauf schaust!« Wila nimmt es weg. »Warum Finn mir bloß diese schlechte Aufnahme von dir schickte?« »Zum Abgewöhnen«, Rös lacht, »damit du von mir loskommst!«

Finn findet aber, das sei ein gutes Bild von Rös, so schaue sie halt.

Auf dem Nachhauseweg vom Dachgartenvormittag gehen Regula & Titta schon voraus. Regula fein: Wila & Rös hätten gewiß noch etwas allein zu besprechen. Ja! Wila wirft Rös vor, daß diese sie nie anblicke. Rös streichelt Wilas Hand. Wila steckt das einfach so weg. Murrt: sie sei stolz & lasse sich nicht bis ins Unendliche demütigen, von Rös habe sie sich nun schon viel gefallen lassen. Was genau will sie denn? Eine Wochenendbeziehung & Austausch von Zärtlichkeiten, & jetzt, oben braut sich sehr sichtbar & bodenseeschnell ein Gewitter zusammen, will sie mit Rös auf die Seeburg, wo sie ohnehin fast dran vorbei, noch einen Wein zusammen trinken. Tilli fürchtet sich sehr vor den ewigen eidgenössischen Schießübungen & genau so vor Donnerkrachen & kriecht sofort unter Wilas Stuhl. Wilas Augenlider sind fremdartig geschnitten, haben etwas Tatarinnen- oder Zigeunerinnenhaftes. Heruntergelassen wirken sie leicht beleidigt; Klätschaugen.

Rös findet komisch, wie Wila ihr oft kommt, mit unsichtbar erhobenem Zeigefinger: sie solle dies und jenes lassen, etwas anderes tun. – Was tun? – Eben, nicht zulassen, daß andere Personen sie finanziell unterstützen! Rös: sie habe noch nie jemande darum gebeten, jedoch wenn ihr hier & da jemande einen Hunderter schenke, dann freue sie sich.

Wila kann nicht aufhören, in Rös' Sternkonstellationen rumzuwühlen. »Du sollst für die Gruppe arbeiten! Das Kollektiv, das Soziale, da mußt du hin! Wie lange machst du denn jetzt schon in Karten? Davon mußt du weg! – Mond in der Jungfrau, Sonne im Wassermann!« »Schön ja! Das steht auch in der *Karmischen Astrologie*, daß ich Wasser schleppen soll für die Gemeinschaft. Tue ich auch, aber so, daß es mir Spaß macht & ich ab & an dabei jemander/m eine Kalabasse Wasser überm Kopf ausleere oder einen Strahl auf einen moralinsüß erhobenen Strafzeigefinger richte – mit Wasser läßt sich reizvoll rumalbern.«

»Eben grad das sollst du nicht! Wir sind auf dieser Welt, um zu lernen & zu leiden. Hörst du, Rös?! Denk an deine Reinkarnation!« »Ach du liebe Trulle! Mal sehn, was bei Appel, *Die Macht des Mondes,* denn über dich zu erfahren ist: MOND IM SCHÜTZEN, SONNE IN DER WAAGE: ›Sie fühlen sich vielleicht ehrgeizig, zäh & ungezwungen, aber in Wirklichkeit lieben sie die gutbürgerliche Lebensweise. Zwar beinhaltet ihre Gestirnskombination einen deutlichen Konflikt, weil die Sehnsucht der Waage nach reiner Liebe und redlicher Anerkennung mit den persönlichen Ansprüchen des freiheitliebenden Schützen kollidiert. Zu oft dreht sich alles um die Moral & das Gewissen, obwohl diese Begriffe einer ständigen Wandlung unterworfen sind. Bekannte Schütze-Waage-Persönlichkeiten: Graf, Maxl, Schauspieler, 25. 9. 1933; Matz, Johanna, Schauspielerin, 5. 10. 1932!«

Daß Wila eine talentierte Hochdramatische ist, dahinter kommt Rös im Laufe ihrer Bekanntschaft immer mehr. Manchmal empfindet Rös die von Wila dargestellten Gefühle als unecht. Vermutlich spielt sie oft aus Langeweile, außerdem will sie auf jeden Fall in das Rössche Freundinnengeflecht hinein. Miriam hätt sie gern zur Freundin, auch Finn & Regula.

Leider nimmt sies mit der Wahrheit nicht so genau. Sie erzählt Regula (die sich nach der gemeinsamen Münsterreise erkundigt), Rös sei dort ziemlich isoliert gewesen, habe keine von den Frauen gekannt. In Wahrheit aber hat Rös dauernd mit Bekannten im Gespräch gestanden oder gesessen, & Wila befand sich unmittelbar dabei.

Auch ist Rös einmal verwundert & regelrecht abgestoßen, als sie gemeinsam in Wilas Auto zu Finn & Walter auf die Reichenau fahren. Wila Finn gegenüber dann angibt, sie hätten ein ganzes Ende lang wie verrückt suchen müssen & sich oft verfahren. Ja, gesucht hatten sie ein wenig, weil Rös bislang von InselkennerInnen stets mit dem Auto vor Finns Haus abgesetzt worden war & nun zum erstenmal selbst den Weg hatte finden & anweisen müssen, jedoch verfahren hatten sie sich kein einziges Mal, & schnell gelaufen war das ganze auch.

Das war aber schon einige Wochen nach ihrer Hochzeitsnacht.

Ja, Rös hatte beschlossen auszuprobieren, ob Wila nicht nur äußerlich EINE GLUTVOLLE SCHÖNHEIT. Jedoch vorher ließ sie sich von einer Schönheitschirurgin ihre Hängelider heben. Einen Teil der Kosten übernahm die Kasse, den anderen eine FreundIn.

Sie fühlte sich gut, schaute nun gern in den Spiegel, & als Wila sie am 8. Juli am Spätnachmittag holte zum Wochenende bei sich, wußte sie (noch) nicht, daß ihr langes Werben nun endlich erhört werden sollte. Unterwegs in einer Beiz, achtete Rös darauf, daß Wila nicht allzuviel trank, & zu Hause auf ihrer cremefarbenen Chaiselongue, nachdem sie die Rolläden runtergelassen, küßte Rös Wila. »Daß es dahin noch kommen könnte, hätte ich nie gedacht! Wieso so plötzlich?« »Ja, wieso denn nicht?« Rös habe sich in letzter Zeit halt vorgenommen, Wila mal auszuprobieren! Schön war es, sie zu küssen, doch nur dies eine Mal, weil ihre Zunge da nicht dick & schwerfällig war von zuviel Weingenuß. Wila: eigentlich reiche ihr das: küssen, immer wieder küssen! (Einer ehemaligen Freundin von Rös hatte Wila auf einer Tagung zum Abschied die Zunge in den Mund geschoben. Rös war das wieder erzählt worden. Wila konnte sich nicht mehr daran erinnern, schämte sich aber, als Rös es lachend zum besten gab.) Jedoch Rös wollte die Anbeterin nun näher kennenlernen & sie nackt in ihren Armen halten.

Vermutlich fiel es Wila nicht leicht, den noch fehlenden Abendwein, der ihr die nötige Bettschwere bringen sollte, vorerst zu lassen.

Sie segelten auf den Schwingen esoterischer Musik, die stundenlang nicht endete, weil sie auf REPEAT gestellt, & zu den Düften von abbrennendem Nepali-Gras. Tilli, zum erstenmal aus Wilas Wonnenklause ausgesperrt, war, unglaublich, nachts durch eine für sie viel zu schmale Öffnung im Wohnzimmerfenster hinausgesetzt & kehrte erst am späten Vormittag, als die Liebenden beim Sekt saßen, mit in sich gekehrtem, tieftraurigem, wissendem Blick, dem der Verstoßenen, zurück.

Rös fühlte sich entrückt von Wilas ästhetischer Inszenierung ihrer Hochzeit, allerdings ganz hingeben können habe diese sich nicht, vielmehr stellte sie Betrachtungen an über Rös' Machoverhalten. Daß Rös vermutlich erst an ihr eigenes Vergnügen denke, was sich Wila aber so nicht gewohnt sei; sie meine, wenn Rös gleichzeitig mit ihr zum Höhepunkt kommen wolle, das gehe nicht, sie könne doch nicht, wenn sie selbst im Gange sei, gleichzeitig an Wila denken. Das Bewußtsein davon, daß Rös so mit sich selbst beschäftigt, löse bei ihr eine Sperre aus. Rös: das verstehe sie nicht! Das sei doch grade das Sinnvolle: zur gleichen Zeit beide auf dem Gipfel. Sie kenne das gar nicht anderes mit ihren Partnerinnen. Jedoch sie akzeptiere, daß Wila das nicht verstehen könne. So wie sie, Rös, nie kapiere, wie jemande beim Lesen oder Fernsehen gleichzeitig schwierige Muster stricke. Jedoch Wila ist hingerissen von Rös' weichen Händen, Rös' Händli von Wilas Seidenhaut & Wilas Magnolienblütenbrüsten, wo unter der linken vom Tötungsmesser ihrer Mutter die flammende Narbe.

Es stellt sich auch heraus, daß Rös' Rechte zu klein ist, Wila als langjährige Ehefrau ist ein anderes Kaliber gewohnt. Jedoch in dieser Angelegenheit kommt doch alles auf die Fantasie an – was soll's? – Nein, nein! Ganz so sei es auch nicht, nämlich genau da habe Wila enorme Schwierigkeiten, sich hinzugeben. Aber tatsächlich noch nie im Leben habe sie jemande so gestreichelt wie Rös! – Ob das auch stimme?

Nun denn...! & was machen sie mit diesem ziemlich angebrochenen Samstag? Sie treffen sich um zwölf Uhr mit Marietta zu einem Aperitif auf Schloß Laufen. & danach? Danach beginnen sie zu dritt in blendender Mittagssonne einen erst langsamen, dann immer stressiger (wenigstens für Rös) werdenden Spaziergang nach Rheinau. Wila ist vor Jahren oft mit ihrem Lebenspartner Reinhart & Tilli nach Rheinau, meint, es sei früher aber ein bequemerer Weg gewesen, vielleicht liege der auch etwas höher, & so geraten sie suchend auf teilweise sehr glitschigem Boden in unwegsames Obergestrüpp. Rös muß zwischendurch immer wieder pausen. Sie ist zu fett, da streikt ihr Herz. Später ergibt sich, daß unten direkt am Rhein lang der bequeme Fußweg verläuft, den alle gehen. & Wila erzählte: wie Reinhart, der da zwar schon pensioniert, aber vorher ja als Generaldirektor im Management von Kilag ziemlich gestreßt gelebt, neben ihr tot zusammengesunken sei. Herzinfarkt! Bis auf zeitweilige Kurzatmigkeit, so wie sie jetzt Rös zu schaffen mache, habe er nie über etwas geklagt.

Im übrigen ist es kurzweilig, daß Tilli mitwandert. Sie trinkt zwischendurch an Bächen, bleibt auch schon mal zurück, wenn sie auf Schnupperfährte ist. Weniger schön, daß Wila nach jedem ihrer Geschäfte nachschauen muß, ob Tilli noch immer unter Durchfall leidet. Rös erinnert, daß Wila schon im April besorgt Tillis Abgänge kontrollierte. Tilli leidet auch schon seit vielen Jahren, sieben ist sie jetzt, an quälendem Ohrenjucken. Sie schiebt ihren Kopf oft zwischen Rös Knie & scharrt sich; Rös mag das, liebt überhaupt diese Hündin, die als Baby, sie sei ein überdimensional dickes Baby gewesen, an einem kalten Wintertag in einen Teich gefallen, & wegen ihres Gewichts sei es Wila nicht möglich gewesen, sie allein herauszuschaffen. Hilfe sei herbeigeholt worden. Nachdem sie dann gerettet, habe man daheim beim Abfrottieren & In-vorgewärmte-Decken-Wickeln leider vergessen, auch die Ohren auszutrocknen, & das habe eben Folgen gezeitigt, die nie mehr auszumerzen. Eine Hundsarbeit sei es, Tilli mit einem Medikament regelmäßig die Ohren zu reinigen, von einem schnell wuchernden Pilzbefall immer wieder zu befreien. Arme Tilli! – Als sie mit Elert, dem Vater ihrer beiden Töchter, zusammenlebte, hätten sie jahrelang einen Appenzeller gehalten. Elert, ein Gymnasiallehrer, der mehrere naturwissenschaftliche Bücher publiziert, sei mit vierundfünfzig zwar jünger als Reinhart, jedoch ebenso wie dieser in einem Herzinfarkt verblieben. Allerdings, da seien sie schon viele Jahre voneinander getrennt gewesen, geschieden. Elert ein Ekel, ein hysterischer, zeitweise immer wieder verrückt Werdender. Als Wila endlich die Scheidung hinter sich gebracht, habe sie ihren Ehering in den Rheinfall geworfen... geschworen: NIE WIEDER HEIRATEN. Im übrigen habe Elert, der einige Vorträge an der Schule gehalten, wo Wila nach dem Rauswurf aus dem Internat eine kaufmännische Ausbildung absolvierte, sie nach der Heirat mit seiner Ironie kaputtgemacht. Leider sei Rös zeitweise genauso ironisch wie Elert. Genau das, was Wila partout nicht aushalten könne.

In Rheinau, glücklicherweise zum Schluß hin wollte Rös keine Pausen mehr einlegen, schaffen sie wie zufällig soeben noch das letzte nach Neuhausen zurückgehende Schiff. Schnellen, sausen sie rheinaufwärts, Gischt sprüht, spritzt ihnen belebend ins Gesicht. Hier fotografiert Wila Rös einige Male. Rös lacht später über ihr irgendwie gedunsen, völlig geschafft wirkendes Gesicht.

Wila behält diese Bilder für sich, erzählt Wochen danach, sie habe sie Nanette, einer Therapeutin, mit der sie regelmäßig Supervision macht, gezeigt, die habe bestätigt, Rös blicke nur in sich selbst hinein & schaue nicht auf Wila, die sie doch fotografiere. So aber schaue Rös meist. – Rös wundert sich, daß Wila nicht auffällt, daß sie ihre Lider operativ hat heben lassen. Dabei hebt sie einige Male hervor, wie sie ganz baff gewesen, daß Rös dann doch noch mit ihr ... Aber warum ausgerechnet zu jenem Datum?

Wila hält sich nach ihrer HOCHZEIT dran zu monieren, daß Rös dabei bleiben will: nur alle drei Wochen einand zu sehen. Rös: mehr schaffe sie nicht!

Den Sonntag nach Rheinau zeigte Wila am Rheinfall die Stelle, wo sie ihren Ehering geschleudert & dann ... ja, wo sie auch mal selbst reinspringe, wenn sie das Leben allzu satthabe. Keine Angst kenne sie vor dem Tode, wolle auch nicht mehr reinkarniert werden, freue sich vielmehr darauf, dann teilzuhaben am großen Ganzen, nicht mehr ein Einzelnes zu sein & einsam an des Daseins Last zu tragen. Deshalb auch habe sie sich einen sozialen Beruf gewählt, damit sie dann bereit sei, einzugehen, ihre Individualität abzustreifen. Eine staubige, schmerzende, zu enge Haut. Auch Rös, die da so für sich allein, nur auf ihr eignes Wohlergehen bezogen, viel Lebensraum & Zeit für sich beanspruchend, lebe, müsse *da*hin, bevor es zu spät sei. & sie spricht wieder (wieso denn jetzt noch?) von Rös' zusammengezogenen, blinzelnden Äugelein, richtig häßlich leider!, macht es dabei nach, Rös' enges Blicken aus verkniffenen Augenritzen. Rös lacht. – Sie glaubt, daß Wila keine Angst vor dem Tode, sie bewundert sie deswegen.

Wila möchte aber eigentlich heraus aus ihrem jetzigen Beruf, nichts mehr mit Krankheiten & den vielen Alten zu schaffen haben. In diesem Schaffhauser Winkel werden die Leute oft neunzig bis hundert Jahre alt. Jedoch die Lebensberaterin & gleichzeitige Hellseherin X. hab ihr erklärt, warum sie noch einige Jahre in einem sozialen Bereich arbeiten soll; sie habe ein schweres Karma abzutragen.

Am Freitag nach Rheinau fragt Wila an, ob sie am Sonntagnachmittag im Anschluß von einer Konferenz in Rorschach bei Rös vorbeikommen dürfe? Rös, zögernd:

sie hätten sich doch kaum erst getroffen! Sie wolle, daß Neugier & Begehren aufeinander bleiben. Also: besser nicht!

Am Samstag gegen elf Uhr ruft Wila an. Sie wolle nicht mehr weiter, sie gehe nun in den Rheinfall, die Stelle wo habe sie Rös ja gezeigt. Ihre Stimme tönt kalt blechern, daß Rös davon bis ins Mark erschrickt, sich in ihrer Kehle ein Kloß bildet, der bis an den Hinterkopf drängt. Wila: es habe keinen Sinn mehr, & sie wolle Rös nur noch LEBEWOHL sagen. – Was denn plötzlich in sie gefahren? Da habe Rös sie erhört & werde sofort danach verlassen! – Sie wolle endlich Ruhe & Frieden finden, wo sie hingehe, erwarte sie ewige Harmonie. – Überall, selbst im Tibetanischen Totenbuch, werde der Weg der SelbstmörderInnen, seien sie dann vorwitzig im Schattenreich angekommen, als sehr sehr schwierig bezeichnet. Von wegen Harmonie & Ruhe, in den meisten Religionen würden sie zumeist schwer bestraft. – Sie habe das Gefühl, ganz allein auf der Welt zu sein. – Aber sie habe doch ihre Töchter, Tilli dazu & auch noch die Zuneigung von Rös. – Die aber hartnäckig an ihrem Dreiwochenrhythmus festhalte. – Gut, einmal könnten sie ja eine Ausnahme, so solle sie morgen kommen. – Nein, nun wolle sie auch nicht, könne nicht! – Ob sie, Rös, denn kommen solle, dürfe, jetzt sofort mit dem nächsten Zug? – Ob sie das denn auch wirklich täte? – Ja natürlich! Wila könne es bestimmen!

Dann Wila etwas ruhiger: Tilli sei schon den ganzen Morgen weg, hoffentlich wieder bei Marietta. Manchmal stromerte Tilli alleine rum oder besuchte Marietta, die über ein paar Felder & Straßen weit entfernt in Wilas Nähe wohnte. – Ob sie denn jetzt beruhigt sein könne, daß Wila nicht so einen Blödsinn mache, INDENRHEINFALL? – »JA«, versprach Wila nun mit müder, aber wieder vertrauter Stimme. Drei Stunden danach rief sie nochmal an: es sei jetzt vorbei! & kurz nach ihrem ersten

Anruf bei Rös sei auch Tilli heimgekehrt. »Also dann bis morgen nachmittag!« »Nein! Ich komme nicht, weil du nicht wirklich willst, daß ich komme.« »Doch, jetzt will ich, & wenn du nicht kannst, setze ich mich einfach in den Zug zu dir.« »Also gut dann, bis morgen gegen sechzehn Uhr bei dir!« Rös: »Ich freue mich auf dich!« Ja, Rös freute sich, daß Wila noch lebte & es möglich wäre, sie morgen in ihre Arme zu nehmen & ganz ganz fest an ihr Herz zu drücken, so daß sie spüren konnte, müßte: Allein auf dieser Welt ist sie nicht! – Später hörte Rös Wilas tote Blechstimme noch ein-, zweimal; sprach sie so, war sie völlig betrunken.

Wila kam erst gegen 18.30 Uhr & fuhr zurück am Montagvormittag. Sie hatte vorsorglich ihre Telefonbeantworterin besprochen, daß sie erst Montagmittag wieder erreichbar sei. – Sie besprachen, daß Wila eine Annonce aufgebe in *Emma* oder *Frauezitig* Zürich: WOCHENENDBEZIEHUNG IM RAUM STUTTGART ODER... GESUCHT!

Lange Unterhaltung darüber, daß Rös nicht genug liebe oder vielleicht überhaupt nicht, da es ihr reiche, nur alle drei Wochen ihre Liebe zu sehen.

Nach der Rheinfallstimmung folgten abends viele Telefongespräche mit Wila. Durch dieses dauernde Miteinandersprechen war es Rös, als lebten sie zusammen. Damit sie doch glücklich zusammen würden oder Wila vielleicht schnell & gut von ihr loskäme, schlug Rös vor (dabei versuchend, den Teufel mit Belzebub auszutreiben), sie sollten doch eine gemeinsame Wohnung suchen & einfach zusammenziehen. – Das aber wollte Wila nicht. Nach vielen Jahren unerträglicher Ehegemeinschaft, dann allerdings gutes Zusammenleben mit Marietta, Kathleen wuchs bei Elert auf, & vieljährigem harmonischem Zuzweit mit Reinhart sei es nun an der Zeit, daß sie mal allein lebe! Das war verständlich. Aber irgendwie konnte es mit Wilas Leidenschaft für Rös doch nicht so weit her sein. Sie wollte lediglich die Wochenenden voll haben. Sie versaufen, & eine dabei, die entweder mitmachen oder dabei ausharren, sie ertragen sollte, wenn nach drei Viertele anfing, ihre Stimme naß zu werden, sie die Zischlaute nicht mehr richtig hinbekam. Wenn ihre Mitteilungen oder filosofmoralischen Betrachtungen in einem Gewöjele aussabberten. Allerdings geriet die Gute dabei nicht mit der Vernunft auf Kriegsfuß, was sie darlegte, behielt Hand & Fuß, nur eben verweilte sie zu lange bei einem Thema; meistens ASTROLOGIE oder Krankheiten & VOMSTENGELFALLEN ihrer Oldies. »Sitzest du auch bequem?« fragte sie Rös meist zu Anfang eines Telefongesprächs. »Störe ich jetzt auch nicht? Oder?« Manchmal wollte Rös nach einer halben Stunde Konversation eine interessante Sendung im TV nicht verpassen. Dafür hatte Wila, die kein TV, jedoch jahrelang eins besessen, offensichtlich Verständnis, inwendig aber doch nicht. Manchmal sagte sie, Rös habe schon lang ihre Würde verletzt, & eines Tages sei mit allem Schluß! Rös fand diese Äußerungen schmerzlich bis komisch.

Einerseits nervte Wila, weil sie nahezu vom Augenblick ihres Eintreffens an bis zur Abreise Wein trank, andrerseits kam sie Rös oft vor wie eine Heilige. Ja, etwas Heiliges hatte sie an sich; brauchte fast nichts zu essen, was aber symptomatisch für AlkoholikerInnen sein soll. Das total Aberwitzige aber: daß Wila sich einbildete, könne sie auf Rös liegend nicht, so sei diese daran schuld, weil sie kundgetan: eine betrunkene, aber Aktion versuchende Wila auf ihr fühle sich an wie eine aufgedrehte, abspulende Gliederpuppe. Alsdann, nach einer durchzechten Nacht zusätzlich der Wilasche Weingeruch, dicht an der Nase in ihren Mund hineingeatmet, schlage ihr, vermischt mit kaltem Zigarettenrauch, übel auf den Magen. Jedoch verschwieg Rös ihre Abneigung gegen Wilas dicke, fleischige

Zunge, die jene so weit das möglich, wie koitierend, in Rös' Mund schob. Zungenküssen, sagte Wila, liebe sie am meisten, obwohl sie das Wort »Zungenkuß« einfach gräßlich unaussprechlich finde.

Bei sich daheim auf der breiten französischen Liege, wurde Wila dann allerdings immer die Hohepriesterin, die eins der ausgezeichneten New-Wave-Musikbänder, die Kathleen ihr oft schenkte, auf REPEAT stellte, dazu kostbare Räucherstäbchen abbrannte, die Rös unvergleichliche Nächte bescherte.

Während bei Rös mit dem ausgedienten Dual, auf der drähtewerfenden Matratze meist keine entrückte Stimmung aufkam. »Es ist karg (unbequem) bei dir!« sagte Wila einmal.

Einmal besuchten sie Marietta & ihren Zukünftigen. Nett. Ein andermal Ilsbett & Franz, die lange in Afrika gelebt, dort ihre Kinder großgezogen & nun in der Nähe Wilas ein Haus mit Schwimmbad im Bauch, freischwebender Treppe, vielen aus Afrika mitgebrachten Kunstgegenständen bewohnten. Rös spielt mit der englischen Dogge Daisy & ist ganz weg: von Otto, dem Papagei, der bezirzend flötet & Gespräche zwischen Ilsbett & Franz herrlich imitiert.

Schon damals, sobald die Wellenanlage eingeschaltet, zeigt Ilsbett Rös im Keller das Schwimmbassin, sei Reinhart schwimmend sogleich außer Atem geraten. Nach Reinharts plötzlichem Tod, als Wilhelmina aus der Villa in Dissenhofen herausmußte, habe Ilsbett ihr in allem zur Seite gestanden, so auch, die jetzige Wohnung zu finden. Wila später: leider verführe Ilsbett, eine passionierte Weintrinkerin, auch Wila immer wieder zum Weingenuß. Im übrigen erledige sie sehr routiniert Wilas Buchhaltung & überhaupt den Umgang mit Finanzamt & Verwaltungen. Rös: »Warum lerne ich diese sympathischen Menschen erst jetzt kennen?« Wila: »Ja, wir Schweizerinnen sind mit unseren Besitztümern &

Schätzen eher zurückhaltend.« »Dann hätte ich von dir ja noch einiges zu erwarten!« »Vielleicht, ja!«

Etwas danach erfährt Rös zufällig (Wila berichtete Miriam davon), daß Wila in Zürich auf einen großen Ball geladen, ein Fest, zu dem Lotte & Paul Nuber jährlich einladen. Rös wäre gern mit, um astrologische Koryphäen & vor allem die berühmten NUBERS kennenzulernen. – Nein, dahin könne Rös nie mit. – Aber die Nubers wüßten doch, daß Wila lesbisch!? – Gewiß. – & eine Begleitperson dürfe Wila doch sicher auch mitbringen. – Auch das sei der Fall. Trotzdem, Rös könne & könne nicht mit dahin! Rös lacht: eine Abendrobe für einen derartigen Anlaß sei leicht irgendwo auszuleihen. – & nein bleibt nein! Rös könne nicht mit hin. – & bitteschön der Grund, weswegen nicht?! – Wila lacht laut. Rös fällt erneut ein, daß Wila noch nie ihre Schönheitsoperation an den Lidern erwähnt (andere Bekannte von Rös nahmen die Veränderung unmittelbar danach oder etwas später als positiv wahr). Hingegen wiederholt sie von Zeit zu Zeit: Rös sei häßlich, eben besonders durch die eingequetschten Augen, ihr Mund sei auch nicht besonders, doch lege Wila darauf nicht unbedingt Wert, eben am meisten auf die Augen, die ausdrückten, wie ein Mensch die Welt sehe. Das Haar wasche Rös viel zu wenig (in Relation zu Wila, die es täglich wusch, gewiß!). & Rös wisse doch, wie wichtig das für Wila sei, in weiche, glänzende Haare zu fassen, deswegen gefiele ihr auch Daisy nicht, ihr Fell fasse sich so nackt an! Tilli dagegen! Erotisierend, eine solche Fülle zu berühren; alsdann habe Rös eine leider Hühnerbrust, vermutlich sei sie als Kind rachitisch gewesen, wettzumachen wäre natürlich vieles durch entsprechende Kleidung, da aber liege bei Rös ja alles im argen! Nichts von dem, was sie trage, könne Wila gefallen. Einmal holte Wila aus ihrem Schrank eine weiße, altmodisch plissierte Kunststoffbluse: ob Rös die haben wolle für einen festlichen

Abend, einen Empfang irgendwann? Rös fand diese Bluse herrlich gräßlich & brach in Lachen aus. Es belustigte sie auch, daß genau an dem Wochenende, als Wila zum Nuberball ging, Rös eine Einladung zu einem anderen Fest ausschlug, weil sie keine rechte Lust hatte, ohne Wila dorthin.

Manchmal findet Rös, daß Wila verschlagen blickt, & sie hätte gern gewußt, was sie im Hinblick auf Rös zuweilen plant & denkt. Forderte Rös ein Zusammenweilen ohne WEIN, wies Wila daraufhin, daß sie dann eine ganz andere Wila sei, wahrscheinlich für Rös sehr erschreckend. Denn ohne Alkoholisierung sei sie gewiß nicht in der Lage, die Macht, die Rös dauernd ausübe, zu ertragen. Es sei doch so, alles, was sie gemeinsam unternähmen, wann sie sich träfen, bestimme Rös. Wilas ganze Impulsivität habe Rös kaputtgemacht, & darum auch, weil diese Beziehung sie so demütige, in ihrem Stolz verletze, trinke sie, müsse sie vor allem im Beisammensein mit Rös trinken. – Rös entwarf für Wila einen Freundinnensuchtext für die nächste *Emma*. Wila: nein, noch nicht! Das habe noch Zeit!

Rös stellte erstaunt fest, daß sie angefangen, Wila zu mögen.

Diese unvergleichliche Sanftheit, die von ihr ausging, lagen sie nebeneinander, diese Ästhetik eines Körpers, der wenig mit Nahrungsaufnahme & Verdauung zu tun hatte! Beugte sich Wila küssend über sie, so wirkte ihr Gesicht dunkel & schmerzverzogen, wie die Gesichter aller dunkelhaarigen Frauen, die Rös einmal geliebt hatten. Schmerzverzogen & tieftraurig hatten diese Frauen erst erkannt, daß Rös leider gar nicht liebenswert & sie ihre Liebe an eine taube Nuß verschleudert hatten. Zu dieser fraulichen Finsternis (Düsternis) hinzu kam noch der spezielle Wilasche Blautönungseffekt, reichend von der Nasenwurzel bis in die Wangen, der fatal an die an gleicher Stelle (jedoch aus anderen Gründen: hier zeigte sich diese Farbe als Folge von Herzerkrankung) gewesene Blautönung bei Rös' Mutter erinnerte. Im Winter blieb Mutters großer Nasenzinken einfachheitshalber durchweg kaltblau, & nachdem sie ein paar Stunden tot, hatte sie gar ein bis an die Stirnhaarwurzel violettschwarz verfärbtes Gesicht, weil sie im Sterben von den hochgebetteten Kopfkissen heruntergefallen & dabei sich verletzend mit der Stirn aufs Krankenhausnachtkommödchen an ihrer rechten Seite aufgeschlagen war.

Ach, Wila, dachte dann Rös, fast könntest du auch eine Reinkarnation meiner Mutter sein.

»Was glaubst du, was ich im vorigen Leben oder dem davor war?« Rös fantasiert: »Du warst ein polnischer Lieutenant, blutjung im Russenland unter russischer Flagge dienend. Du wurdest schwer verletzt, mitschleppen konnten wir dich nicht, da buddelten wir dich ein in Sand bis zum Oberkörper, so ließen wir dich zurück, verblutend zwischen weißen Birkenstämmen.« Tatsächlich sah Rös Wila vor sich in einem sechzehnknöpfigen, wovon zwölf als Blessur dienten, Soldatenmantel, zwei Knopflöcher am Hals standen offen. Rös selbst war ein grobschlächtiger russischer Hauptmann, dem es aber leid tat, den schönen, jungen Offizier sterbend zurückzulassen.

Wila gefiel die Story vom jungen polnischen Lieutnant.

Wila will nie ins Bett! Gespräche will sie die halbe Nacht lang. Manchmal, liegen sie endlich schon um null Uhr nebeneinander, steht Wila wieder auf, raucht noch ein paar, trinkt noch ein paar & massiert vielleicht anschließend Rös den Rücken, das versteht sie ausgezeichnet, nicht aber die Hühnerbrust.

Neben Rös schläft Wila nie tief, denn sobald Rös sich auch nur leicht bewegt, ist Wila sofort wach & sagt etwas zu ihr. Zärtelt Rös morgens mit ihr, ist sie bereit, kommt aber nicht zum Zug, weint, wenn es besonders nahe dran, bleibt dabei, sie habe Schwierigkeiten, sich hinzugeben, wiederholt auch ihren alten Vorwurf: weil Rös gleichzeitig zu ihren Bemühungen um Wilas Orgasmus ihren eigenen betreibe, könne sie sich nicht & niemals auf Wilas Lust konzentrieren, & darum auch sei es dieser unmöglich, den Höhepunkt zu erreichen. Rös sei einfach männlich egoistisch, denke nur an sich. Rös: Wila solle doch versuchen, sich ganz auf ihres zu konzentrieren, nicht währenddem auch noch an Rös denken. Mit einem Mann gehe es doch auch gleichzeitig, wenn er sich auf die Frau beziehe. – Eben, Rös sei aber nun mal kein Mann!

Rös weist auch manchmal darauf hin, der ständige Weingenuß, ganz logo, mache Wila orgasmusunfähig. »Du bezeichnest mich also als frigide?« »Nein, so nicht, vielleicht brauchst halt keinen Orgasmus, trinkst dafür einen Wein!«

Nach dem kurzen gemeinsamen Morgengang mit Tilli, legen sie sich wieder hin. Danach aber mag Rös nicht mehr so gerne von Wila angefaßt werden, weil Wila bei jedem Ausgang Tillis Abgang kontrollieren muß. Hebt dann deren Schwanz, ob sie noch immer Durchfall. Sie hat, chronisch. Arme Tilli! Was sich aber bei der Kontrolle unter Wilas Nägeln festsetzen mag, wird kein Thema zwischen ihnen. Obwohl Rös Wila unbedingt darauf hätte ansprechen sollen. Doch Wila würde dann kontern, daß sie sich bitteschön nach jedem derartigen Berühren Tillis sorgfältig die Hände wasche, die Fingernägel reinige. Das könnte Rös ihr aber nur glauben, wäre sie dabei & könnte dann das Resultat selbst begutachten. Rös stellt sich auch vor, daß eine Zecke, ein Zeckenei (häufig grade in der Schaffhauser Gegend vorkommend), mitgestreift von & transportiert in Tillis Fell, just unter einem Wila-Fingernagel hängengeblieben & von da aus in Rös' Vagina gelange.

Andrerseits macht sie sich deswegen nicht verrückt, sagt sich: Ich bin immun, ich liebe Tilli & Wila, & da ich keine Angst habe, wird mir nichts in dieser Art zustoßen.

Sie ärgert sich auch, weil Wila selbst sich das wahrscheinlich nie ausmalen würde. Eine Nagelbürste ist auch nirgends zu sehen. Zudem ist Rös sowieso nicht wild auf Wilas Finger in sich, im Gegenteil, die langen Nägel daran tun ihr weh. Wila berichtet aber immer wieder von Frauen, die wild gewesen nach Wilas Fingern in sich, verrückt nach Wilas koitierenden Bewegungen auf sich. Das vermag Rös nicht zu glauben. Wunderbar ist eine passive Wila, bei einer Aktiven stimmt nichts! Eine Folge davon, daß ihr schon langelange nichts so real & wichtig wie das nächste gefüllte Glas, wenn sie bei dem vor ihr stehenden schon auf den Grund blicken kann. Zuweilen sagt Rös Wila diesen Satz: »Der Wein stärkt das Verlangen & hindert die Ausführung.« Klar, darüber ärgert sich Wila jedes Mal. Rös ärgert sich dafür, daß Wila nicht bereit ist zu einer einzigen gemeinsamen Fahrt nach Zürich, mal in die Oper, ins Kunsthaus, oder auch nur zuhause bleibend ein Spiel miteinander zu machen, etwa Backgammon?

Genau, das hasse Wila so: in ihrer Freizeit in eine derartig hektische Stadt wie Zürich, überhaupt Großstädte! Alsdann Museumsbesuche! Zu Hunderten von Museumsaufenthalten sei sie gezwungen gewesen mit Elert, diesem Verrückten, am liebsten jeden Sonntag in ein anderes Museum ! & dann seine Passion für Gesellschaftsspiele, alles Spiele, wo es darauf ankomme, eine oder mehrere Personen auszutricksen & zu gewinnen. Selbst Rös zuliebe sei sie nicht dazu bereit, weil sie nervlich dazu nicht mehr in der Lage sei.

Belebend wurde es für Rös, sobald sie mit Wila gemeinsam etwas unternahm. Wie sie einmal mit einem Ehepaar, das zwei Schaffhausener Altenheime leitete, den Film *Out of Rosenheim* anschauten, hernach mit diesem & mit Marietta & Felix, die hinzukamen, gemeinsam nachtessen gingen. Oder etwa die für Rös noch weitgehend unbekannte Landschaft, die Randenhöhe & den Reiat erkundeten. Es gefiel ihr, wie kraftvoll Wila in dieser ihrer Landschaft wirkt, wie gut sie Bescheid weiß, jeden Höhenzug mit Aus- & Anläufern in seiner Gegebenheit erklärt, Abkürzungswege, Umgehungen zeitlich genauestens einkalkuliert, jeden Baum & Strauch & Vogel beim Namen weiß, sich auch mit Wetterbildung am Himmel bewundernswert auskennt. – Schön ist es mit Wila in der Landschaft zu sein & auch im Freien an einem langen, knorrigen Holztisch ein Viertele mit ihr zu nehmen.

Ja, Rös hat angefangen Wila zu mögen. Manchmal denkt sie an Wilas Ausspruch, als sie nach ihrer Hochzeitsnacht vormittags auf der Terrasse Sekt tranken: etwa zwei Wochen dauere bei ihr so eine Passion, dann sei sie auch schon passé; & als Rös befremdet nachfragte, lachend: nein, nein, zehn Monate würden es mindestens sein. Dann ließ sie alle ihre Liebschaften noch einmal passieren, auch Rashna mit ihren aus Kummer über Wilas Untreue abrasierten Haaren kam wieder lang. Rös wurde ein Foto von ihr gezeigt: Rasante Frau! Echt! Also eine Warnung an Rös?!

Die will die kurze Zeit, die sie wahrscheinlich miteinander sind, Schönes mit Wila erleben. Da erhielt sie zum Beispiel eine Einladung nach London zu den *Lesbentagen 1988*. Ob Wila mitwolle?

Miriam & Jenny & zwei andere Konstanzer Frauen werden auch hinfliegen. Leider hat die Freundin, bei der Rös sehr unabhängig sonst immer wohnt, das Zimmer schon vergeben. Jedoch da wären noch Regula & Titta! Zwar eine WG, & das in Frage kommende Zimmer wäre leider eine Art Durchgangszimmer, weil dahinter gleich das Gemeinschaftsbad liegt. Jedoch dieses Zimmer könnten sie kostenlos haben. – Nein, nein! Wenn Wila schon mit Rös nach London, dann solle sich Rös nach einem preiswerten, aber guten Hotel erkundigen. Wila wolle mit Rös nachts, wenigstens das, ganz allein sein, durch niemande/n gestört. Überhaupt privat, obwohl sie Regula ja sehr möge, nein, unbedingt in ein Hotel mit ihrer Angebeteten allein! – O.k.! Rös selbst bekomme von der Tagungsleitung Fahrt-& Privatunterkunft bezahlt, reise sie also allein, koste es sie nichts. Auch bei Regula koste es sie nichts, bis auf ein Mitbringsel. & Wila könne in beiden Fällen mit ihr kostenlos dort wohnen. Wila (am Telefon): aber nein, sie habe Geld, demnächst werde ihr das Erbe von Reinhart überwiesen, sie wolle mit Rös allein! Allerdings ein übersteigerter Hotelzimmerpreis solle es nicht sein. Rös: gut, es gebe dieses Frauenhotel in London. Dort wolle sie versuchen. Miriam & Jenny & die beiden anderen Frauen mieteten sich übrigens eine kleine Wohnung. Es würde bestimmt nett; gemeinsam zu den Vorlesungen & abends miteinander zu sechsen nachtessen. Am nächsten Tag Wila: eigentlich würde sie auch gern mit Miriam & Jenny in eine gemeinsame Wohnung. Rös: das aber wolle *sie* nicht, sie könne aber gern bei Miriam nachfragen, ob noch ein Platz frei für Wila. – Nein, allein ohne Rös wolle Wila nicht dort mit wohnen, dann doch lieber bei Regula & Titta. – Da hat die Gute nun an den Vortagen doch ganz anders gesprochen. Entweder war sie da im Suff, oder heut tuts ihr leid um das schöne Geld.

Traumhaft wird es mit Wila in London. Glücklicherweise wurde in Regulas WG ein schönes, separat liegendes Zimmer frei, weil dessen Bewohnerin plötzlich verreisen mußte. & da Regula & Titta sich neben ihren Dissertationsstudien fast ausschließlich der Esoterik, Meditation, Saibaba & der Liebe widmen, verbreiten sie (so scheint es Rös) tatsächlich etwas wie reines Licht um sich, wodurch Rös diese Londonwoche als himmlisches Geschenk erlebt. Plötzlich kann Wila auch maßhalten mit Trinken, & sie Nacht für Nacht neben sich zu spüren auf dem gemeinsamen Futon, diese Ephebin, die nichts Häßliches, Erdenschweres an sich, offensichtlich keine Fürze, körperliche Ausscheidungsgerüche auszusenden hatte, war schön. Rös erkannte sie jetzt ganz: Wila war ein Sternenkind, eine Himmelsblume.

& Rös wurde nun la petite prince.

Morgens frühstückten sie ausgiebig mit Regula & Titta. Die guten Gespräche zu viert schienen zudem Wilas Appetit anzuregen. Danach fuhren Wila & Rös ein paar Stationen mit der Tube & schlenderten dann Seite an Seite durch Bezirke, in denen Rös mal gewohnt oder die sie interessant fand. Müde geworden, konnten sie sich draußen niederlassen zu einem Drink, was auch immer, das Wetter spielt sommerlich warm. Spätnachmittags ins Women's Research, & abends setzten sie sich ins Resource Centre, in ausgesuchte Vorlesungen einer internationalen Dozentinnencrew, wo sie oft Miriam, Jenny & die anderen Konstanzerinnen trafen, & wenn nicht, waren sie auf jeden Fall zum großen gemeinsamen Nachtessen verabredet.

Einmal traf Rös alte Bekannte wieder, mit denen sie sich für den Abend verabredete. Wila sollte unbedingt mit, wollte dies auch, jedoch als die eine der Frauen, die herzensgut, aber eine lose Zunge, spaßte, wobei sie Wila scharf anblickte, Rös jedoch mit einem Auge zuzwinkerte: nein, sie wollten Rös an diesem Abend für sich allein haben. Was das denn solle: immer die EhepartnerInnen dabei?! Sie, die Sprechende, eingeschlossen, ließen an diesem Abend auch ihre Gespusis daheim. Danach weigerte sich Wila, Rös abends zu begleiten. Rös konnte noch so sehr beteuern, daß die Frau eine Spaßvogel sei. Sofort als Regula von einer Theodorakisdarbietung LIVE genau zur selben Zeit sprach, wohin sie mit Titta, wollte Wila mit dorthin. Nein, sie, Wila, ließe sich nicht so behandeln, als Objekt von Flapserei, ganz auf ihre Kosten, & obendrein freue sie sich, mit Regula & Titta loszuziehen. Zum erstenmal dämmerte Rös, daß Wila womöglich der Sinn für Humor abgehe. Außerdem war ihr, als habe sich Wila in Regula verschaut. Sie schwärmte dauernd von ihr. Das war verständlich. Regula war nach harten inneren Jugendkämpfen eine reife, liebevolle Persönlichkeit geworden. Rös meinte zu Wila, so eine Liebe wie Regula wünsche sie ihr! Allerdings, diese & Titta lebten eine tiefe Beziehung, in die göttinseidank (das wußte Rös) niemande einbrechen konnte. Darüber freute sie sich; weder konnte jemande bei diesen noch bei Miriam & Jenny räubern. Einmal hatte Miriam Rös gefragt, ob Wila eine sei, die sich gerne an Rösens, vielleicht überhaupt an anderer Leute FreundInnen heranmache. Rös: daß sie nichts dabei fände, wenn dem so wäre... weil gewachsene, echte Freundschaften durch nichts zu zerstören seien & Wila ruhig daran teilhaben könne.

Als Rös jedoch an einem Morgen von dem Abschlußfest der Frauentagung sprach, wo sie sich freue, mit Wila hinzugehn (Regula & Titta hatten gleich erklärt, daß sie keine Lust hätten zu diesem Fest), meinte diese, sie wisse noch nicht, ob sie da mit hingehe, vielleicht mache sie lieber wieder etwas mit Regula & Titta gemeinsam. Darüber geriet Rös innerlich in einen Tobsuchtsanfall, wovon noch etwas oder einiges nach außen gelangte. Sie empfand Wila plötzlich als hinterhältig, falsch, nicht zuverlässig, opportunistisch! Auch nachmittags in London an Rös' Seite gehend, sitzend, sprach sie eigentlich von nichts anderem, als mit Miriam & Jenny gemeinsam etwas zu unternehmen, am liebsten auch mit diesen vereint in alle Vorlesungen. Da hielten Miriam & Jenny sich aber zurück, brauchten Ausflüchte, lächelten, sie gingen in eine andere Vorlesung, hätten am Nachmittag eine Einladung, ach so, ja, wovon Wila natürlich nichts merken konnte; sie kannte nicht Miriams viele Arten, sich Zugriffen zu entziehen & doch freundlich zu bleiben. Gute Wila! Falsche Wila! Elendes Weib! Rös brüllte sie an, daß die Luft erzitterte. Regula erschrak, sagte später, da müsse doch was ganz anderes gelaufen sein bei Rös, wenn sie derart schreie! Ja, Rös sah sich wieder alleine an einem Fest, sah sich überall, wo es drauf ankam, nicht allein zu sein, verlassen. Denn Wila zöge, wann immer es ihr paßte, mit anderen Frauen. Eine, die ihr Mäntelchen stets nach dem Wind hinge, & dabei hatte Rös nun auch noch begonnen diese Bastardin, Mietlingin zu mögen.

Nur einen Bruchteil ihrer Anklage ließ Rös heraus, nur diesen Satz: da reise sie mit einer gemeinsam & könne, solle dann doch alleine zum Fest! Sie hielt ihre Tränen zurück; es war ihr peinlich; vor allem weil sie & Regula sich schon viele Jahre kannten & diese sie so tief & aufmerksam betrachtete.

Grade an diesem Vormittag hatte sie mit Wila eine Einladung in das Atelier einer ihr bekannten Bildhauerin. So hatten sie nun nebeneinander herzugehen. Rös hätte Wila am liebsten verdroschen, dann wäre ihr wohler geworden. Erst gingen sie schweigend, begannen dann beiseite & zueinander zu sprechen, zu kommentieren. Wila entschuldigte sich, sie wolle *doch* mit Rös zu dem Fest, habe vorher gedacht, es mache Rös nichts aus! Ach Scheiße, dachte Rös & kaufte bei einem Straßenhändler Blumen für die Bildhauerin. – Vor deren Wohnung hatten sie sich dann wieder ausgesöhnt. Jedoch Rös sah Wila klar vor sich; die würde immer das wählen, was ihr bequemer schien, vorteilhafter, die wollte auch eine Frau mit Geld oder halt einen Mann! Der Salat, den Wein, zu dem sie Rös anstandshalber, wenn sie nichts im Schrank zu essen hatte, außerhalb einlud, tat ihr hinterher, wenn sie dafür ins Portemonnaie greifen mußte, gewiß leid.

Rös revanchierte sich, das brauchte sie. An dem Abend, als Wila mit Regula & Titta zu Theodorakis, kam Rös von ihrem FreundInnentreff erst morgens gegen vier Uhr zurück. Wila, schon seit null Uhr zu Hause, hatte (behauptete sie) kein Auge zugetan & stürzte sich voll Liebesdrang auf Rös, die im dunklen Zimmer vor sich hinfeixte, sie hatte, nachdem ihre FreundInnen sich verabschiedet, sich allein noch irgendwo reingesetzt, war auch noch spazieren gegangen, um auf keinen Fall vor Wila daheim zu sein.

Beim Frauenfest selbst wollte Wila schon kurz nach null Uhr heim, drängte Rös, mit ihr zu kommen. Jedoch Rös traf viele Frauen, fand die Frauenbands Spitze & tanzte, tanzte (auch mit Wila, wenn diese, schon ziemlich besäuselt, Lust dazu zeigte), riet ihr, sie solle sich doch ein Taxi nehmen & heimen. Statt dessen ging Wila einige Male an die frische Luft, kehrte zurück & bat, drängte Rös inständig, doch bitte mit ihr heimzugehen.

Um halb vier war Rös dann bereit. Wila hatte noch Sekt dabei, den sie aus Pappbechern unter freiem Himmel tranken. Stießen dabei auf irgend etwas an: vielleicht auf eine gute Wiederkehr in London oder auf eine gute Heimreise.

Ende Oktober feierten sie in Schlatt Wilas Geburtstag nach. Rös schenkte ihr von Mircea Eliade *Auf der Mântuleasa-Straße* & sollte nie erfahren, wie sie diese Story fand, vielleicht las sie sie nie, jedoch über die knallblaue Äffin, die Wila aus dem knallblauem Papier zu wickeln hatte, sollten sie noch oft sprechen. Wila: daß sie als Kind jahrelang mit so einem blauen Affen gezogen sei! Warum ausgerechnet blau? Da erst fiel Rös ein, was es bedeutete: »einen blauen Affen« haben! Es war ihr peinlich, sie mußte lachen. Wila: das sei ihr Lieblingstier gewesen, immer dieser blaue Affe, jener aber jetzt von Rös habe ein grimmiges, ja ein brutales Gesicht. Das stimmte! Rös war vor längerer Zeit in ein großes Spielwarengeschäft, mit der Vorstellung, dort für Wila zum Geburtstag einen Affen auszusuchen, weil Wila chinesisch im Jahr der Äffin geboren.

Die Affen von Firma Steiff fand sie zu steif, sie sah diesen blauen von Kid & dachte: Das genau ist der Affe; gelbe, braune Affen gibt es immer, aber so einen blauen! Nun war es eine unangenehme Situation. Da saß die abgelehnte blaue Äffin aus Wilas traurigen Waisenkindtagen, & nun war Wila eine traurig-fröhliche Weintrinkerin geworden, & er hatte offensichtlich auf sie gewartet oder war zurückgekehrt. Da lehnte sie ihn gegen die Wand an der Couch & haßte ihn. Rös dachte, auf der Stelle wurde ihr das klar: sie hätte Wila einen weißen (weiß war ihre Lieblingsfarbe), molligen Teddy (wie oft sagte sie zu Rös, wenn diese einen bestimmten flauschigen Pullover trug, »mein Teddy!«) oder wenigstens einen weißen Affen schenken sollen. Rös: »Wenn du ihn nicht magst, tausch ich ihn um, oder du verschenkst ihn weiter!« »Nein, laß ihn nur mal hier vorerst, ich werd mal schauen, wie es mir mit ihm geht!«

Jedoch die Stimmung blieb bedeckt. Am Telefon später: Marietta fänd auch, der Affe habe ein böses Maul, & Wilas Ziehmutter, die vorbeigeschaut, habe gelacht: »Du hattest doch als Kind jahrlang so einen blauen Affen!« Daß es vermutlich diese karmische Situation sei, die sie mit Rös aufzuarbeiten habe. Deshalb auch solle der Blaue bei ihr bleiben.

Rös genierte sich wegen ihres Mißgriffs, daß ihr beim Kauf das gemeine, häßliche Affenmaul nicht aufgefallen?, andrerseits war sie, als sie ihn wählte, voll innerer Spannungen gewesen; Wilas dauernde, oft besäuselte Anruferei hatte sie genervt, dazu auch die weiterschwelenden Auseinandersetzungen wegen des Wila nie passenden Dreiwochentreffrhythmus. Ganz klar, Rös hatte Wila schlagen/strafen wollen.

Gleichzeitig aber mochte Rös ja leider Wilas Gesicht, das Porträts von Chopin ähnelte, natürlich Klavierunterricht hatte Wila auch jahrelang erhalten, sechs Jahre lang: schade um das Geld & die Zeit, hingegen sei das Geld für eine vierjährige Therapie nach C. G. Jung gut bei ihr angeschlagen! – Wieso aber sei sie dann so wenig Herrin über sich? – Herrin sei sie schon, wenns drauf ankomme! So habe sie noch nie während ihrer Arbeitszeit einen einzigen Tropfen Alkohol zugelassen; leider aber brauche sie sofort nach Praxisschluß ein Glas, damit sie von den vielen vielen Oldies, ihren PatientInnen, Abstand gewinne! Früher als sie sich in der Jugendarbeit engagiert, da habe sie gar keine Ahnung davon gehabt, wie das ist, wenn die Menschen uralt werden & mit typischen Altersleiden, angefangen von offenen Beinen bis zur völligen Demenz, in den ÄrztInnenpraxen säßen.

Auerbach Sekt, die Pulle DM 4,90, trinkt Wila besonders gern. »Trocken« steht drauf, aber KennerInnen ist er zu süffig. Den Preis weiß Wila nicht, wär ihr auch schnurz, SIE HEBT DAS GLAS & TRINKT ES AUS, O TRANK, O SÜSSE LABE, O WOHL DEM HOCHBEGLÜCKTEN HAUS, WO DAS IST KLEINE GABE. So vergehen ihre gemeinsamen Samstage, Sonntagvormittage, & Rös trinkt mit, allerdings maßvoll, Kopfschmerzen will sie keine am nächsten Tag, trinkt mit, damit sie nicht umkommt vor Langeweile. Dabei kann frau mit Wila doch über vieles sprechen: stundenlang über Astrologie, Tarot. Weil Wila selbst sich mit dem I Ging beschäftigt, sie aber für Rös Tarot geeigneter findet, schenkt sie Rös das Tarotspiel von Waite. Bilder so brav wie aus Rös' alter Patmosschulbibel, allerdings das Begleitbuch dazu von Hans-Dieter Leuenberger ist sehr interessant, obwohl dieser Leuenberger, ein Geistlicher, sich an vielen seiner Textstellen fühlbar aufgeilt, alte Sau! Göttinseidank schenkt eine andere Frau Rös den Tarot von Crowley. Genau, das ist das Richtige für Rös. Wila: wenn sie wüßte, daß Rös etwas von Crowley, dem schwarzen Magier, im Hause habe, müsste sie die Beziehung mit ihr sofort abbrechen. Aber warum soll Rös sich eigentlich mit Tarot beschäftigen? Fragen hat sie keine, Entscheidungen aufgrund von Kartenfall würde sie nie fällen.

Am Totensamstag gehen sie am Weiherhof in Dettingen spazieren. Anschließend imbissen sie im Weiherhof, den zwei sympathische Frauen aus der Szene bewirtschaften. Danach trinken sie anderswo noch was. Am Totensonntagmorgen hat Wila eine ganz schwere Zunge, trotzdem ist es schön, sie im Arm zu halten. Hinreißend ist ihre Schwermut. Als Rös versucht, ihr einen Orgasmus zu holen, weint sie, so packend wie bisher noch nie. & dann: sie habe etwas Schlimmes & könne es Rös nicht sagen. Sie müsse aber damit in den nächsten Wochen zu einer Kollegin. – Etwas mit den Nieren? Den Eierstöcken? An der Leber? – Sie könne nicht darüber sprechen, weil Rös sich dann vor ihr ekle. – Etwas mit dem Darm? – Nein, nein! Wila könne es Rös nicht sagen. Sie habe es schon länger; & das sei auch mit ein Grund, weswegen sie so viel Wein trinken müsse! – Ach Wila! Rös ist ganz verstört. Während des Nachmittagsspaziergangs ab & an rät sie, was es denn sein könne! Wila wirkt noch ätherischer. Sie gehen umschlungen.

Als Wila abends zu Hause angelangt, zurückruft wie immer, weint sie erschreckend. Rös dringt jetzt energisch in sie, es ihr doch zu sagen, sonst müsse sie noch am Abend mit einem Taxi bei ihr vorbeikommen... Wila: »Du weißt doch, woran mir am meisten liegt?« »Sprechen, Kommunikation, ja!« Aber Kehlkopfkrebs hatte sie schon nachmittags falsch gemutmaßt. »Zungenkrebs!« sagte Wila. Tatsächlich, morgens fiel Wila das Sprechen sehr schwer, das merkte Rös immer. »Seit wann?« – Etwa seit dreiviertel Jahr ! Hinten auf der Zunge habe sie viele Knoten, die sehr schmerzten, besonders morgens. Versuche sie dann zu sprechen, werde es etwas besser. Jedoch die morgendlichen Schmerzen, ein schlimmes Brennen, würden von Tag zu Tag unerträglicher. Rös: Wila müsse sofort zum Hals-Nasen-Ohrenarzt ! – Nein, sie habe in vierzehn Tagen einen Termin bei einer Heilpraktikerin, einer berühmten. Wila ist nicht davon abzubringen, daß das ein Fall für eine Kollegin sei, zu den üblichen ÄrztInnen habe sie kein Vertrauen.

Am nächsten Morgen ruft Rös Wila an, bietet ihr an, sie zu ihrem schweren Gang zu begleiten! Warum Wila denn kein Vertrauen zu ihr gehabt, sich schon so lange allein mit ihren Schmerzen, ihrem nagenden Verdacht herumschleppe? Ja wegen dieser blöden Wilaschen Verlassenheit, nicht mal ihren Töchtern habe sie davon gesprochen, muß Rös nun weinen, spricht unter Tränen. Wila ganz langsam mit schleppender Zunge: »Ja, ist das wirklich wahr? Du willst mit mir dort hinfahren? Es wäre am 2. Dezember, am späten Nachmittag!« & abschließend: Rös solle doch bitte mit niemander über Wilas Zustand sprechen, auf gar keinen Fall aber mit Miriam. Rös verspricht & hält es.

Rös sucht in den medizinischen Abteilungen der Buchhandlungen nach Literatur über Zungenkrebs. Es gibt noch keine Ersatzzungen aus Kunststoff oder organischem Material. Die Knoten werden aus der Zunge herausgeschnitten! & dann? Kann jemand/e ohne Zunge essen? Wila: nicht mehr essen, sei ihr gleichgültig, aber nicht mehr sprechen können! Bei diesem Befund würde sie dann den Freitod suchen.

Am 2. Dezember holt Wila Rös mit dem Wagen von der Bahn ab.

Sie fahren nach Lottstetten. Breyer heißt Wilas Homöopathin. Brav schaut sie aus, schmucksauber das

Wartezimmer, die Toilette mit Bad. Rös hat Interessantes zu lesen dabei. Das etwa halbstündige Warten auf Wila, als diese im Sprechzimmer verschwunden, fällt ihr nicht lang. Wila entschuldigt sich deswegen hinterher. Jedoch über ihre Zungenbeschwerden hat sie mit Breyer nicht gesprochen. Die Zunge sei nur ein Ausdruck des Allgemeinbefindens, & von daher müsse eben eingewirkt werden. Jetzt wurden ihr erst mal Tropfen & Kapseln, selbstverständlich hochnaturheilkräftig verschrieben, täglich einzunehmen, & Anfang Januar solle sie dann wieder vorsprechen. Rös findet es unglaublich verrückt, daß Wila der Breyerin nicht mal ihre Zunge zeigte.

Möglicherweise beim nächsten Besuch werde es dazu kommen, vielleicht habe dann auch das Medikament schon günstig die Beschwerden gemildert, das Aussehen der Zunge verändert. Frau Breyer habe sie auch befragt, wie es mit ihrer Sexualität stehe & der Liebe? Sie habe ihr von Rös erzählt & dem Sich-nur-alle-drei-Wochen-Sehen, was sie krank mache. Spannungen habe Frau Breyer sofort bei ihr empfunden. Beim Hinausgeleiten von Wila hatte Breyer Rös auch die Hand gereicht, mit einem freundlichen, bescheidanzeigenden Lächeln.

An diesem Abend nachtessen sie zum erstenmal gemeinsam bei Wila. Ein Freundschaftsessen sei das Miteinander-Fondue-Essen. Vor jeder steht ein kleines Glas mit Kirschwasser, da tunken sie das gewürfelte Weißbrot ein, & danach führen sie es rund in dem Topf auf dem Samowar, in dem der Käse sämt. Es kann vorkommen (soll eigentlich aber nicht, deswegen heißt man es Freundschaftsessen), daß eine/r von ihrer/seiner Gabel Brotbröckli im Topf verliert. Rös, noch ungeübt, passiert es dauernd, so daß sie sich vor ihren eigenen im Topf zerkrümelnden, nassen Brotbrocken ekelt. Gleichzeitig widert sie auch die Vorstellung von Wilas möglichem Bröckeln im gemeinsamen Napf. Göttinseidank verdrängt der Kirsch ihre Würgegefühle auch hinsichtlich Wilas möglichem Zungenkarzinom. Andrerseits habe sie schon seit etwa anderthalb Jahren die Morgenschmerzen, die in letzter Zeit immer schlimmer würden. Jedoch bei dieser langsamen Entwicklung muß nicht, kann vielleicht sogar nicht eine bösartige Geschwulst vorliegen. Falls jetzt aber plötzlich Rös auf gar keinen Fall mehr Wilas sogenannte Zungenküsse mitmachen wollte, dann könnte diese Weigerung Wilas Zustand psychisch noch verschlechtern. Wila zeigt jetzt sogar vermehrt Lust, ihre Zunge ejakulierend in Rös' Mundhöhle zu bewegen! Scheiße! Aber egal! Die Angst vor den durch Tilliberührung eventuell zeckenübertragenden Wilafingern hat Rös ja auch überwunden, nun auch noch die mögliche Kotze vor dem Wilaschen Mundlappen.

& wenn Rös tatsächlich dadurch schlußendlich erkrankte, daran stürbe (sie war immer schon davon überzeugt, daß Krebs ansteckt, nicht sofort, sondern im Langzeitprogramm, darum sollte man nach dem Tode einer Tumorverzehrten unbedingt deren Kleider wegwerfen & die Räume ausräuchern mit Weihrauch & Salbei), na dann wäre es eben so, das wollte sie auf sich nehmen, eh auch nur einen Gesichtsmuskel zu verziehen, eine abwehrende Handbewegung, ein widerwilliges Wort herauszulassen. Sie wird sich mit Wila bis zu deren letztem Atemzug küssen. Das ist Treue bis zum Tode, hat frau sich erst mal eingelassen ...

Dann ist Rös erstaunt & denkt noch lange darüber nach, was Wila bevor sie einen Kirsch zur Brust, also total nüchtern, plötzlich gegen Rös herauslassen mußte. Es liege ihr schon lange quer, sagte sie, als Rös, bevor sie mit dem Essen begannen, noch mal kurz wohin mußte, daß Rös vor jedem Essen, wolle man eben anfangen zu gabeln oder löffeln, flugs aufstehe & sich entschuldigend, sie müsse noch mal schnell vorher verschwinden, verschwinde!

Rös: sie wisse nicht, woran es liege, es sei ganz plötzlich da, sobald aufgetragen werde, ein Druckgefühl, eine Beklemmung am Herzen, & ohne den unmittelbar davor erfolgenden Ablaß könne sie dann weder essen noch trinken. Ähnlich verhalte es sich, sitze sie zu niedrig oder zu weich, dann bekomme sie nichts runter, Zwerchfell, Milz & Magen, sie wisse selbst nicht genau was, seien wie zusammengedrückt, ließen weder Nahrung noch Flüssigkeit hinein, & sie wechsle dann schamlos ihren Platz, bitte gegebenenfalls um einen für sie geeigneten, eh daß sie auf ein gutes Essen verzichte.

Da bringt Wila nun ihre erste Mahlzeit für Rös auf den Tisch & verbindet sie mit Belehrung.

Aber es schicke sich nicht. Es sei ihr schon mehrere Male im Zusammensein mit Rös bei Freundinnen aufgestoßen: sie halte es einfach nicht mehr aus, diese dauernden Anstandsverletzungen. Es könne ja sein, daß Rös gar nicht wisse, wie widerwärtig das sei für alle Beteiligten außer eben Rös selbst. Rös solle doch mal drauf achten, ob es nicht doch anders gehe, & die Geduld ihrer Freundinnen nicht überstrapazieren! Rös lacht. Noch nie habe eine ihrer Freundinnen etwas darüber gesagt. Jedoch wenn Wila so darunter leide, wolle Rös mal sehen, ob es in ihrem Beisein zu vermeiden sei. Andrerseits müsse sie sich bei Wila, mit Wila ganz allein, doch wohl nicht wie bei Hofe fühlen! Sie wisse, die königliche Familie von Großbritannien pflege vor Zeremonien die Aufnahme von Flüssigkeiten & fester Nahrung auf einem Minimum zu halten, damit sie nicht zwischendurch mal irgendwohin .... Jedoch denke sie an Tycho Brahe, den Astrologen, dem sei bei einer Audienz am Hofe schlicht die Blase geplatzt, woran er dann gestorben sei.

Nun seis auch genug, sagte Wila, die nun schon einige Gläser Kirsch intus hatte, sie habe es Rös ja gesagt: nüchtern sei sie sehr ernst, habe eben so auch etwas, nur etwas, von ihrer immensen Kritik an Rös, die sie sonst für sich behalte, abgelassen.

Rös lacht, lacht. Ach die gute arme Wila!

Im Bett ist Wila dann entrückt ätherisch, weich melancholisch, unendlich zärtlich. Wahrscheinlich kann sie vollendet zärtlich sein, ohne sich innerlich zu beteiligen. Hat das Programm einer erstklassigen Geisha, einer guten Konkubine drauf.

& zum Frühstück wird gesektet. Wenn das kein Grund zu hoffnungsvollem Aufwachen ist!

& anschließend fahren sie zur Nikolinafeier ins *Bella Donna*. Bombenstimmung dort. Miriam als Nikolina verkleidet. Eine gut bestückte Tombola wartet, Lose dazu werden gezogen. Miriam, welche Überraschung für Rös, ist ja eine hinreißende Theaterbegabung. Alle amüsieren sich. Wila ist ganz weg, Rös sieht ihrem Gesicht an: heute gefällt ihr alles.

Miriam später, die Nikolinafeier kommentierend: dann hätten alle gemerkt, Rös & Wila haben sich nun ganz gefunden & Rös sage endlich, endlich »JA!« zu Wila. Wie sie da nebeneinander gesessen, Rös auch den Arm um Wila gelegt, zum erstenmal in der Öffentlichkeit. Ja, Rös hatte ganz intensiv an Wilas Zungenschmerz & Angst gedacht. Angst, nicht vor dem Sterben; aber davor, sprachlos zu werden.

Wie Wila sie nach diesem Wochenende abschiednehmend mit der Zunge einnäßte! Es tropfte Rös direkt in den Mund. Doch sie brachte es fertig, beim Schlucken intensiv an was anderes zu denken.

Wenn Wila diesmal heimkommt, wird sie sich besonders einsam fühlen. Vor einigen Tagen mußte sie Tilli einschläfern lassen. Darmkrebs im letzten Stadium. Wila: sie glaube, Tilli habe ihre Krankheit auf sich genommen; sie habe sie oft so lang & traurig angeschaut, wenn sie an Wochenenden allein so sehr viel geraucht habe.

Rös ist traurig, daß sie, als sie davon erfuhr, nicht zu Wila eilte, sie in die Arme nahm & freundschaftlich tröstete. Deshalb auch ging sie an diesem Nikolinawochenende besonders liebevoll mit Wila um; wollte ihr vermitteln: Wila ich mag dich! Bin bereit, für dich dazusein, ja vielleicht sogar im nächsten Jahr auf ein Sich-alle-vierzehn-Tage-Sehn umzusteigen. Mit dem letzteren Zugeständnis rückte sie aber noch nicht heraus, es fiel ihr noch zu schwer.

Davon abgesehen wollte, konnte Rös mit Wila aber nicht Weihnachten feiern. Weihnachten mußte sie allein sein. Dafür offerierte sie Wila für Silvester eine Party bei ihrem Bruder Gert (sie hatte Wila schon oft von ihm erzählt) & Franziska, seiner Frau, einer Fotografin, die einen großen Porträtfotoband veröffentlicht habe, in kleinem, aber gewiß exquisitem Rahmen, & gute Sekte würden erwartungsgemäß nicht aufhören zu fließen. War das etwa nichts? Wila hielt sich dran: diese Umweihnachtszeit sei für sie die allerschwerste, weil die dunkelste im Jahr, & sie flehe Rös an, sie dann nicht allein zu lassen! Dabei würde an einem Tag Kathleen zu Besuch kommen, & Marietta war auch zu Hause. Dazu Ilsbett & Otto in der Nähe. Rös begriff nicht, wie Wila da um »Nichtalleinlassen« bitten konnte. Das war bloß weinerliche Tyrannei! Rös wies darauf hin, daß sie obendrein in diesem & überhaupt in jedem Dezember viel viel zu erledigen habe. Dächte sie dann daran, daß sie schon eine Woche später drei Tage lang vereint den Übergang ins neue Jahr feierten, zusätzlich danach noch einen Tag bei Wila in Schlatt verbringen wollten, bekäme sie eine Mordslaune wegen Wilas Jammerei »SiedochWeihnachtennichtallein!« Es sei ihr viel zuviel!

Wila wollte dann eher auf Silvester verzichten. Das aber wollte Rös nicht. Die angebotene Silvesterparty sausen zu lassen sei echt lebensfeindlich! Wichtig sei (auf jeden Fall für sie, Rös!), aus diesem Leben schöne starke Bilder mitzunehmen, weil alle gewesenen Lebewesen im Jenseits von ihren Erinnerungen zehren müßten.

Zudem: Wila wurde in diesem Dezember auch sehr gefordert: durch Verwaltungskram & vermehrt kranke Patientinnen, fühlte sich dann auch nicht wohl, war erkältet. Ihre Stimme tönte kratzig matt durchs Telefon, dazu Kreislaufstörungen. An einem Wochenende lag sie total nieder. Vermutlich aß sie fast nichts, qualmte aber dazu jede Menge.

Rös ärgerte sich über Wilas Bereitschaft, krank zu sein, rief sie aber täglich aus Pflichtgefühl an, erkundigte sich nach ihrem Befinden, schickte ihr Rudolf Breuß' Büchlein *Ratschläge zur Vorbeugung und Behandlung vieler Krankheiten.* Riet ihr, besonders Salbeitee nach Breuß zu bereiten. Damit aber erlebte Wila etwas Fürchterliches & behauptete, Rös, mit ihrer Wut auf sie, habe die Explosion in ihrer Küche verursacht.

Wila habe genau nach Breußscher Anweisung eine Kaffeelöffelspitze Salbeitee auf gut 0,2 Liter siedendes Wasser in einen Topf auf ihrem Elektroherd gegeben & drei Minuten leicht köcheln lassen. Da plötzlich ein rasendes, furienhaftes Singen, & der Topf explodierte. Dabei sei der Deckel gar nicht fest aufgeschraubt gewesen! Rös: ja, der Geist des Salbeis sei ein starker Geist, darüber könne man einiges von den Indianern lernen. Wila: sie habe eine ganz ganz große Wut Rösens auf sich gespürt! Zudem könne Rös ihr nichts vormachen, denn Wila kenne sich aus mit Horoskopen, Rös habe es mit der Schwarzen Magie! Zusätzlich sei dann ihr eigener Zorn, ihre Hässigkeit wegen Rös' Starrsinn, sie Weihnachten nicht um sich haben zu wollen, hinzugekommen. Beides zusammen habe den Kessel bersten lassen. Die Küchenwände, kaum geweisselt, seien nun verdreckst, die Fliesen beschädigt. Rös fand das bedauerlich, sie werde Wila mal zeigen, wie Salbeitee sanft zubereitet werde. Wila: nie wieder werde sie Salbeitee trinken, der schmecke ihr ohnehin grusig.

Wila behauptete hinterher, Rös habe sie während dieser ganzen dunklen, für sie entsetzlichen Jahreszeit alleine gelassen, von »täglichen Anrufen Rös'« wisse sie nichts! Rös hätte nötigenfalls ihre hohe Telefonrechnung als Beweis vorzeigen können. Was aber hätte das gebracht? Wila bliebe eine nörglerische Alkoholikerin, der ihre eigene Gesundheit schnuppe war! Hauptsache, wenn sie dann Rös Silvester keinen Strich durch ihre Pläne machte.

Genau das aber geschah!

Rös schickte Wila Preußlers *Krabat* als Lektüre für die Weihnachtstage. Sie hatte ihr schon so viel von diesem Krabat erzählt, fand Parallelen zu Wilas Lebensgeschichte, wenigstens bis jetzt.

Rös erhielt am 21. Dezember den zweiten Band von Leuenbergers *Schule des Tarot*. Wila hatte hineingeschrieben: »Für meinen Weihnachtsengel Rös. Weihnachten 88 W.« Ihren Namen schrieb sie nie aus. Am 23. 12. vormittags rief Marietta an. Wila befinde sich im Kantonsspital von Schaffhausen, zur Zeit sei sie außer akuter Lebensgefahr. – Das Geschehene: Wila habe gegen sieben Uhr morgens bei Marietta angerufen. Sie sei gestolpert, über das Telefonkabel, dabei gegen das Bücherregal gestürzt. Es gehe ihr schlecht. Marietta dachte zuerst, Wila dramatisiere; jedoch Felix setzte sich sofort in den Wagen. Sie fanden Wila mühsam atmend. Schon gegen zwei Uhr nachts war sie verunfallt. Im Krankenhaus stellten sie Pneumathorax & drei gebrochene Rippen fest. Sie wurde sofort versorgt, kam an die entsprechende Maschine in der Intensivstation.

Rös kaufte einen ganz ganz weichen, weißen, kuscheligen Teddybär von Steiff. Als sie ihn Wila im Krankenhaus auf die Bettkante legte, sah sie an Wilas Gesicht, sie freute sich. Weiß wie Schneewittchen, einschließlich der Nase. Da lag sie, Rös' Weihnachtsengelin. Hinter ihr rasselte das Beatmungsgerät. Als sie wegen Arztvisite kurz auf den Gang mußten, erzählte Marietta, daß Wila am Vormittag erneut in Lebensgefahr geraten. Marietta habe an ihrem Bettende gestanden, da habe sie sich plötzlich dunkelblau verfärbt & angefangen zu röcheln. Marietta habe Alarm gerufen. Schleunigst sei Wila nochmals ins OP gebracht, ein Gerinsel habe die Zuleitung des Beatmungsgeräts verstopft gehabt, & man habe es nochmals neu einrichten müssen. Da sei es um Leben oder Tod gegangen. Ihr, Marietta, sei dabei so vieles klar geworden, auch wie sehr sie an Wila hänge, & das habe einen Weinkrampf bei ihr ausgelöst. Wila erzählte Rös nach einigen Tagen, sie habe da gelegen, ein paar Stunden nach ihrer Aufnahmeversorgung, & über alles nachgedacht: da sei ein ganzes Meer von Tränen aus ihr aufgestiegen, was sie aber habe zurückhalten wollen, & plötzlich sei ihr, wie von einem brechenden Stau trockener Luft überschwemmt, ganz leicht geworden & high, die Sinne seien ihr geschwunden. Stunden später dann sei sie wieder aufgewacht, & Marietta habe ihr erzählt, was sich zugetragen. – Als sie allein, erkundigte sich Wila, ob Rös Marietta in irgendeiner Form gefragt, ob Wila was getrunken gehabt, dadurch die Vermutung nahelegend, der Sturz sei eine Folge von Alkoholeinwirkung! Rös verneinte. Reimte sich zurecht: Marietta, bei ihrer Mutter aufgewachsen & vertraut (Wila selbst hatte sowas mal angedeutet) mit deren sämtlichen Exzessen, wird sich wohl etwas in dieser Art gedacht haben, logo, wenn es nachts um zwei passiert & Wila fünf Stunden wartete, bis sie anrief, dann könnte das auch das hemmende Bewußtsein von einer Alkoholfahne gewesen sein. Rös war sogar davon überzeugt, denn wenn sie an den Abenden davor zusammen telefoniert, hatte Wila immer ihr typisch nasses, zungenschnalzendes Weinnachkaukostgeräusch von sich gegeben. Wila: aufgestanden sei sie nachts, weil sie Hustensaft habe einnehmen wollen, sie habe so fürchterlich den Husten gehabt. Frau & Herr Polinski, die über ihr wohnten, hatten seltsamerweise nichts von ihrem Wehgeschrei gehört, auch deren Hund hatte offensichtlich nichts gemerkt, dabei sei der Schmerz immer unerträglicher & das Atmen mühsamer geworden. Sie habe aber Marietta nicht mitten in der Nacht aus dem Schlafe reißen wollen.

So also wäre Wila Wilhelmi beinahe tot gsi ... & sie gab zu verstehen, Rös sei schuld an ihrem Sturz, weil sie so starr in den dunkelsten Nächten des Jahres Wila nicht habe bei sich haben wollen.

Rös fährt Wila nun ein über den anderen Tag besuchen, weil sie doch hat kein reines Gewissen. Hat sie doch, was Wila nicht weiß, möglicherweise aber ahnt, Wila in Gedanken oft von sich abgerissen, wie eine an ihr saugende Blutegelin, eine klammernde Klette, & sie allerdings ohne äußere Gewalteinwirkung, es sei denn die des Geistes sei eine, gegen die Wand geworfen. Nicht um sie zu töten, beileibe nicht, nicht einmal um sie zu verletzen, nein, nur um sie nicht so schrecklich an sich hängen zu spüren, hat sie wie die Prinzessin die Fröschin gegen die Wand geknallt. Ja ein paar Tage lang kam auch eine andere Wila zum Vorschein, denn Alkohol war ihr strengstens verboten, Zigaretten ebenso. Dieser Entzug & die Schmerzen dazu machten sie unwirklich, bestürzend schön, & Rös fühlte, daß sie Wila leidenschaftlich lieben könnte, wenn sie doch bloß das Saufen ließe.

Rös überlegt einige Tage, ob sie statt nach Stuttgart zur Silvesterparty den letzten Abend im alten Jahr an

Wilas Krankenbett verbringen soll. Allerdings Marietta & Ilsbett wären da! Reichte das nicht aus? & glücklicherweise hat sich das Loch in der Lunge schnell geschlossen. Schon nach Weihnachten darf Wila zeitweise das Bett verlassen. Leider plagt sie immer noch Husten. Der diensttuende Arzt ist ein fieser Blindgänger: den Husten berücksichtigt er überhaupt nicht. Habe zu Anfang lediglich gesagt, Wila sei ja Raucherin, & schlägt ihr nach dem Röntgen ohne Kommentar vor, sie könne eigentlich jetzt schon nach Hause. Ein anderer Arzt göttinseidank ist aber dagegen & propagiert, daß Wila nach ihrer Entlassung aus dem Spital unbedingt noch ein paar Wochen in einer Kurklinik richtig genese. Wila wälzt Prospekte, entscheidet sich für Dussnang. Das liegt zwischen Wil & St. Gallen, nahe bei Rös. Eine malerische Gegend, sehr geeignet für bequeme Fußwanderungen. Ja, es verstehe sich doch von selbst, daß Rös Wila in Dussnang besuche, Silvester aber werde sie nun ohne Wila verreisen, ob diese dafür Verständnis habe? Hat sie! Sagt aber, sie mache nun einen, müsse einen abschließenden Strich unter ihr bisheriges Leben machen (wozu auch Rös gehört?), sie habe in den langen wachen Stunden des Schmerzes über so vieles nachdenken können. Wie sie dabei den flauschigen Teddy streichelt! Erzählt, den habe sie sich immer auf die Rippen gehalten, wenn sie den Schmerz nicht mehr ertragen, glaube, daß der Bär ihre Heilung beschleunigt. Rös: ob Wila wisse, daß das Verschenken einer/s BärIn in einigen Kulturkreisen als Verlobungsring gelte! Ob sie das kapiert? Annimmt? »Wila, ich, Rös, habe mich dir nun anverlobt!« Wila lächelte nur schmerzlich schön.

Einmal als Ilsbett da ist & nachdem Wilas Atemgymnastin wieder gegangen, sagt Rös wie im Spaß: »Immer wieder trage ich Wila die Ehe an, aber sie will ja nicht, will allein leben!« Ilsbett lacht gutmütig sympathisch. Sie weiß Bescheid über Wila & Rös. Jedoch als sie gegangen, sagt Wila, das hätte Rös nicht sagen sollen! – »Warum denn nicht?« – Darauf antwortet Wila nicht. Rös sieht aber klar: wenn Wila es lernte, diszipliniert ihren Wein zu trinken, das maßlose Insichhineinschütten lassen könnte, wäre sie eine Frau, von der Rös nie mehr loskäme, auch gar nicht loswollte. Es ist ihre schwermütige Schönheit, das längliche Oval ihres Gesichts, die zigeunerinnenhaft geschnittenen Lider, ganz einfach ihre chopinsche Zartheit, der Rös nicht widerstehen könnte. Dazu ihre Nichtwehleidigkeit, von ihren Schmerzen spricht sie nur beiläufig, falls eine denn ausdrücklich danach fragt. Manchmal ein nicht ganz zu verbergendes reflexhaftes Verziehen der Gesichtsmuskeln bei einer sehr schmerzenden Bewegung, das ist alles.

Ginge Wila nun aber aus ihrem Unfall als maßhaltende, liebenswerte Weingenießerin hervor, so begänne wahrscheinlich ein anderes Leiden an ihr: sie ist nicht treu, »könne nicht treu sein!«, sagte sie mal zu Rös. Ach, da soll sie doch leben wie sie mag, das Schöne, was zwischen ihnen möglich war, haben sie gelebt.

Am Silvesternachmittag ruft Rös Wila im Spital an. Sie solle mal horchen, wie Gert Schifferklavier spiele! & er sowie auch Franziska bedauerten, daß Wila nicht bei ihnen sein könne. Wila: sie meditiere soeben! Ja, das sei typisch Rös, das Laute, das Lärmige, eben Ziehharmonikamusik. Zwar hat sie Rös nun wieder mal gemaßregelt, aber diese hört die Trauer der Verlassenen, Geschlagenen heraus, möchte das Kind dort im Spitalbett des Kantons Schaffhausen in ihre Arme nehmen, herzen & trösten. Ist selbst traurig, weil sie jetzt nicht bei ihrer doch Liebsten weilt. – Einmal lernte Rös am Krankenbett auch Wilas Ziehmutter kennen. Zwar nun gemildert die Gesichtszüge im Altern, jedoch nicht zu verkennen, die runde, brutale Kartoffelnase, der harte Mund der ehemaligen Schlägerin. Wila sprach oft von diesen schlimmen, vor allem ungerechten Schlägen, die sie von dieser Frau erlitten.

Neujahrsmorgen rief Rös Wila an. »Gutes Neues...« »Gutes Neues!« Morgen werde sie entlassen. Ilsbett hole sie ab, & ab sechsten Januar sei sie in der Kurklinik von Dussnang zu erreichen.

Am Tag davor besuchte Rös sie noch mal in Schlatt. Da hatte sie schon wieder angefangen zu rauchen, & auf Sekt mit Rös freute sie sich auch. Wila trug wieder ihr Freundinnenessen Fondue auf. Nachts lagen sie stundenlang wach nebeneinander. – Wila, weil sie sich wegen ihrer schmerzenden Rippen kaum drehen konnte, & Rös, weil sie Wila gern in ihre Arme genommen. – Wila lang nach Mitternacht: sie wage sich wegen Rös nicht zu drehen, weil diese dann, falls sie schlafe, geweckt werde. Besser also für beide, wenn sich Rös auf die Chaiselongue umbette. Die Arbeit des Bettens machte dann Wila. Die Arbeit des Einkaufens & Kochens hatte sie ebenso.

Nachmittags waren sie etwa eine Stunde spazieren. Zum erstenmal ohne Tilli. Wila, traurig abgeklärte Sprechweise: es sei ihr vieles ganz klar geworden: der tägliche Umgang mit ihren vielen Oldies sei auf die Dauer nicht mehr das Richtige für sie! Zwar habe die Hellseherin gesagt, sie müsse DAS SOZIALE noch eine Weile durchhalten. Sie denke aber daran, wieder zu heiraten, vielleicht einen Landarzt im Jura. Auf jeden Fall Veränderung ihrer Umgebung & der Lebensumstände. Rös fand den Plan gut. Andrerseits aber habe sie kürzlich noch von ihrem »Unabhängigsein«, »Alleinlebenwollen« gesprochen! – Was allein unabhängig mache, sei Geld & damit die Möglichkeit, sofort wenn etwas mit dem Miteinander überhaupt nicht klappe, wieder für sich selbst aufzukommen, also nötigenfalls die Konsequenzen ziehen zu können! Im übrigen habe sie jetzt noch mal von Peter Schellenbaum *Die Wunde der*

Ungeliebten gelesen. Danach halte sie es für wahrscheinlich, daß sie Rös zu sehr gefordert, wie sie überhaupt immer zu sehr klammere. Alles klang bitter wie Abschiednehmen, so wie sie beschlossen hatten, daß Rös den blauen Affen mitnehmen solle, er stürze Wila nur in Erinnerung an eine unfreundliche Kindheit.

Im übrigen hatte Rös auch *Die Wunde der Ungeliebten* gelesen, sagte zu Wila, ihre, Rös', Rolle sei bis jetzt stets gewesen: jemande sage ihr: ICH LIEB DICH WAHNSINNIG, & fordere unausgesprochen aufgrund ihrer großen Liebe zu Rös, diese müsse zurücklieben, das sei ihre Pflicht! Spätestens aber nach Trottas Film *Der helle Wahn* sei ihr klar geworden, daß Geliebtwerden nicht unbedingt ein Geschenk, im Gegenteil oft nur eine Bürde oder sogar ein Druckmittel sei, um eine andere Person einzufangen & festzuhalten. Trotzdem nehme sie so ein Bekenntnis erstmal ernst, könne aber nicht anders, als unmittelbar (nachdem sie sich eingelassen) nach Fluchtwegen, Verstecken Ausschau zu halten. Nur nicht das: GEKLAMMERTWERDEN ! Das halte sie auf Dauer nicht aus! Wila nickte verständnisvoll.

Gleich nachdem Rös das Licht gelöscht, um auf bequemer Wila-Chaiselongue nun endlich einzuschlafen, hört sie Stimmen vom Fenster her, ein bedrohliches Geraune, Geflüstere, das ihr gilt. Noch nie fühlte sie sich in einem Zimmer in solcher Gefahr. Fast starr vor Schreck angelt sie nach dem Licht der Stehlampe & fällt dabei von der Liege herunter. Eben als sie sich wiederfindet, dabei auch den Lichtschalter packt, kommt Wila ins Zimmer. Ganz verstört: sie habe geträumt, Einbrecher seien eingedrungen & bedrohten sie. Rös: sie selbst habe soeben was ganz Mysteriöses erlebt! Sie müsse aber noch ein andermal hier schlafen, möglicherweise sogar dreimal, um herauszufinden, was für eine Botschaft dahinter & ob es kein Irrtum. – Denkt, daß Wila sie wahrscheinlich verfluchte, als sie hier lag, unglücklich gestürzt, wähnend, Rös sei schuld daran. Will Wila gegenüber aber nicht von drohenden Stimmen am Fenster sprechen, sonst ängstigt die sich noch, hält die Wohnung für infiziert, verdächtigt Rös ohnehin des Umgangs mit Schwarzer Magie. Verrückt!

Rös läßt danach das Licht brennen, liest noch eine Weile in d'Otremont, *Die Polin* (ihrem Mitbringsel für Wila), stößt auf diesen Satz: »Es liegt in der menschlichen Natur, herabzusetzen, was man nicht mehr liebt.«

Als Rös mit Finn gemeinsam Wila dann an einem Sonntag in der Kurklinik Dussnang besucht, nörgelt Wila von Anfang bis Ende an Rös herum. Die Rösschen Spielereien während eines ausgedehnten Spaziergangs fordern dauernd Wilas Unmut heraus. Möglicherweise läßt sie auch nur Trauer & Zorn auf Rös ab, weil Finn sich ganz konsterniert äußerte über die vielen vielen alten Leute in der Klinik, die ihnen auf den Gängen, in den Sesseln begegneten. Ob Wila sich denn nicht was Besseres, Erfreulicheres für ihre Seele zum Aufschwung, zur Gesundung habe suchen können? Hinzu kam, Wila hatte wieder angefangen zu trinken, hatte ihren violett in die Wangen ausufernden Nasenrücken wieder. Außerdem konnte ihre Nasenspitze leicht etwas Zipfliges, wie bei einer hageren Alten von Wilhelm Busch, haben. Hob sie dann gleichzeitig ihren moralinsauren Zeigefinger, fand Rös sie nur noch komisch.

Wila schimpfte wie mit einem kleinen Kind, als Rös auf einem Berghang, wo sie dann in der Sonne lagerten, Finn frischen Schnee auf die Lider häuften. Finn seufzte voller Behagen, Rös lachte.

Als sie dann zum Abschied, draußen dunkelte es schon, in einem Bistro noch etwas tranken, Rös & Finn artig Kaffee, Wila drei Dezi Dôle, obwohl sie mittags schon reichlich davon schnabuliert, war Rös traurig über manches. Sie hätte nicht nur Silvester bei Wila im

Krankenhaus sein, sondern hätte sie auch bei ihrer Anreise zur Kurklinik begleiten sollen. Vor allem weil sie Rös regelrecht angefleht hatte, sie solle sie doch dorthin begleiten. Aber da hatte sie schon wieder eine Lallzunge vom Sekt gehabt & Rös die Langeweile an ihrer Seite gefürchtet. Trotzdem lieblos, lieblos war sie Wila gegenüber gewesen, & nun schien nichts mehr gut zu machen. Mit Recht legte Wila plötzlich am Tisch das Gesicht in die Hände, & die Tränen liefen zwischen den Fingern hervor, hindurch. & wieder hätte Rös Wila am liebsten genommen & in ihren Armen gewiegt, jedoch da schaute Finn zu. Finn war streng, sah: Wila besäuselt, schon wieder mal. Finn: Wila solle doch eine Therapie machen. Schrieb ihr zwei Winterthurer Adressen auf. Eine Zürcher Adresse lehnte Wila sofort ab. Zürich diese grauenhafte Stadt, diese Hektik, Jagd nach Geld überall! Wila hatte nun gemeinsames Nachtessen & mischte sich zwischen die kurenden Oldies, von denen sie leider viele aus Schlatt & Umgebung kannte & die sich gleich an sie gehängt, erzählte sie Finn. Es hatte auch Schmetterlinge gegeben: eine junge Lehrschwester, die sich gedrängt, doch bitte Frau Schnyder-Rütimann täglich baden zu dürfen.

Wie Wila, als sie ankamen, in ihr Zimmer eintraten, da gesessen: in einem Stuhl mit Fußstütze, der weiße Teddy saß ordentlich auf dem weißen Bett, sah sie aus wie eine Indianerin, fehlte ihr nur die Pfeife.

Leider paßten die Hüttenschuhe nicht, die Rös ihr mitgebracht, sie würden sie umtauschen. – Ja, wie Wila dagesessen? Zum Küssen! Finn aber sagte später im Vestibül zu Wila, sie sei nicht dafür, diesen Eindruck für sich zu behalten, das bringe Wila nämlich auch nicht weiter. Ja, sie sei erschrocken, wie wenig, ja eigentlich überhaupt nicht, sich Wila von den Alten um sie herum abhebe! Der dauernde Umgang mit Alt mache sie vorzeitig alt! Knallhart konnte Finn Wahrheiten herauslassen.

Wahrheiten, die offensichtlich heilsam sind, denn nach Dussnang begann Wila sich positiv zu verändern. Ihre Entlassung fiel zeitlich zusammen mit Rös' Geburtstag, sodaß sie Freitag nachmittag direkt aus der Klinik zu Rös kam.

Rös wollte Wila ihr eigenes Bett freimachen. Wila wollte aber auf ihren angestammten Platz, sie mochte Rös' Schlaf- & Arbeitszimmer nicht, es sei ihr zu chaotisch. Vielleicht war etwas wie Fremdheit zwischen ihnen. Rös bewunderte das aufwendige Blumengesteck im Topf mit Efeu, das Wila ihr zur Begrüßung überreicht, konnte aber nicht gänzlich verbergen, daß sie Topfpflanzen ablehnt. Sie besitze eine, hier, ja, Wila kenne sie doch, die mache ihr genug Arbeit. Wila: dieses Gesteck halte nur ein paar Wochen, & den Efeu könne sie ja in den Erdkasten auf ihrer Veranda einerden. Rös pflanzte aber den Efeu im April zu anderem Efeu in den Seepark.

Nachts liegen sie friedlich nebeneinander.

Wila wirkt inzwischen sehr gelassen auf Rös. Manchmal auch, als sei sie die bedeutend Ältere. Für Spielereien ist sie nicht zu haben. »Mond im Schützen, Sonne in der Waage«. – Jetzt nach dem Unfall geht Rös so liebevoll mit Wila um, wie es nur geht. – Leider muß Rös am nächsten Morgen bis nachmittags in ein MaskenbildnerInnenseminar. Sie wird so schnell wie möglich zurückkehren zu ihrer Liebe. Vorher frühstückt sie, während Wila lediglich Kaffee & Zigaretten frißt. Wila: »Da kann alles zugrunde gehen, Rös muß essen!« Rös schämt sich etwas. Ja! Die Hauptsache eine Füllung, besonders morgens, in den Magen! Sie wisse sogar von sich, daß sie in Notzeiten Erde äße, im Extremfall möglicherweise auch Menschenfleisch, wenn von einer ihr sympathischen Person! Wila blickt gleichmütig, runzelt aber die Stirn.

Rös schafft es, schon früher aus dem Seminar heimzukommen, übernahm Aufräumarbeiten, die nicht erst am Schluß möglich waren. Heim, heim zu Wila!

Wila war von Miriam gebeten worden, irgend etwas bei der Migros für den Abend einzukaufen. Jenny hatte am selben Tag Geburtstag wie Rös, das wurde meist gemeinsam gefeiert. Wila hatte für Rös einen kleinen Kessel (den sie schweizerisch lustig PFANNE nannte), eine Küchenweckuhr (Rösens derzeitige habe einen schauderhaften Ton!) & seltsamerweise einen Kartoffelschäler (seltsam, weil sie doch wußte, daß Rös ausschließlich pellkartoffelte) mitgebracht. »Freust du dich, wenn du nach Hause kommst & jemande ist da?« Rös: »Ja! & daß du es bist!«

Bei strahlendem winterlichem Hoch spazierten sie ein Stündchen, danach stritten sie sich etwas, weil Rös den tiefgefrorenen Spinat, den sie, bevor sie ins *Sennentunschi* (Miriam hatte einen großen gemeinsamen Besuch in der Konstanzer Theaterwerkstatt organisiert), imbissen wollten, zu schnell auftaue, das müsse nämlich ganz ganz langsam geschehen, & weil sie das Spiegelei viel zu kurz brate. Damit hatte Wila recht, tatsächlich, der Dotter war noch ganz kalt!

Da Wila ziemlich gesektet, wollte Rös nicht mit ihr im Wagen; sie bestellten ein Taxi. An der Grenze entdeckte Wila dann, daß sie ihre Identitätskarte bei Rös hatte liegen lassen. Also zurück.

& wer bezahlte? Logo! Wila! – Vielleicht war sie deswegen nach dem hervorragend getanzten *Sennentunschi* versteckt bissig auf Rös, was allerdings erst herauskam, als sie feierten, Rös ausgelassen herumtanzte & aus Nonsens falsch sang zur Discomusik in der bildschönen, geräumigen Eigentumswohnung von Zarah Amos.

Wila motzte (das wurde Rös später kolportiert) über Rös' unangebrachtes Verhalten, ihr disharmonisches lautes Singen, mit dem sie die Musik verderbe, & unter den Blicken von Rös' Freundinnen hatte Wila ganz ostentativ Rös' Platz von winzigen Brotkrümeln gesäubert & danach zusätzlich auch noch von den herumgezeigten Fotos einer anderen Frau sorgfältig scheinbare Rössche Abfälle weggeblasen, auch versucht Rössche Fingerabdrücke mit dem blütenweißen Nastuch zu entfernen. Wila motzte also gegen Rös, hielt sich auch zu Hause weiter dran, sagte, sie habe sich geniert wegen Rös' Verhalten an diesem Abend.

Rös ihrerseits reagierte angewidert von Wilascher Nörgelsucht: »Ich bin nicht gewohnt, daß eine Freundin bei anderen gegen mich hetzt!« Wila: »Ja, seltsam, deine Freundinnen scheinen dich ja wirklich zu mögen, so zu nehmen, wie du bist!«

Viel später dachte Rös: warum hatte sie sich kein einziges Mal länger zu Wila gesetzt, der zum ausgelassenen Herumtanzen & Albern gewiß noch viel zu sehr die Rippen schmerzten (allerdings Wila hatte doch noch nie gern mit Rös getanzt!), eingehend zu plaudern? Aber nein! Egoistisch hatte Rös nur an ihr eignes Vergnügen gedacht. Zwar hatte Rös nach dem Tanztheater, als alle sehr schnell gingen & Wila sich abschleppend mit dem scheinbar leicht wiegenden Einkauf für Miriam nicht hatte Schritt halten können, immer wieder gerufen: »Menschenskinder, geht doch langsamer, Wila kann nicht so schnell, sie ist grad aus dem Krankenhaus!«, aber nach einigen Glas Wein ließ Rös Wila im Gespräch mit anderen allein. Ach Wila, verzeih! Wenigstens aber beim Charadespielen heimste Wila, sie erriet in rasantem Tempo wieder mal die meisten Figuren, echte Bewunderung ein, besonders von Miriam.

Trotzdem, Wila, verzeih, verzeih! Andrerseits, du alte Saufaus mit der chronisch zu nassen, stets dem letzten Tropfen noch nachkostenden Zunge, hättest du dich doch wenigstens bemüht um die Kunst des maßvollen Trinkens, hätte sich bei Rös nicht immer wieder erneut dieser Abscheu gegen dich eingeklinkt!

Über den vermuteten Wilaschen Zungenkrebs (ihr Geständnis vom Totensonntag) redeten sie nicht mehr.

Mysteriös war, daß zusätzlich zu Wilas Geburtstagsgeschenk, einer Lebensplananalyse, erstellt von Astrodata Zürich, per Eilboten in Rös' Postkasten gelandet, gleichzeitig ein Buch aus London im Kasten lag: VERÄNDERUNGEN DER ZUNGE IN DER DIAGNOSTIK DES PRAKTISCHEN ARZTES, EIN LEITFADEN DER ZUNGENSYMPTOMATIK (Friedrich Karl Schattauer Verlag, Stuttgart) Dieses Buch, antiquarisch, Copyright 1960, kam von einer Frau, die nichts von Wilas Zungen-Schmerzen &-Ängsten wissen konnte. Allerdings, sie war Pharmazeutin & nonsenste gern. Rös besaß nur ausgefallene Geschenke von ihr. – Rös sagte Wila nichts von diesem Buch. Erst wenn Wila wieder von selbst anfinge davon zu sprechen, wollte Rös vom bemerkenswerten Zusammenfallen der Ereignisse verlauten lassen.

Am Sonntagmorgen gibt Wila sich Rös zum erstenmal ganz hin. Bis spätnachmittags bleiben sie im Bett. Rös wundert sich, daß sie nicht auf Spazierengehen drängen muß; sie fühlt sich überraschend ruhig & glücklich an Wilas Seite. Kann sein, daß es auch etwas damit zusammenhängt, daß sie zum zweiten Mal mit dem Gesicht gegen Osten geschlafen. Zugange waren sie auch ein paar Stunden mit der GROSSEN LEBENSPLANANALYSE. Wila las auf Wunsch von Rös die ganze Ausgraberei vor. Aufgedeckte Schattenseiten an Rös' Charakter gab es viele im Text. Warum sollte nicht auch Wila sie alle kennen?!

Bevor diese am Abend abreiste, fragte sie (so wie sie früher Tilli fragte: »Hat es dir geschmeckt, mein Schatz?«): »Hat es dir mit mir gefallen, Rös?« »Ich bin ganz erfüllt von dir, das weißt du!« Wila schmunzelt. Sie hatte eine nette Art, zu schmunzeln aus allen Gesichtsfalten wie ein hagerer Einödbauer & manchmal, als lutsche sie dabei ein sehr leckeres, dickes Bonbon.

Sie vereinbarten ein nächstes Treffen in Zürich, wollten sich gemeinsam die Egon-Schiele-Ausstellung anschauen. Bis zum nächsten Tag, dem eigentlichen Rösgeburtstag wollte, konnte Wila nicht bleiben; Montag nachmittag habe sie einen Termin bei der Homöopathin Breyer.

In der Nacht zum Montag träumte Rös: Sie reiste mit einer Gruppe, plötzlich stand sie vor ihrer Gitarre, die hatte gerufen oder geklirrt wie Glas. Ein Draht war gerissen. Als sie näher hinschaute, bemerkte sie, daß die Decke des Instruments aus weichem, zusammengeklebtem Material, stoffartig war. Es schien, als könne man die Decke hautartig abziehen. Rös tat es, da entwich die Luft aus dem Instrument, es schrumpfte, fiel zusammen.

Beim Erwachen war ihr erster Gedanke: Die Luft ist aus unserer Liebe raus. Wila empfindet nichts mehr für mich. Rös fiel jetzt ein, daß Wila zwar ihr Geschenk dagelassen, jedoch Rös nicht gratuliert hatte zum Geburtstag.

Auf dem letzten Blatt von Wilaschem Recycling-Geschenk-Schreibpapier mit Landschaftsmotiv lud Rös am 26. Januar Wila zum Faschingsball im *Bella Donna* zum 1. Februar ein. Am Sonntagabend rief Rös Wila an. Sie habe den ganzen Tag im Bett verfaulenzt! Nein, der Discolärm im *Bella!* & überhaupt aus Fastnacht mache sie sich nichts! & Egon Schiele sei ihr auch zu degeneriert, also werde sie nicht mit in die Ausstellung. Rös: o. k., dann fahre sie halt allein nach Zürich, & AUFWIEDERSEHEN bis zum nächsten Treff, der sei dann ja in vierzehn Tagen, oder? Wila: das wisse sie noch nicht! Sie wolle mal schauen, wie es sich so ergebe irgendwann. & dann: »Du, Rös, ich glaub, ich liebe dich nicht mehr! Mir ist so seltsam!« Rös erzählte ihr darauf den Traum aus der Nacht zu ihrem Geburtstag, & daß sie sofort gewußt: AUS UNSERER LIEBE IST DIE LUFT RAUS. Wila: aber ihr sei es doch noch nicht ganz klar, sie denke noch darüber nach. Rös: ja, wisse man es nicht gleich aus dem Bauch heraus, erfordere diese Problematik schon, konzentriert & tief darüber nachzudenken!

Ein paar Tage danach, Wila: wie sich Rös nun fühle, wie es ihr ergehe nach Wilas Eröffnung, nachdem sie wisse: auch diese Beziehung sei wieder aus. Eine nach der anderen sei ihr doch so kaputtgegangen! Ob sie da nicht tieftraurig sei? Rös: »Doch ja, aber das ist nun mal so! Nun lieben wir uns halt nicht mehr!«

Sie verabredeten noch mal ein Treffen für Mitte Februar bei Wila. Da machten sie einen langen Spaziergang am Rhein entlang & trafen am Ende auf Marietta, die auf eine Freundin wartete. Sie aßen zu viert im *Schiff* an dem Tisch, wo Wila & Rös schon einige Male miteinander gesessen. Die Freundin fragte, in was für einer Beziehung Wila & Rös seien? Rös: sie hätten mal eine sogenannte Liebesbeziehung gehabt. Wila war schockiert, daß Rös sie so einfach bloßstellte. Zuhause: Wila habe sich vorgestellt, daß Rös um sie kämpfe, sie Rös wenigstens fehlen täte, habe sie erhofft, aber davon kein Wort. & Rös erwartete ein Wort, das sich auf ihr Vorhaben bezogen, Ostern gemeinsam in der Frauenvilla Kassandra in Damvant/Jura zu verbringen. Wila hatte im Januar gefragt, ob Rös mit ihr fahre, & diese hatte sofort bejaht. »Ja gern!« Dort könnten sie dann noch einiges Ungeklärte besprechen. Aber nun eröffnete Wila, daß sie mit Marietta über Ostern nach Wien fahre. – Mit Wila nach Wien wäre Rös noch viel lieber gefahren als nach Damvant.

Rös empfand, daß Wila den Bruch mit ihr bis ins letzte geplant haben muße. Natürlich hätte es Wila gefreut, wenn Rös aufbegehrt & um ihre »Liebe«, um »Wila« gerungen, vergeblich.

Es war sonniges Frühlingswetter, & Sonntag nachmittag vor Rös' Heimfahrt gebrauchte Wila alle ihre Künste, um Rös noch einmal in ihr Bett zu bringen. Auch wenn es aus sei oder verändert, so könnten sie doch noch einmal ihre zärtlichen Gefühle füreinander ausleben. Rös konnte nur schwer widerstehen, jedoch so eine schnelle, glatte Ablösung, bei der beide ihre Würde behielten, wäre nicht zu wiederholen. Also NEIN!

Tröstlich war, daß eine weiche, schwarze Seidenkatze vom Nachbarhaus Wila oft besuchte. So hatte sie ein lebendiges Wesen zum Schmusen.

Sie hatten auch vereinbart, daß sie die Beziehung nicht abrupt abbrechen wollten. Wila: dafür hätten sie zu gute Gespräche miteinander gehabt.

Durch irgendwelche Umstände fiel das Wienvorhaben Wilas mit Marietta ins Wasser. So vereinbarten sie, Rös solle Wila am Ostersonntagmittag mit Franziska & Gert besuchen.

Was Wila nicht wußte: sie hatte die beiden bereits einmal als Greta & Josué, Bekannte von Rös, auf dem Zürcher Flughafen kennengelernt. Dort hatten sie drei Stunden lang bei etlichen Glas Weins angeregt miteinand geplauscht. In Wirklichkeit aber war Josué Rös' Bruder Gert, & alle fanden immer, Rös & Gert wären sich bestechend ähnlich im Aussehen. Wila jedoch schien keine Ähnlichkeit bemerkt zu haben (oder aber sie hatte gut mitgespielt, die Komödie durchschauend!).

So hatte Silvester eine Überraschung für sie oder (falls sie Bescheid gewußt!) die gemeinsame lustige Aufdekkung des Spiels werden sollen, wenn dann Rös' Bruder & ihre Schwägerin ihr als bereits Bekannte Greta & Josué entgegengetreten. Nun also erst Ostern!

Wila hatte auf der Veranda gedeckt: einen köstlichen Schweizer Wurtsalat vorbereitet, wozu sie Tee servierte. Wila wirkte freundlich, war Rös gegenüber aber innerlich bedeckt.

Franziska war ihr (genau wie in Zürich als Greta) äußerst sympathisch. »Seltsam«, sagte sie nach etwa einer Stunde, »mir ist, als kennte ich Sie irgendwoher?!« Franziska blieb ernst, Gert giffelte amüsiert. Nach einiger Zeit wiederholte Wila ihre Aussage. & da sie vorwiegend über Wiedergeburt & Ähnliches redeten, fand Rös dies die beste Gelegenheit, die Karten aufzudecken. Vorher nonsenste sie noch: »Wahrscheinlich kennst du sie aus einem anderen Leben?!« Gert dann: »Wir haben schon mal länger miteinander gesprochen, & zwar, erinnern Sie sich nicht mehr, im Zürcher Flughafenrestaurant. Letztes Jahr im Oktober: Greta & Josué?!« Nein, Wila erinnerte sich nicht & geriet vor Zorn über diesen Scherz ganz aus dem Häuschen. Auf dem dann nachfolgenden Osterspaziergang legte sie eine rasante Gangart ein, rannte mit Franziska dauernd voraus & ließ das Geschwisterpaar aushängen. Zudem wußte sie: Rös liebte es gar nicht, so zu hasten, hielt es auch schlecht durch. Einmal blieb sie stehen & sagte böse gereizt zu Rös: »Na, du Klatschanemone, du alte Zwitschereule!« Rös, innerlich belustigt, dachte daran, wie Wila auf dem Zürcher Flughafen einen Dreier Hallauer nach dem anderen gekippt. »Bitte, Reverend Wilhelmina, was ist das, eine Klatschanemone?« (& zu Gert: »Wenn die erst mal wüßte, was ein schönes Maskitt, ein Grienieser, ein Kriechleder, ein Bahkauv, ein Fräulein Rübensüß, ein Mala, ein Elftrappegesicht, ne Huries rongelrongelrieswerhatschies, ein Öcher Bendgesicht ist!«)

Alles Schimpfnamen aus ihrer Kindheit, mit denen sie Wila lautlos belegte, wenn diese völlig blau beim Telefonieren in ihren Predigerinnentonfall verfiel, überhaupt nicht mehr aufhörte zu salbadern.

Gert wußte Bescheid, mußte glucksen. Rös: »Nein, bitte nicht! Sie ist genug verletzt, verunsichert. Ich will sie auf gar keinen Fall noch mehr kränken!«

Miriam meinte später dazu, es hätte Rös von vornherein klar sein müssen, daß Wila sich durch einen solchen Scherz bloßgestellt sehe, erlebe, vielleicht habe sie sowieso immer Gedächtnislücken, Blackouts während & nach dem Suff, werde von Bekannten hinterher oft damit konfrontiert. & hinzu als besonders gravierend komme ja, daß Wila sechzehn Jahre Heimerziehung hinter sich habe & daß die keine Basis zum Gedeihen der kostbaren Blume IRONIE (die Wohlergehen voraussetze) sei. Also sei es für Wila tatsächlich ein übler Rösscherz gewesen!

Rös, um das Thema zu wechseln, sprach von Miriams fünfzigstem Geburtstag im Mai, zu dem auch Wila geladen werde. – Wila plötzlich: daß sie Miriam gern zur Freundin hätte, allerdings müsse Miriam sie um ihrer selbst willen wählen & nicht weil sie Rös kenne. Über Rös dürfe es auf keinen Fall laufen, denn das wurme sie, & Miriam wäre dann doch sehr hierarchiengläubig, konventionell. Rös: aber für Miriam hätten die zeitlich vorherliegenden Freundschaften immer Primärrecht, das sei nun mal so, & dieses Vorrecht habe für die älteren Freundinnen Gutes, Zuverlässiges, die aufbauende Gewißheit: um eines neuen, vielleicht gefälligeren Gesichts wegen nicht versetzt zu werden. Gleichzeitig aber tue diese Haltung Miriams, in diesem Falle ihre Sympathie für Rös, einer Frau wie Wila doch keinen Abbruch. Miriam werde Wila später gewiß nicht mehr über Rös einladen. Alles dauere eben seine Zeit. Wila: da verzichte sie dann aber drauf, wenn es über Rös laufen müsse! & verdammt noch mal! Dabei feuerte sie plötzlich die Colapulle in hohem Bogen in den Wald hinunter, an dem sie grad in der Höhe vorbeigingen. Aha! Rös hatte es ja immer gewußt: Wila war in Miriam verliebt. Diese hatte sie (auf Wunsch von Rös, was Wila bestimmt nicht wußte) auch in Dussnang besucht & war ein paar Stunden lang mit ihr in gutem Gespräch einen malerischen Fitness-Parcours-Pfad gewandelt. Rös, die

Klatschanemone, die Zwitschereule, kicherte jetzt förmlich in sich hinein. Wilas Zorn freute sie, andrerseits tat sie ihr leid.

Abends saßen sie abschiednehmend in der letzen Sonne auf Wilas Terrasse. Kathleen kam an. Eine blonde, engelhafte Schönheit mit blauen Traumaugen & langen Wimpern. Sympathisch wie auch Marietta. Was sie aber nicht gewußt, Kathleen, von Natur her schwarzhaarig, begegnete hier auch ihrer Mutter zum erstenmal überraschend blond. Wila lachte; zustimmend doch.

Als sie abfuhren, stand Wila mit Kathleen auf der Höhe & winkte ihnen nach. Franziska & Gert hatte es gut gefallen. & Rös freute sich, ihren Lieben etwas geboten zu haben.

Als sie Ostermontagmittag wieder unbesucht, fuhr sie mit dem Velo etwas Lufteinholen. Im Industriegebiet Kreuzlingens zwischen den Acrylsäure- & Aerosol- & Formaldehydfässern von AV-Chemie & Hallmeyer hatte es weniger Spaziergängers als sonst allüberall, so war es auszuhalten. – Es war schon sommerlich warm, vom Kalender her aber erst eben Frühling. Frühling, dachte Rös, & ich bin wieder allein.

Miriam begann schon jetzt mit dem Versenden der Einladungen zu ihrem Geburtstag.

Es wurde dann ein ganz ganz großer Abend im *Weiherhof*. Miriams viele FreundInnen hatten die herrlichsten Gags vorbereitet. Wila saß noch einmal allein neben Rös. Ernst & würdevoll & schön.

Ende Juli bei der Geburtstagsfeier von Tanér, den sie abends auf deren Grundstück am See feiern, sitzt schon Karin neben Wila, ihre neue Liebe, die sie im diesjährigen Juniurlaub auf Elba aufgetan. Eine gute Frau mit kleinem, freundlichem Dackel, den sie mitgebracht.

Um eine neue Liebe für Wila hat Rös oft gebetet. Nun

ist alles o.k.! Ein Wochenende seien sie bei Karin in Tübingen, das andere Wochenende bei Wila!

Selten, aber dennoch telefonieren Wila & Rös miteinander. Wila weiß nun auch genau, daß sie keinen Zungenkrebs hat, sie war erneut bei der Ärztin. Vitaminmangel bewirkte dieses äußerst schmerzhafte Rachen- und Zungenbrennen. Da helfe sie nun ab, indem sie täglich einen Apfel esse & zeitweise Vitamin B-Präparate. Recht so, ja!

Rös hat auch eine neue Liebe, oder alte, neu entdeckt: ihre Passion für die Dunkelheit. Die dunkle Jahreszeit, die viel zu schnell vergeht. Die Nächte, die im Nu immer wieder zerstört von einbrechender, die Augen brennender Tageshelligkeit, sind ihr viel zu kurz.

Sie träumt von erstmal einjähriger ununterbrochener Nacht, speziell für sie gemacht, bis daß sich vielleicht eine Geldquelle auftut & sie umsiedeln kann (wird) ins Land der Mitternachtssonne.

Bis anhin spielt sie mit ihren tollen Karten, worauf sich reimet Warten.

3. März 1990

Marlene Stenten, 1935 in Aachen geboren, arbeitete als Buchhändlerin in Berlin. Heute lebt sie als freie Schriftstellerin in Konstanz.

1971 erscheint ihr erster Roman *Grosser Gelbkopf,* 1974 der Erzählband *Baby* (beide Luchterhand). In *Puppe Else* (Sudelbuch 1977, Fischer Taschenbuch 1984) tritt sie erstmals mit lesbischer Thematik an die Öffentlichkeit. Es folgen der Erzählband *Die Brünne* (Sudelbuch 1981, Fischer Taschenbuch 1988) und die zauberhafte Novelle *Salome 89* (Sudelbuch 1983). Im eco-verlag ist von ihr bisher erschienen: *Albina. Monotonie um eine Weggegangene* (1986).